그리고
누군가
없어졌다

추 지 나

대학에서 일본지역학을 전공했다. 출판 편집자로 일하다 지금은 일본 문학 전문 번역가로 활동하고 있다. 옮긴 작품으로는 오노 후유미의 '십이국기' 시리즈, 『잔예』, 『귀담백경』, 『시귀』, 『흑사의 섬』, 미야베 미유키의 『지하도의 비』, 오카모토 기도의 『한시치 체포록』, 나쓰키 시즈코의 『W의 비극』 등이 있다.

SOSHITE DAREKA INAKUNATTA

이 도서의 국립중앙도서관 출판시도서목록(CIP)은 e-CIP 홈페이지(http://www.nl.go.kr/ecip)와
국가자료공동목록시스템(http://www.nl.go.kr/kolisnet)에서 이용하실 수 있습니다.
CIP제어번호 : CIP2014031883

そして
誰か
いなくなった

그리고
누군가 없어졌다

나쓰키 시즈코
추지나 옮김

황금기 미스터리의 재현

엘릭시르

차례

/

そして
誰か
いなくなった

● そして誰かいなくなった　夏樹静子

인디아나호 출범

세이조에 있는 우리집에서 캐딜락을 타고 즈요 신도로의 터널을 통해 해안 도로로 나섰을 때, 계기판의 디지털시계는 정확히 1시 45분을 표시했다. 드디어 차 앞쪽으로 바다가 펼쳐졌다. 사월의 태양이 사가미 만을 한껏 내리쬐어, 해수면에 반사된 빛이 예리하게 반짝였다.

"다행히 늦지 않았네."

바다를 보고 들뜬 마음에 신이 나서 말했다.

"도메이 고속도로의 요코하마 출구에서는 늦을지도 모르겠다고 생각했는데."

"하야마 마리나로 가시죠?"

캐딜락

/

미국 제너럴 모터스 사의 자동차 브랜드.

실용적이면서도 고급스러운 것이 특징이다.

특히 삽화의 드빌de Ville은 당시 부의 상징이었다.

운전사인 아부타가 늘 그렇듯 침울한 목소리로 물었다. 아버지의 운전사는 두 사람인데 아부타와는 도무지 죽이 맞지 않는다. 아직 마흔이 될까 말까 한 나이일 텐데도 꼭 할아범 같은데다, 정중하게 구는 것 같으면서도 상대의 이야기를 슬쩍 딴 데로 돌리는 버릇이 있다. 그런가 하면 난데없이 딴소리를 하곤 한다.

"맞아. 아부즈리 항 안에 있는……. 이제 다 왔지?"

"즈시 마리나니 하야마 마리나니 하는 말은 자주 듣는데, 마리나가 대체 무슨 뜻인가요?"

이것 봐, 또 시작이야.

"요트 선착장이랑 관련 설비들을 포함하여 가리키는 말이겠지."

내가 모른다고 생각하는 듯한 아부타에게 부아가 치밀어 통명스럽게 대답했다.

"어느 나라 말이죠?"

"……."

"전 한번 마음에 걸리면 계속 신경이 쓰이는 성미라, 사실 예전에 사전을 뒤져봤거든요. 그런데 영어 사전에도 프랑스어 사전에도 없더군요. 대체 어느 나라 말일까요?"

입을 앙다물고 콧방귀를 뀌었다.

"오래된 사전이었나 보지."

"오늘은 하야마 마리나에서 출발하세요?"

"응."

"배는 며칠이나 타세요?"

"요트야."

나도 모르게 지적하고 말았다. 요트도 배는 배지만 아부타가 말하니 볼품없는 어선이 떠올랐다.

"일주일간 요트를 타고 느긋하게 오키나와까지 갈 예정이야."

"그렇게 오래요? 그럼 엄청 큰 배겠네요."

"일본에 세 척밖에 없는 어마어마한 호화 요트래."

"제가 호쿠리쿠의 어촌 출신이거든요. 출항 전에 이것저것 준비하시던 아버지가 떠오르네요."

아부타가 또다시 뚱딴지같은 이야기를 꺼냈다.

"금비라•님을 모시는 마을의 신사에 참배하며 안전한 항해를 기원하기도 하시고. 그렇지, 출항 전에 검은 고양이를 보면 재수가 없다며 싫어하셨죠. 항해하다 죽는 사람이 나온다나요."

"아, 저 건물인가 봐."

나는 도로 끝에 있는 주황색 건물을 가리켰다. 오른쪽에 깎아지른 후미가 있고, 그 맞은편에는 배를 댈 수 있는 안벽이 튀어나와 있다. 안벽 위에 옅은 주황색 건물이 있었다.

"맞네, 마린테라스라고 씌어 있어."

도로에서 매립지로 접어들다가 바퀴가 도랑에 빠졌는지 차가 크게 덜컹거렸다. 요통이 있는 아부타가 얼굴을 찡그리는 바람에 괜히 더 짜증이 나서 화를 냈다.

"조심해! 파이가 찌그러지잖아!"

여행용 쌤소나이트 가방과 레몬파이 상자를 카페 마린테라스 입구까지 옮기고 나서 아부타를 돌려보냈다.

"수고했어. 아빠 잘 보살펴드려."

당부도 잊지 않았다.

통유리를 끼워 따뜻한 햇볕이 넘치는 카페 안은 손님도 몇 없고 아늑했다. 바로 앞과 오른쪽이 바다다. 수많은 요트들이 후미와 안벽에 빼곡하게 늘어서서 숲을 이루고 있었다. 앞바다에는 흰 돛이 흩어져 있다.

정면 유리를 마주한 카운터석에 앉았다. 웨이트리스에게 샌드위치와 커피를 주문했다. 점심을 먹기 전 11시 반에 집을 나섰기 때문이다. 인디아나호에 초대된 손님들은 낮 2시까지 바로 이 카페로 모이라고 들었다.

정말이지 오늘만큼 요트 타기 좋은 날이 또 있을까.

옅은 봄 안개가 감도는 푸른 하늘에 갈매기가 이리저리 날아다니고, 마찬가지로 밝은 푸른빛으로 빛나는 바다에 아지랑이가 피어올랐다. 곳에 따라 안개 때문에 부옇기는 해도, 활짝 핀 벚꽃 덕에 이나무라가사키 곶에서 에노시마 섬까지 군데군데 분홍색 불빛을 밝힌 것처럼 보였다.

왼쪽으로 눈길을 돌리다가 가볍게 숨을 삼키고 창밖을 뚫어져라 쳐다보았다. 방파제 앞바다에 하얀 배가 정박해 있었다. 갑판 위

• **금비라** _ 약사(藥師) 십이 신장 중 하나. 일본에서는 바다의 수호신으로 받들어진다.

에 선실 창문이 늘어섰고 하늘로 솟은 뱃머리 아래는 무척이나 우아한 곡선을 그리며 활처럼 휘어 있다. 선체는 대부분 반들반들한 상아색이지만, 흘수선 약간 윗부분까지 선명한 다홍색으로 칠해져 있었다. 여객선치고는 조금 작아 보여도 안벽 부근에 정박한 여느 요트보다 월등히 크고 아름다웠다.

"아하, 저게 인디아나호로군."

귓가에 들린 목소리에 놀라 돌아보았다. 예순 전후 연배에 투실한 남자가 바로 옆 스툴에 앉아 몸을 내밀고 있었다.

"소문은 들었지만 정말 대단한 물건이군요."

내 앞에 샌드위치와 커피를 내려놓은 웨이트리스에게 남자는 밀크티를 주문했다. 갈색 스웨이드 베레모에 체크무늬 웃옷, 파이프 담배를 태우는 스타일은 얼핏 예술인처럼 보이기도 한다. 남자가 말을 걸듯 얘기하기에 맞장단을 쳤다.

"역시 저 요트인가요? 그런데 돛이 없네요."

남자는 나를 흘끔 보고는 재미있다는 듯 입가에 미소를 지었다.

"돛 없는 요트라면 얼마든지 있어요."

"……?"

"요트는 개인 보트를 통틀어 가리키는 말이니까요."

"그러면 크루저는요?"

"쉽게 말하면 선실이 있는 요트를 크루저라고도 하죠. 그중에는 돛이 달린 요트도 있고, 없는 요트도 있어요."

"아, 그래요? 저는 요트는 전부 돛이 있고, 크루저는……."

"보통 돛이 있는 요트를 그냥 요트나 외양 크루저라 부르기도 하더군요. 돛이 없고 엔진으로만 가는 요트는 모터 크루저예요."

"인디아나호는 모터 크루저군요."

"맞아요, 그렇죠."

"그럼 저기에 타겠네요."

샌드위치를 집어먹으며 다시 앞바다의 배를 바라보았다.

"어이쿠, 아가씨도 인디아나호에?"

"네? 혹시……?"

"그래요, 나도 초대받았습니다. 일주일간 함께하겠군요. 아가씨처럼 젊고 매력적인 여성분과 함께 떠난다니 영광입니다. 난 후유카와요. 잘 지냅시다."

"오케야 하루카예요. 저야말로 잘 부탁드려요."

"그건 그렇고, 이번 크루즈 여행은 더없이 호화로운 여행이 될 것 같군요. 좋은 계절에 일본 톱클래스 요트라. 초대한 쪽에서도 제대로 대접하겠다고 작정했는지, 손님들에게 한 부탁이라고는 그저 여행중에 특별히 필요한 기호품이 있으면 직접 챙겨달라는 말뿐이었잖소."

후유카와는 카운터 위의 종이봉투에 흘끔 눈길을 주었다. 담갈색 봉투 위에는 파이프 담배 상표가 인쇄되어 있었다. 나도 자연스레 레몬파이 상자를 보았다. 내가 정말 좋아하는 레몬파이를 일행에게 선물하려고 가져왔다.

양과자점이 있는 세이조의 으리으리한 주택가를 눈앞에 떠올리고는 불현듯 아버지 생각이 들어 가슴이 메었다. 아버지는 지금도 도라노몬의 병원 침대에 지칠 대로 지친 몸을 누이고 있겠지.

"이제 슬슬 마중나올 때가 되었는데."

후유카와가 손목시계를 들여다보았을 때, 나는 충동적으로 자리에서 일어났다.

"잠깐 전화 좀 쓰고 올게요."

여닫이문으로 쓱 나가 카페 바깥에 있는 전화박스로 뛰어 들어갔다. 가게 안에도 전화가 있겠지만 조용한 곳에서 아버지와 통화를 하고 싶었다. 카드를 집어넣고 가명으로 입원해 있는 아버지의 병실 직통 번호를 눌렀다. 이 번호는 나를 포함해 가까운 몇 사람밖에 알지 못한다.

전화벨이 네 번 울리고 건너편에서 수화기를 들었다.

"여보세요."

아버지의 나른한 목소리가 들려왔다.

"아빠, 저예요."

"오, 하루카니."

아버지 목소리가 별안간 높아졌다.

"어디에서 거는 거야?"

"하야마 마리나요. 곧 떠날 시각이에요."

"그래, 마음껏 즐기다 오너라. 하지만 조심해야 해."

"알아요. 그보다 아빠는 어떠세요?"

"난 괜찮지."

"혈압은요?"

"그냥 그래."

"기항하면 또 전화할게요."

"그래, 그러렴. 하루카, 배에 타자마자 구명보트와 구명조끼 보관하는 곳을 알아두어야 한다. 우노 씨 요트라면 문제야 없겠지만 배에 따라서는 그런 비품이 파손되거나 사람 수보다 적을 때도 있거든. 만약에 그렇다면 제대로 된 구명조끼 한 벌을 네 방에 확보해 둬. 알겠지?"

"네."

"아이나 노인이 있더라도 여차할 때 마음이 약해지면 안 돼. 몸에 지닐 것 확실히 챙기고, 절대로 지면 안 된다."

"알아요. 아빠도 절대로 지지 마세요. 저는 늘 아빠를 생각하고 있어요."

"이 세상에 네가 있는 한, 난 걱정할 필요 없다."

수화기를 내려놓는데 눈꺼풀 안쪽이 뜨거워졌다. 가여운 아빠. 사람들 대부분은 아빠가 심장병과 고혈압으로 입원한 것을, 그저 여론의 비난을 피하고 만만치 않은 교섭 자리에 모습을 드러내지 않으려는 방편으로만 보는 것 같다. 하지만 아버지 역시 그 불행한 사고 이후 얼마나 가혹한 시련을 겪고 있는지 모른다. 세상에 둘도 없는 악랄한 인간인 양 떠들어대다니……. 아빠가 뭘 어쨌다는 거야? 그건 백 퍼센트 타인의 부주의로 일어난 사고잖아. 그러니까 아빠도 피해자 중 한 사람 아냐?

아빠, 힘내세요. 앞으로 한동안은 마음고생해야 할지도 모르지만, 언젠가는 틀림없이 아빠에게 유리하게 마무리될 거예요. 아빠가 늘 말했듯이 세상일은 결국 시간과 돈이 해결해줄 거예요. 일이 끝나고 나면 언론이나 사람들이나 다들 어이없을 정도로 잘 잊어버리잖아요.

그때까지는 입원을 하든 주식을 하든 하면서 마음을 달래고 있어요. 내가 이번 초대를 받아들인 이유도 절반은 기분 전환하기 딱이라고 생각했기 때문인걸요.

002

☆☆☆

카페로 돌아가자 한발 먼저 여닫이문을 밀고 들어선 남자가 자리에 서서 가게 안을 둘러보고 있었다. 안에는 손님 예닐곱 명이 제각기 앉아 차를 마시고 있었다.

"저, 인디아나호에 타시는 분들."

남자가 부르기에 그의 앞으로 향했다. 땅딸막한 몸집의 청년은 볕에 그을린 얼굴에 모자를 쓰고 빛바랜 윈드브레이커를 입었다.

"지금부터 보트로 본선까지 안내하겠습니다."

가게 안에 있던 남녀 네 명이 의자에서 일어났다. 후유카와를 포함한 남자 세 사람과 여자 한 사람. 저마다 커다란 여행 가방을 들고 이쪽으로 모였다. 후유카와가 내 여행 가방과 파이 상자까지 가져다주었다. 나는 인사와 함께 내 물건을 받아들고 그의 뒤에 섰다.

"아뇨, 여러분, 계산은 모아서 하죠."

회색 정장을 입은 사십 대 남자가 계산하려 하자 마중나온 남자가 계산서를 모두 받아 한꺼번에 정산했다.

나를 포함한 손님 다섯 명은 남자를 따라 안벽 끝까지 걸어갔다. 그는 다른 여자 손님의 짐을 들어주었다. 여자는 사십 대 중반쯤으로 이목구비가 또렷하고 턱이 두드러져 보이는 지적인 얼굴이었는데, 남색과 흰색으로 마무리한 재킷과 정장 바지 차림이 제법 세련되었다.

안벽 맞은편에 방파제의 양끝이 마주 닿는 곳은 수문처럼 틈이 열려 있었다. 노란 대형 고무보트가 안벽에 묶여 방파제와 안벽 사이 수면에 떠 있다. 마중나온 남자가 먼저 보트에 올랐다.

"짐이 많으니까 안전을 위해 두 번으로 나누어 가야겠네요. 먼저 여성분들부터 타시죠."

그러자 남자 손님 중 가장 젊고 키가 큰 사람이 말했다.

"제가 여기서 짐을 지킬 테니 네 분 먼저 가시죠."

서른을 조금 넘긴 듯한 남자는 나긋나긋해 보이는 길고 밋밋한 얼굴이다. 어디서 본 듯한 인상이다.

마중나온 남자가 제안을 받아들였다.

"그러시겠어요? 그럼 그렇게 하죠."

그리하여 손님 네 명을 태운 보트는 엔진을 울리며 수문을 빠져 나갔다.

보트는 방파제 바깥쪽으로 나가 쌀쌀한 바닷바람을 가르며 달렸다. 가장자리에 앉은 승객들은 다들 들떠서 흥분한 얼굴로 앞쪽에 시선을 던졌다.

"배가 커서 선착장에 댈 수가 없어요."

마중나온 남자가 설명했다. 가까워지면 가까워질수록 실감이 나는 요트의 실제 크기는 박력마저 느껴졌다. 바닷가에서는 보이지 않았지만 배 옆면에 진홍색으로 '인디아나'라고 씌어 있었다. 마침내 보트는 속도를 줄이며 뒤쪽 갑판의 뱃전 사다리에 바싹 몸을 붙였다. 우리는 사다리를 타고 배로 올라갔다.

갑판 끄트머리에 선 다부지고 건장한 체격에 콧수염을 기른 남자가 올라오는 사람들에게 하나하나 손을 빌려주었다. 보트는 남은 손님을 태우러 돌아갔다.

"아직 좀 추울 겁니다. 어서 응접실로 들어가세요."

수염을 기른 남자가 유리문을 열며 우리를 응접실로 안내했다. 구석에 신발 벗는 곳이 있고 바닥에는 털이 긴 모스그린 카펫이 깔려 있었다.

"와, 넓다."

몇 번이나 탄성을 질렀다. 가까이에서 보고 해안가에서 짐작한 것보다 더 큰 요트라고는 생각했지만 막상 올라타보니 갑판이며 응접실이 놀라울 정도로 널찍했다.

"호텔 스위트룸 같네."

여자 손님이 내 말에 맞장구쳤다.

"어서 앉으시죠."

남자의 권유에 우리는 부드러운 연보라색 가죽 소파에 앉았다. 디귿 자 모양 소파와 스툴까지 더하면 일고여덟 명은 거뜬히 앉을 수 있어 보였다. 반대쪽 한편에는 바가 마련되어 있었다. 광택이 흐르는 마호가니 카운터, 안쪽 역시 똑같은 마호가니 테두리를 두른 유리문 달린 선반이 있었다. 선반 안에는 컷글라스가 가지런히 놓여 있다. 소파와 바는 응접실 뒤 절반을 차지했는데 앞부분 왼쪽에는 타원형 식탁, 오른쪽에는 텔레비전, 스테레오 기기, 서가, 게임용 탁자 등이 배치되어 있었다. 벽과 천장은 외장과 마찬가지로 상아색으로 통일했고, 곳곳에 마호가니 가구를 빈틈없이 짜맞췄다. 실내 장식의 재질과 디자인이 모두 환상적으로 어우러져 응접실 전체에서 품위 있고 세련된 분위기가 느껴졌으며 마음놓고 쉴 수 있을 만한 안정감마저 풍겨왔다.

"요트 안이란 게 도저히 믿기지 않아."

누군가 중얼거린 말에 나도 동감했다. 끊임없이 들리는 엔진 소리와 조금씩 흔들리는 바닥을 제외하면 요트 안 같지 않았다.

"이 배는 몇 톤쯤 되나요?"

회색 정장을 입은 마른 남자가 물었다. 간사이 사투리가 섞인 말씨였다.

"전장 백이 피트죠. 요트의 규모는 보통 톤으로 말하지 않지만, 그렇게 따지면 구십구 톤이에요."

"백이 피트라면 대략 삼십 미터쯤 되겠군요?"

"요트는 처음 타십니까?"

"네, 이렇게 큰 요트는 말이죠."

수염을 기른 남자는 길게 떠들지 않고 튼튼해 보이는 하얀 이를 드러내며 미소 지었다.

다시 보트가 돌아왔다. 아까 마중나왔던 남자와 안벽에 남았던 남자가 짐을 싣고 온 모양이었다. 후유카와가 도우려 하자 수염을 기른 남자가 말렸다.

"괜찮습니다. 금방 끝나니까요."

남자는 갑판으로 나가더니 금방 모두의 짐을 응접실 구석으로 날라 왔다.

"자, 이걸로 모두 모이신 듯하니 커피라도 내오지 않겠나?"

마중나왔던 청년이 고개를 끄덕이고 카운터 안으로 들어갔다.

"여러분, 잘 오셨습니다. 선장인 류자키입니다."

수염을 기른 남자가 쑥스러움이 섞인 말투로 우리에게 다시 인사했다. 180센티미터 남짓한 키에 떡 벌어진 체구, 두꺼운 눈썹과 검은 수염이 외모를 한층 남자답게 보이게 했다. 중후한 목소리까지 더해지니 믿음직스러운 선장 이미지에 모자람이 없다. 나는 만점에 가까운 점수를 매겼다. 갈색으로 그을린 이마며 눈가의 주름을 보니 쉰에 가까운 듯했다.

"이 사람은 엔지니어인 아즈마고요."

카운터 안에서 아즈마가 가볍게 고개를 숙였다. 아즈마는 스물일고여덟 살쯤 되어 보였다.

"선원은 우리 두 사람, 손님은 다섯 분이니 탑승자는 다 해서 일곱 명입니다. 오키나와 기노완 항까지 평균 십 노트로 천천히 갈 겁니다. 토요일 안에 도착해 일요일 아침 해산, 일주일 예정이죠. 선내 설명과 방 배정은 출항 뒤에 하고 싶은데, 그전에 볼일이 있으시다면……."

"방금 다 합해서 일곱 명이라고 했나요?"

후유카와가 고개를 갸웃하며 물었다.

"네, 그랬습니다."

"그러면 당신이 이 요트 주인입니까?"

"아뇨, 아닙니다. 저는 선장일 뿐이지 소유주는 아닙니다. 물론 항해중에 일어나는 모든 일은 제 책임이고, 제 지시에 따라야 할 때도 있을 겁니다."

"우리를 초대한 분은 곧 승선합니까?"

류자키가 눈을 크게 뜨고 수염을 쓰다듬었다.

"아…… 아뇨, 그런 연락은 없었습니다."

"뭐요?"

"저 역시 아무것도 듣지 못했는데요."

사십 줄의 여자도 불만스럽게 입을 삐죽였다. 나 또한 당연히 오너나 가족이 함께 타는 줄로만 알았다.

"이거 죄송합니다. 저는 직접 연락을 받으신 줄 알았습니다. 사실은 오너가 미루지 못하는 일을 처리하느라 출발이 꼬박 하루 늦어진답니다. 그렇다고 손님의 일정까지 변경할 수는 없는 노릇이라 예정대로 오늘 출항하고 오너는 내일 저녁 오마에자키 곶에 들를 때 합류하기로 했습니다."

"아, 그렇군요. 사정을 알았으니 됐어요."

"오마에자키라. 그러면 신칸센이나 도메이 고속도로를 타고 이 배를 쫓아오겠군요."

간사이 억양으로 말하는 남자는 카운터 끝에 놓인 지구본을 바라보았다.

"오너 가족은 몇 분이나 타시죠?"

여자가 물었다.

"자세히는 듣지 못했습니다."

류자키는 선뜻 고개를 가로저었다.

"몇 분이든 더 타셔도 괜찮습니다. 선실은 충분히 있으니까요."

향긋한 냄새가 응접실 안에 퍼졌다. 아즈마가 막 내린 커피를 카운터에 놓인 컵에 따랐다. 아까 안벽에 남았던 키 큰 남자가 얼른 일어나 컵을 탁자 위로 날라 왔다.

"레몬파이가 있는데 괜찮으면 다 같이 드시겠어요?"

나는 짐 속에서 파이 상자를 꺼내 와 끈을 풀기 시작했다.

"세이조에 있는 수제 케이크집의 파이인데 아주 맛있답니다."

"저는 기호품이랄 게 따로 없어서 과일을 조금 가져왔는데요."

여자 손님이 가져온 종이 꾸러미는 긴자에서 유명한 과일가게 포장지였다. 남자들이 브랜디며 캐비아 병조림 등을 카운터에 늘어놓았다. 응접실 안의 경직되어 있던 분위기는 급속도로 누그러졌다. 사정을 알았으니 주최자인 오너와 가족은 없는 편이 오히려 마음 편했다. 나는 다른 손님 네 명을 티 나지 않게 관찰하고는 차림새며 옷 입는 센스에 일단 합격점을 주었다.

그럭저럭 사는 사람들답네. 유명한 재벌가에게 초대받았으니 당연하다면 당연한 일이기는 하지. 수준 떨어지는 사람이 섞여 있기라도 했으면 어쩔 뻔했어. 난 그런 사람이 같이 있는 것만으로도 두통이 생긴다니까.

"제가 조타실로 들어가기 전에 여러분 성함을 알 수 있을까요? 일주일간 함께할 텐데 알아두는 게 좋겠지요."

류자키의 눈짓에 소파 끝에 앉은 후유카와가 먼저 입을 열었다.

"후유카와 마키히코입니다. 혹시 제 책을 읽은 분이 계실지도 모르겠군요. 신문사를 퇴직하고 수필이며 이것저것 쓰고 있는 사람입니다."

이름은 들은 것도 같지만 후유카와의 책 따위 본 적 없다. 나는 독서보다 음악 감상과 운동을 더 좋아한다.

"아, 선생님이 바로 그……."

여자가 허공에 한 손을 저었다.

"『결단의 풍경』은 논픽션상 후보에 올랐죠?"

"그 책은 저도 재미있게 읽었습니다."

회색 정장을 입은 남자가 조용히 맞장구쳤다.

"아, 이거 감사합니다."

후유카와가 베레모를 살짝 잡으며 인사했다. 예술인이라고 생각한 내 감은 빗나가지 않았다.

"가지카자와 히로시입니다. 산부인과 의사죠."

다음으로 간사이 말씨를 섞어 쓰는 가냘픈 체구의 남자가 자신을 소개했다. 사십 대 중반, 마르고 하얀 기품 있는 얼굴에 금속 테 안경을 썼다. 긴 매부리코와 얇은 입술이 차가운 인상을 주었다.

"의사분과 함께라니 마음이 든든하네요."

후유카와가 답례처럼 말했다.

"말씨로 보아서는 간사이 쪽에 사시는 것 같은데요?"

"아뇨, 도쿄에 삽니다. 출신이 그쪽이라 억양이 통 고쳐지지 않네요."

"저는 변호사 구제 모토코예요."

똑 부러지게 명확한 말투가 딱 그런 일을 하는 사람 같다. 다들 같은 생각인지 고개를 끄덕였다. 어느 지역인지는 모르겠지만 그녀의 말투에서도 희미하게 사투리 억양이 느껴졌다.

"작지만 요쓰야에 사무소가 있어요. 잘 부탁해요."

그녀 역시 지방에서 태어나 도쿄에 자리 잡은 사람인지도 모른다. 이어서 아까 안벽에 남았던 키 큰 남자에게 자연스레 모두의 관심이 쏠렸다.

"나라이 요시아키입니다. 저도 기억해주시는 분이 계시면 좋겠군요."

유약해 보이는 가느다란 눈의 소유자였다. 나라이는 눈꼬리를 내린 채 고개를 움츠렸다.

"오륙 년 전까지는 가끔 텔레비전에 나왔는데 요새는 해마다 시드에서 떨어졌으니……."

"아, 골프 선수 나라이 씨!"

내가 맨 먼저 반응했다.

"어쩐지 낯이 익다 했는데 텔레비전에서 방송한 토너먼트에서 봤군요."

"기억하세요?"

"네, 잘은 못하지만 저도 골프를 치고, 경기도 즐겨 봐요."

그러고 보니 스포츠 신문에서조차 그의 사진을 본 지 오래된 것 같다. 시드에서 떨어진데다 예선에서도 연패해서 토너먼트 결승에 나오지 못한 모양이었다.

"아, 그리고 제 취미가 요리예요. 선원 둘만으로는 손이 모자란 다기에 제가 이번 여행에서 식사 준비를 맡기로 했습니다. 재료는 풍부하게 갖추어놓았다니까 원하는 요리가 있으면 부담 없이 말씀 해주세요."

류자키와 아즈마도 알고 있는 사실인지 웃으며 고개를 끄덕였다.

마지막으로 내 차례가 돌아왔다. 스물다섯 살인 나는 아마 여기 모인 일곱 사람 중에 가장 어리겠지. 그 탓인지 내게 쏠린 시선에는 호기심 외에 다소의 걱정과 호의도 섞여 있는 것 같았다.

"오케야 하루카예요. 회사 임원 비서로 일하고 있고요."

빠르고 간결하게 말했다. 성을 듣고 아버지를 떠올리지 않기를 마음속으로 빌었다. 여전히 누구보다 아버지를 존경하지만, 그런 불행한 사고 후에는 사람들 수군거림이 잦아들 동안 관계없는 척하는 게 제일이다. 내가 아버지 비서를 그만두고 지금 일하는 회사로 옮긴 이유도 그런 점을 배려한 아버지 덕이었다.

"괜찮다면 어떤 회사인지 물어도 될까요?"

후유카와가 물었다.

"여행사와 골프장을 경영하는 회사예요."

"어느 골프장요?"

나라이가 냉큼 묻는다. 지바 현에 있는 코스 이름을 말하자, 나라이는 "아, 거기" 하고 알은체하며 고개를 끄덕였다. 하지만 그곳은 회원 수를 지나치게 늘리는 바람에 불평이 끊이지 않는 신설 골프장으로 프로 시합이 열릴 만한 이름난 코스는 아니었다.

"골프장으로 출근하나요?"

"아뇨, 도쿄 본사에 있는 비서실에서 근무해요."

그걸로 질문이 끊긴 걸 보니 내 소개도 이 정도면 된 모양이다. 누구도 내 성을 듣고 쓸데없는 생각을 한 것 같지 않다. 오케야가 엄청나게 희귀한 성이 아니라는 사실에 감사했다.

"감사합니다."

류자키가 마무리하듯 말하고 자리에서 일어났다.

"그럼 드디어 출항합니다. 방 배정을 마칠 때까지 조금만 더 응접실에서 쉬고 계세요."

"잘 부탁해요."

다들 입을 모아 인사하며 자리에서 가볍게 일어났다.

나는 고개를 들다가 창밖의 갑판 난간 위에서 움직이는 시커먼 형체를 보고 흠칫했다. 개로 착각할 정도로 커다란 검은 고양이가 있었다.

003

☆☆☆

인디아나호는 예정보다 조금 늦은 정각 3시쯤 되어서야 출항했다. 아즈마가 보트로 고양이를 뭍까지 날라다주고 오느라 늦어진 것도 있었다. 목줄이 없으니 아마도 길고양이일 텐데, 언제 어디를 통해 요트로 헤매 들었는지는 선원들도 모르는 눈치였다.

"저희는 어제부터 이 배에 타고 있었습니다. 연료나 물, 식료품도 챙겨야 하고 이것저것 준비할 게 많거든요. 당연히 해안가와 배를 몇 번이나 왔다갔다했는데 그새 이 녀석이 우연히 보트에 탔다가 그대로 요트에 올라탔는지도 모르겠군요."

아즈마의 의견에 류자키도 그 가능성밖에 없다는 표정으로 고개를 끄덕였다. 의외로 두 사람 다 검은 고양이가 탔다는 사실 자체에는 조금도 개의치 않는 듯했다. 고양이를 바다에 내던질 수도 없는 노릇이라, 아즈마가 말린 멸치로 유인해 안아 들어서는 보트로 해안가에 돌려보내고 왔다. 돌아온 아즈마는 뱃전 사다리를 접고 앞쪽 갑판에서 앵커 체인을 감아올렸다. 요트는 여객선이 아니라서 따로 뱃고동 소리 없이 조용히 앞으로 나아갔다.

선장은 조타실에서 키를 잡고 있겠지. 아즈마도 한동안 선창과 갑판을 오르락내리락했다. 우리도 처음에는 갑판에 서서 서서히 멀어지는 하야마 해안과 에노시마 섬 풍경을 바라보았다. 아직 쨍쨍한 오후 햇살에 바닷가의 하얀 건물이며 요트의 돛대가 빛나고, 그 뒤로 푸른 산과 점점이 핀 벚꽃의 경치가 펼쳐졌다. 배는 거울 같은 해수면에 세찬 항적을 남긴다. 나무랄 데 없는 출항 풍경이었지만 갑판에 오래 서 있으려니 점점 으슬으슬해졌다. 한 사람 두 사람 응접실로 들어갔다.

"오래 기다리셨습니다. 그럼 배 안을 간단히 설명하고 방을 정할까요?"

아즈마도 돌아왔다. 출항 직후의 바쁜 일들은 마친 듯하다.

"이쪽이 조리실이에요."

아즈마가 식탁과 게임용 탁자 너머에 있는 문을 열고 가리켰다.

"오븐, 전자레인지, 냉장고와 냉동고, 식기세척기 같은 설비는 다 갖췄습니다."

선내 조리실이 마치 고급 아파트의 시스템키친 같았다.

"사용법은 이따 천천히 가르쳐주세요."

나라이가 말했다.

"음식물 쓰레기는 어떻게 하죠?"

"음식물 쓰레기 분쇄기로 가루를 내서 바다에 버립니다."

"그렇군요."

아즈마가 앞장서서 오른쪽 복도로 나갔다. 복도에도 푹신푹신한 담갈색 카펫이 깔려 있다. 조리실 옆 문을 열자 아늑해 보이는 개인실이 나왔다. 정사각형 방 천장에 샹들리에가 달려 있고 더블침대, 책상, 서랍 등이 네 귀퉁이에 배치되어 있다. 개인 욕실과 화장실도 딸려 있다. 아즈마가 스위치로 전동식 창문 커튼을 조작해 보였다.

"오너가 타면 이 방을 쓰시는 건가요?"

가지카자와가 물었다.

"아뇨, 여기는 선장실이에요. 조타실 바로 뒤죠. 오너룸은 이 아래 하갑판 거주구에 있습니다."

"정말 호화로운 방이네요."

구제가 감탄했다.

"오너룸은 더 굉장해요."

"그렇다 해도 넓이가 한정된 크루저 안에 선장 한 사람만을 위해 이만한 공간이 마련되어 있다는 얘기는 배 안에서 선장이 얼마나 절대적인 위치에 있는지를 나타내죠."

후유카와가 우쭐하며 해설하듯 말했다.

선장실 전방에 조타실로 이어지는 문이 있다. 류자키는 여전히 키를 잡고 서서 앞쪽을 주시하고 있었다. 류자키의 앞뒤로 복잡한 계측기가 빼곡하게 늘어서 있다. 영상 수상기에 비친 하야마 해안은 벌써 뒤로 아득히 멀어져 있었다.

"항해중에는 대개 선원 한 명이 조타실에서 당직을 섭니다. 여러분이 여기 들어오실 기회는 거의 없겠지만, 만약 들어오시게 되더라도 절대 계측기에 손대시면 안 됩니다."

조타실 앞은 선수 갑판이라고 한단다. 하얀 의자를 두고 일광욕

하기 좋아서 '선 덱sun deck'이라 부르기도 한다고 아즈마가 설명했다.

"구명보트는 어디에 있나요?"

아버지의 당부가 떠올라 아즈마에게 물었다.

"이 위 최상층 갑판에 구비되어 있어요."

아즈마는 조타실 천장을 가리켰다.

"나중에 자세히 설명하겠습니다. 지금은 먼저 방을 안내하는 게 좋겠죠?"

다들 같은 마음이라 우리는 아즈마를 따라 선장실 바깥 복도로 나가 가파른 계단을 내려갔다. 아래가 거주구인 모양이다. 맨 앞의 오너룸은 금색 손잡이가 달린 하얀 문이고, 그 앞으로 뻗은 복도 양쪽에 갈색 문이 늘어서 있었다.

"오너가 타시면 다 함께 차를 즐길 기회도 있을 테니 오너룸 내부는 그때 찬찬히 보시죠. 선실은 전부 여섯 개입니다. 거의 같은 디자인이니 마음에 드는 방을 쓰세요. 아, 그리고 여기가 욕실과 화장실입니다."

아즈마가 계단 정면에 있는 문을 열자 비즈니스호텔 욕실과 비슷한 넓이의 서양식 욕실과 샤워실, 화장실 설비가 있었다.

"방에는 따로 없으니 욕실과 화장실은 공동으로 쓰셔야 해요."

"이 사다리는 어디로 연결되어 있지요?"

가지카자와가 계단 뒤에 아래쪽으로 이어진 사다리를 가리키며 물었다.

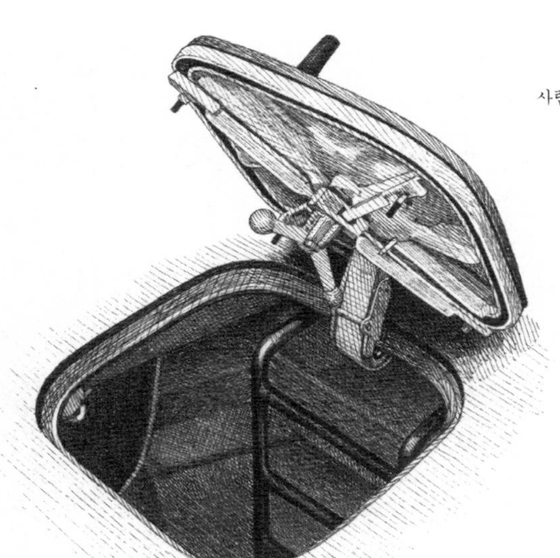

해치

/

사람이나 화물의 이동을 위해
갑판에 설치한 출입구.

"이건 해치예요. 이 아래는 기관실이죠. 연료 탱크와 물탱크, 발전기 외에도 세탁기와 건조기도 있으니 자유롭게 쓰세요. 공간은 협소하지만요."

"아즈마 씨는 어디서 주무시나요?"

"저기 선원실요."

아즈마는 오너룸 반대쪽의 복도 끝을 가리켰다. 선실보다 조금 큰 문이 닫혀 있었다.

"개인실은 아니고 이층 침대가 세 개 있죠. 더 오래 항해할 때는 선원도 많아지니까요."

"그렇군요."

"음……."

다들 한동안 말없이 두툼한 카펫이 깔린 복도며 스웨이드와 비슷한 감촉의 베이지색 엑센을 바른 벽, 다운라이트 불빛이 쏟아지는 천장을 둘러보았다.

나도 아버지를 따라 가끔 외국을 돌아다녔고 꽤 사치를 누리고 있다고 생각했지만, 이른바 호화 요트에 탄 것은 완전히 새로운 경험이었다. 요트나 크루저에 대한 생각이 확 바뀌었다.

아즈마는 마지막으로 가까운 선실 문을 열고 안을 보여주었다. 침대 두 개를 딱 붙여놓고 머리맡에 둥근 창문을 두 개 냈다. 왼쪽에 책상, 침대의 다리 쪽에 로커와 간이 세면대가 마련되어 있다.

"알겠습니다. 그럼 어서 방을 정하죠."

후유카와가 말했다.

“제가 계단 옆 방을 쓸게요. 식사를 준비하려면 조리실을 자주 왔다갔다해야 하니까요.”

나라이다.

“수고가 많으시네요.”

“어차피 방 하나가 남으니 욕실 옆은 빼는 게 좋겠군요. 물소리가 시끄러울 거예요.”

아즈마가 거들어주었다.

“그럼 여성 두 분이 가운데를 쓰시고 저희가 뒤쪽 두 방을 쓰면 어떨까요?”

후유카와의 제안에 가지카자와도 동의했다.

선실 문에 금색 번호판이 붙어 있다. 앞쪽부터 1호실에 나라이, 2호실은 비우고, 3호실에 구제, 4호실에 나, 5호실에 가지카자와, 6호실에 후유카와가 배정됐다. 방이 결정되자 각자 위쪽 응접실에서 짐을 날라 왔다. 경사가 급한 계단에서는 남자들이 도와주었다.

나는 4호실로 들어가 문을 닫고 침대 끝에 살포시 앉아보았다. 끊임없이 느껴지는 엔진 울림 말고는 말소리 하나 없이 괴괴했다. 푸른색과 회색 조가비 무늬 벽지를 바른 간소하면서도 청결한 방이다. 둥근 창문은 흘수선보다 위에 있어 넘실대는 바다가 보인다. 계속 쳐다보고 있으면 뱃멀미가 날 것 같아서 자리에서 일어나 여행가방에 잔뜩 담아 온 옷을 로커 안에 걸었다. 그러고 나서 초콜릿색 가죽 표지 일기장과 만년필 보관함을 책상 위에 올려두었다. 날마다 일기를 쓰는 것은 고등학생 때부터 이어온 오랜 습관이자 내 자랑거리 중 하나다. 일기를 쓰는 습관을 가르쳐준 사람 역시 아버지였다.

―아빠는 도야마의 고등소학교를 졸업하자마자 홀로 도쿄로 상경해 숯가게 고용살이를 할 때부터 쭉 일기를 썼단다. 간단한 메모 정도도 있지만, 옛날 일기를 되읽을 때마다 자신이 얼마나 가난했는지, 돈 없는 인간을 버러지처럼 취급하는 사람들에게 얼마나 비참한 굴욕을 당해왔는지 생생히 떠오르지. 그러면 두 번 다시 그런 처지로 추락하지 않기 위해, 더 막대한 재산과 절대적인 지위를 손에 넣어 옛날 그놈들에게 복수해야겠다는 투지가 이내 불타오른단다. 너는 철들 때부터 부족함 없이 키웠다만 그래도 일기를 써보려무나. 딸아, 너는 아름다운 용모를 타고난데다 모자람 없는 환경에서 태어났어. 그렇기에 좀더 높은 곳에 오르려는 야심이 끓어오를 게다.

처음 이야기를 들었을 때에는 그리 깊게 생각하지 않았지만 이제 나는 아버지의 심정을 공감하고 이해할 수 있다. 그래, 나는 한층 더 아름다워지고 더욱더 높은 상류사회의 정상에 오르고 싶다.

〈엘리제를 위하여〉 오르골 소리가 짧게 울리더니 뒤이어 아즈마의 목소리가 들렸다.

"여러분, 오늘은 6시부터 파티가 있습니다. 늦지 않게 응접실로 모여주십시오."

천장 한구석에 있는 스피커에서 목소리가 흘러나왔다.

세면대 거울 앞에서 화장을 지우고 세수를 했다. 세면대 옆에 비치된 작은 급수 탱크 수도꼭지에서 따뜻한 물이 나왔다. 다시 공들여 화장을 하고 시간을 들여 옷을 골랐다. 솔직히 초대한 사람도 아직 타지 않았고, 손님 중에 특별히 매력적인 젊은 남자도 없으니 꾸미는 보람은 별로 없었다. 선장은 그럭저럭 괜찮지만 나랑 나이 차이가 너무 난다. 하지만 중년 신사들의 눈을 즐겁게 하는 것도 나쁘지 않겠지.

화려한 새먼핑크 드레스에 다이아몬드 귀고리와 펜던트로 한껏 치장하고 응접실로 올라가니 벌써 맛있는 냄새가 사방에 감돌았다. 식탁에는 오르되브르를 담은 접시와 7인분 냅킨, 나이프와 포크가 준비되어 있었다. 멘델스존의 바이올린 협주곡이 작게 흘렀다. 후유카와와 가지카자와가 소파에 앉아 술을 마시고 있었다. 가지카자와는 검은 파티복, 후유카와는 말쑥한 파란 재킷으로 갈아입었는데 지저분한 베레모는 여전했다.

"이거 오케야 양, 눈이 번쩍 뜨일 만큼 아름답군요."

기다렸다는 듯이 후유카와가 일어나 양팔을 벌렸다.

"그냥 하루카라고 불러주세요."

"하루카 양, 한잔 줄까요?"

그러면서 병이 쌓여 있는 손수레를 눈짓으로 가리킨다.

"두 분은 뭘 드세요?"

"나는 셰리, 선생은 키르예요."

"그럼 저도 키르를 마실까요."

호박색 술을 따른 잔을 받아들고 응접실 창가로 조용히 다가섰다. 하늘에는 아직 노을이 남아 잿빛을 띠기 시작한 물결 사이 여기저기에 붉은 석양빛을 비췄다. 오른쪽 앞에 보이는 육지에 등불이 반짝반짝 깜빡인다.

"저건 이즈 반도 아닌가."

어느새 옆으로 다가온 가지카자와가 독특한 콧소리로 말했다.

"이제부터가 제일 좋을 때죠."

"선생님은 크루즈 여행이 처음이신가요?"

"친구의 작은 요트에 잠깐 탄 적은 있죠. 사실 배나 비행기 같은 기계와 궁합이 맞지 않아서 이번에도 많이 망설였어요. 하지만 오기 잘했다는 생각이 들기 시작하는군요."

"맞아요. 이 정도라면 뱃멀미도 걱정할 필요 없을 것 같고요."

"조금이라도 속이 불편하면 언제든지 말씀하세요. 약은 얼마든지……."

그때였다.

"어머나, 나라이 씨, 정말 잘 어울려요!"

울림이 좋은 구제의 목소리에 식탁 쪽을 돌아보니, 요리사 모자와 윗옷을 걸친 나라이가 대하를 담은 큰 접시를 조리실에서 날라온 참이었다.

"혼자서 힘드시죠. 도와드릴까요?"

"아뇨, 좋아서 하는 거니 신경쓰지 마세요."

변호사는 세련된 겨자색 정장 차림이다. 나는 평소에 요리를 거의 해본 적이 없지만 모른 척할 수 없어서 구제에게 다가갔다. 하지만 구제 역시 당장 조리실로 갈 생각은 없는지, 옷 색과 맞춘 묘안석 반지를 낀 손으로 게임용 탁자를 만지며 흥미롭게 바라보고 있었다. 서가에는 외서와 요트 사진집, 애거사 크리스티의 추리소설 네댓 권이 꽂혀 있었다. 그중 딱 한 권, 읽은 작품을 발견했다. 『그리고 아무도 없었다』란 책으로, 작가의 대표작 중 하나라고 들었다.

"오너는 크리스티를 좋아하나 봐."

구제가 미소 지었다.

"어, 이게 뭐죠?"

나는 게임용 탁자 안쪽 장식 선반을 살펴보며 말했다. 둥근 금속판 위에 도기로 만든 작은 동물 인형 일곱 개가 놓여 있었다. 빨간색, 검은색, 녹색, 은색 등의 물감으로 얼굴이 익살스럽게 그려져 있다.

"호랑이, 소, 원숭이, 양, 토끼……. 이건……."

"쥐 아닌가?"

구제가 들여다보며 말했다.

"아, 그러네요. 귀엽다."

"판에서 떨어지지 않도록 아래에 자석이 있구나."

"특이하네요. 십이지 장식물이라면 예전에 친구 집에서 본 적이 있는데."

"이것도 전부 십이지 동물이야. 하지만 일곱 개밖에 없네. 잃어버렸나."

나는 구제와 얼굴을 마주보고 살짝 웃었다.

"무슨 띠야?"

"저는 토끼예요."

"나는 말."

우리는 자연스레 다시 선반을 보며 토끼와 말 둘 다 있는 것을 확인했다.

"다 모이셨군요."

복도 문이 열리고 아즈마가 상황을 보러 왔다.

"슬슬 시작할까요?"

절반은 조리실에 대고 한 소리인 듯하다.

"좋습니다."

안에서 나라이의 대답이 들려왔다.

"선장님도 오실 수 있겠죠?"

구제다.

"시작할 때만이라도 얼굴을 비치시라고 하죠. 오시마 섬을 지나가면 자동조타로 바꿀 테니까요."

이즈 반도에만 정신이 팔려 있었는데, 왼쪽을 보니 커다란 섬이 창문을 뒤덮듯 육박해 있었다.

식탁에는 푸아그라, 캐비아, 훈제 연어, 가리비 코키유, 부야베스, 미트 파이와 새우 샐러드 등 고급스럽지만 손이 많이 가지 않는 요리가 예쁘게 놓여 있었다. 6시가 되자 다들 자리에 앉았다. 나라이도 하얀 요리사 옷을 벗었다. 요리사 옷 안에 요란한 알로하셔츠를 입고 있었다. 하늘은 아직 어슴푸레하지만 별이 빛나기 시작했다. 도쿄에서 볼 때보다 훨씬 많고 커 보였다.

"춘소일각치천금•이란 바로 이런 때를 말하겠죠."

가지카자와가 감동을 억누르지 못한 듯 천천히 숨을 내쉬었다.

아즈마의 부름에 선장이 조타실에서 돌아와 합류했다. 선원 두 사람은 옷 갈아입을 여유도 없었던 모양으로 류자키는 검은 터틀넥 트레이너 차림 그대로였지만 그쪽이 그의 다부진 매력에 어울렸다.

"오래 기다리셨습니다. 지금 막 오시마 섬 서쪽을 돌았습니다. 모토마치 항의 불빛이 보이시죠?"

"저 등대는 어디인가요?"

류자키의 맞은편에 앉은 구제가 오른쪽을 가리키며 물었다.

"아, 이나토리 곶이군요. 시모다보다 약간 북쪽이죠."

"그러면 이즈 반도와 오시마 섬 사이를 남하하고 있는 거네요."

"밤에는 팔 노트 정도로 속도를 늦추고 조용히 운행할 생각입니다."

나라이가 샴페인을 따서 일곱 명의 잔에 채웠다. 다들 선장에게 건배 선창을 재촉했다.

"그럼 안전하고 쾌적한 항해를 위하여 건배!"

"건배!"

일제히 잔을 들어올렸다.

한동안 적당히 이야기를 나누면서 모두 식사에 열중했다. 2시에 하야마 마리나에서 모이려면 오전에 도쿄를 나서야 하니 점심을 먹지 못한 사람도 적지 않을 것이다.

"음, 맛이 정말 좋군요."

"전부 나라이 씨가 직접 만드셨어요?"

"아뇨, 도내 호텔에서 준비해 온 음식도 있어요. 내일부터는 전부 제가 차려야죠."

"그래도 이렇게 많이 차리려면 힘드셨겠어요."

"와인은 샤블리가 어떨까요?"

그런 대화가 오간 뒤에 약속이라도 한 것처럼 침묵이 찾아왔다. 다들 빈속을 달래고서야 제정신이 들었을 것이다.

후유카와가 파이프를 꺼내고 류자키는 주위의 허락을 구하고 나서 담배에 불을 붙였다. 바이올린 협주곡은 마지막 악장에 접어들었다. 힘찬 엔진 울림과 뱃머리가 파도를 가르는 소리, 바이올린의 구슬프도록 아름다운 음색. 그런 소리에도 응접실은 안락한 정숙함에 싸여 있는 듯했다.

후유카와가 무슨 말을 하려고 입에서 파이프를 뗀 직후였다. 갑

● **춘소일각치천금** _ '春宵一刻値千金(봄밤의 한때는 천금의 가치다)' 소동파의 「춘야春夜」에 나오는 시구.

자기 '삐익!' 하는 귀에 거슬리는 소리가 실내 공기를 흩뜨렸다. 마이크를 테스트할 때 나는 날카로운 기계음이 사람들의 고막을 뚫고 울려 퍼졌다. 뒤이어 남자치고는 새되고 딱딱한 목소리가 떠들기 시작했다.

"제군은 조용히 들어라. 나는 재판관이다. 지금부터 마음의 준비를 하고 내 말에 귀를 기울여라."

다들 눈을 휘둥그레 뜨고 서로 얼굴을 마주보았다. 탁자에 둘러앉은 사람의 입에서 나온 소리가 아니었다. 목소리는 조금 떨어진 곳에서 들렸다. 듣는 사람의 마음을 한순간에 파고드는 냉기를 품고 있었다. 어디서 나는 소리인지 찾아내지 못한 가운데 목소리가 말을 이었다. 한층 느릿해진 말투가 마치 타이르는 것처럼 들렸다.

"제군은 각자 다음과 같은 행위로 살인죄를 저질렀다.

류자키 시로, 자네는 1970년 5월, 도다 히로오와 후세 구니야스 두 사람을 죽게 했다.

후유카와 마키히코, 자네는 1971년 8월, 하시구치 요시에를 자살로 몰아넣었다.

가지카자와 히로시, 자네는 1980년 2월, 미야 유키코를 살해했다.

구제 모토코, 자네는 1983년 6월, 이와키 겐지를 죽음에 이르게 했다.

나라이 요시아키, 자네는 1983년 9월, 아게오 도루를 죽음에 이르게 한 원인을 제공했다.

아즈마 준지, 자네는 1984년 7월, 야마노베 시게조를 미쳐 죽게 했다.

오케야 하루카, 자네는 1986년 4월, 와키무라 유이치의 사망 원인을 제공했다.

다시 말한다. 자네들이 저지른 행위는 살인죄와 다름없다. 피고인들은 변호할 말이 있나."

004

☆☆☆

"이게 뭐지?"

몇 초 동안 얼어붙었던 침묵이 가지카자와의 떨리는 혼잣말로 깨졌다. '재판관'은 더이상 떠들지 않았지만, 바이올린 음색은 아까와 같은 음량으로 흘러나왔다. 모두 자연히 그쪽으로 고개를 돌렸다. 목소리는 게임용 탁자가 있는 쪽에서 들린 것 같았다. 사람들의 시선이 텔레비전, 시디플레이어가 있는 부근에서 이리저리 움직였다. 누가 "앗" 하고 작게 소리를 내자 아즈마가 벌떡 일어났다.

시디플레이어 옆에 쳐진 짧은 벨벳 커튼 끝에 라디오 모서리처럼 보이는 것이 삐져나와 있었다. 아즈마의 손이 커튼을 젖혔다. 미니 오디오 하나가 놓여 있었는데 그 안에서 카세트테이프가 돌고 있었다. 아즈마가 버튼을 눌러 멈추고 서둘러 테이프를 꺼냈다.

"테이프예요. 여기에 녹음되어 있었던 거예요."

"누가 틀었죠?"

후유카와가 물었다.

"글쎄요. 이런 미니 오디오에는 타이머가 내장되어 있어요. 아, 이건 일주일 전부터 설정할 수 있게 되어 있네요."

"일주일……."

모두가 미니 오디오 앞에 모였다. 류자키, 후유카와, 나라이, 구제 네 사람도 고개를 빼고 들여다보았고, 가지카자와와 나는 그들의 등뒤를 바라보았다. 심각한 기계치인 나는 내 방 시디플레이어로 시디를 듣는 게 고작일 정도다. 가지카자와의 옆얼굴을 보니 나와 비슷한 것 같았다.

"그래요, 일주일 전에 준비할 수 있다는 건 알겠습니다. 테이프가 오늘 오후 6시 반에 재생되도록 타이머를 설정한 건 언제죠?"

"거기까지는 알 수 없어요."

나라이의 물음에 아즈마가 대답했다.

"어제나 오늘 설정했을 수도 있다는 말이로군요."

후유카와였다.

"댁은 언제부터 이 배에 머물렀습니까?"

"어제 오후에 처음 탔습니다."

류자키가 감정을 억누른 말투로 대답했다.

"아즈마와 함께 배 상태를 살핀 후 필요한 물건을 싣고 나니 저녁이더군요. 배에서 묵지 않고 일단 귀가했죠. 아부라쓰보에 사는 동료 집에 신세를 지고 오늘 아침 9시쯤 승선했어요."

"요트는 잠글 수 있나요?"

"당연하죠. 우리는 시동 키와 조타실 열쇠를 가지고 있었어요. 응접실은 안쪽에서 잠갔고, 하갑판의 선실 열쇠는 조타실에 보관했습니다."

"그럼 외부인이 마음대로 배 안에 들어오지는 못하겠군요."

"물론입니다."

"어제부터 오늘까지 당신이 승선하고 나서 누가 찾아오지는 않았나요?"

"아뇨."

"그렇다면 테이프를 준비한 사람은 오너나 당신 선원들 중 한 명이란 소리 아닙니까?"

류자키는 가볍게 어깨를 으쓱할 뿐이었다.

"손님이 배에 타고 나서 맞춰놓았는지도 모르잖습니까?"

아즈마가 웃음으로 얼버무리며 되물었다.

"방을 배정하고 한 시간 넘게 여기에는 아무도 없었으니까요."

"나라이 씨가 요리하고 계셨죠."

게임용 탁자나 시디플레이어가 있는 응접실 구석은 조리실과 문 하나를 두고 인접해 있다.

“접시를 나르며 조리실과 식탁 사이를 몇 번이나 왔다갔다하지 않았나요?”

“네, 그사이에는 문을 활짝 열어두었어요. 딱히 아무도…… 아니, 제가 조리실 안쪽에서 오븐을 쓸 때 누가 슬쩍 여기에 왔다면 눈치채지 못했겠죠.”

“그렇군요. 다시 말해 누구든 할 수 있었던 거예요.”

후유카와가 오히려 납득한 표정으로 고개를 끄덕였다.

“오너나 선원은 물론이요, 손님 역시 나라이 씨 눈을 피하면 그만이었고 나라이 씨는 더 많은 기회가 있었어요.”

이 말에 울컥했는지 나라이가 입을 악다물었다.

“엄밀히 말하면 지금 후유카와 씨가 말한 사람들만으로 한정 지을 수도 없죠.”

구제가 처음으로 대화에 끼어들었다. 법정에서의 변론을 떠올리게 하는 말투였다.

“최근 일주일 동안 이 배에 탔던 다른 사람이 준비했을 가능성도 있지 않나요. 최근에 오너에게 들은 이야기 없어요?”

마지막에는 류자키를 응시했다.

“아뇨, 우리는 모릅니다.”

류자키는 무뚝뚝하게 대답했다.

“아니, 뭐 아무렴 어때요.”

가지카자와가 냉소 섞인 간사이 말씨로 끼어들었다.

"시답잖은 장난이잖습니까. 다들 왜 그렇게 눈에 쌍심지를 켜는지 저로서는 신기할 따름이군요."

"그야 당연히 장난이죠. 그러니 더욱 진상을 알고 싶은 거 아닙니까."

후유카와는 재미있어하는 눈치다. 애써 그렇게 보이려는 듯한 분위기도 언뜻 엿보였다.

"모두가 살인죄나 다름없는 짓을 저질렀다니, 농담치고는 너무 지나쳤어요. 선생님이 가장 호되게 당하시지 않았나요. 웬 여자를 죽였다고 했죠?"

의사의 얼굴이 경련하듯 반사적으로 일그러졌다. 일그러진 표정을 감추듯 가지카자와는 마른 손가락으로 천천히 안경을 밀어 올렸다.

"오너가 꾸민 게 아닐까요."

나도 의견을 펼쳤다.

"이것도 손님을 위한 서비스, 여흥인 거죠."

"뭐랑 비슷하지 않아?"

구제가 갑자기 나를 돌아보았다.

"아까부터 떠올리려고 애쓰고 있는데, 이 상황 뭔가랑 꼭 닮은 것 같아."

구제가 나를 쳐다보는 이유는 같이 나눈 이야기 속에 힌트가 숨어 있다고 느꼈기 때문일까?

구제와 나눈 이야기는 고작해야 식사 전에 게임용 탁자 부근에서 한 대화가 전부다. 눈길이 자연스레 안쪽 서가와 작은 장식 선반 부근에 쏠린다. 서가에는 크리스티가 쓴 추리소설이 대부분이었고, 그중에서 읽은 책은…….

묘안석이 빛나는 손이 『그리고 아무도 없었다』를 뽑는다.

"맞아, 이거야! 이 소설 설정이랑 똑같아요!"

"그 책이라면 저도 읽었습니다. 학생 때 읽어서 자잘한 부분까지 기억나지는 않지만요."

가지카자와의 말에 후유카와 역시 당연히 읽었다는 얼굴로 고개를 끄덕였다.

"크리스티 소설 중에서도 최고 걸작인걸요. 영화로도 몇 번 만들어졌어요. 영국의 머더 구스에 얽힌 이야기였죠? 그렇다면……."

"저는 제목밖에 모릅니다."

나라이가 이마를 쓰다듬었다. 입을 다물고 있는 류자키와 아즈마도 읽지 않은 듯하다.

"열 명의 손님이 영국에 있는 외딴섬으로 초대받는 얘기예요."

구제가 성급하게 페이지를 넘기며 빠른 어조로 말했다.

"아니, 손님은 여덟 명이네요. 다른 두 사람은 하인 부부예요. 섬에는 훌륭한 저택이 세워져 있고…… 무슨 섬이더라…… 아, 여기 있네요. 데번 주 인디언 섬."

"인디언 섬?"

나라이가 처진 눈을 깜빡거렸다.

"이 요트는 인디아나호예요."

이번에는 구제가 깜짝 놀라 입을 벌렸다.

"정말 그러네요. 저는 거기까지 눈치채지 못했어요. 제가 비슷하다고 한 건…… 소설에서도 만찬 도중에 갑자기 레코드가 재생되거든요. 그리고 그 자리에 있던 열 명의 죄상을 고하죠. 여기에 나와요."

구제가 사람들에게 그 페이지를 가리키고 나서 읽었다.

"제군은 각자 다음 죄상으로 살인 혐의를 받고 있다. 에드워드 조지 암스트롱, 자네는 1925년 3월 14일, 루이자 메리 클리스를 죽음에 이르게 한 원인을 제공했다. 에밀리 캐럴라인 브렌트, 자네는…… 이런 식으로 모두의 죄를 폭로하고 마지막에는 피고인들에게 변호할 말이 있느냐고 묻죠."

"조금 전 오디오에서 흘러나온 말이랑 똑같잖아."

나라이가 웃음을 터뜨렸다.

"그 테이프에서도 마지막에 그렇게 말했어요. 그 뒷이야기는 어떻게 되죠?"

"한 사람씩 동요랑 같은 방법으로……."

"동요요?"

"머더 구스 동요가 얽혀 있어요."

후유카와가 덧붙였다.

"열 명의 인디언 소년이 어쩌고 하는."

구제가 다시 그 페이지를 찾아냈다.

"열 명의 인디언 소년이 밥 먹으러 갔네. 한 명이 목에 걸려 아홉 명이 되었네. ……여섯 명의 인디언 소년이 벌집을 쑤셨네. 한 명이 벌에 쏘여 다섯 명이 되었네. 이렇게 오래된 동요와 똑같은 방법으로 한 사람씩……."

"한 사람씩?"

"살해당해요."

"그래, 맞아. 그 가사를 적은 액자가 모두의 침실에 걸려 있지 않았던가요."

가지카자와는 서서히 기억이 떠오르는 얼굴이다.

"제 방에는 아무것도 없었는데요."

"제 방에도 보이지 않았어요."

구제가 명쾌하게 동의했다.

"일본에는 비슷한 노래가 없기 때문이겠죠. 유감스럽지만 따라하고 싶어도 할 수 없었던 것 아닐까요?"

"하지만 여기에 이런 장식물이……."

나는 도기로 만든 동물 인형 일곱 개를 가리켰다.

"저는 비교적 최근에 그 소설을 읽었는데, 식탁 가운데에 인디언 인형 열 개가 장식되어 있었죠?"

"맞아, 맞아. 그런 대목도 있어. 설마 이게……."

"이런 인형이 있는 줄은 전혀 몰랐네요."

아즈마가 신기해하며 집었다.

"원숭이와 쥐, 토끼……."

"십이지인가."

류자키도 처음 본 것처럼 중얼거렸다.

"그럼 제 띠도 있겠네요. 쥐띠거든요."

아즈마였다.

"우리 것도 있어요. 그렇지?"

구제와 나는 서로를 향해 고개를 끄덕였다.

"나는 1926년생 범띠예요."

후유카와다.

"전 양이에요."

가지카자와가 다소 불쾌한 듯이 눈살을 찌푸렸다.

"저는 원숭이인데요."

나라이도 내키지 않는 목소리다.

"선장님은요?"

구제의 물음에 류자키는 잠깐 뜸을 들이고서 대답했다.

"소띠입니다."

"역시…… 전부 갖춰져 있네요. 그리고 여기에 없는 사람의 동물은 없어요."

구제는 숨을 들이쉬듯 말을 끊었다. 혼란스럽고 어수선한 공기가 사람들 사이에 감돌았다.

"어쨌든 여러분, 식사를 계속하시죠."

평정을 되찾은 류자키가 식탁을 가리켰다.

"필요하다면 나중에 테이프를 다시 재생해 찬찬히 검토하죠. 저는 일단 조타실로 돌아가겠습니다."

"제가 교대할까요?"

아즈마의 말에 류자키는 손목시계를 들여다보았다. 응접실에 걸려 있는 선박의 키 모양 시계는 6시 47분을 가리켰다.

"곧 7시예요."

"그럼 부탁할까."

아즈마는 복도로 나가며 문을 닫았다.

"당직은 보통 네 시간 교대가 원칙입니다."

류자키는 다들 앉은 뒤에 자리에 앉았다.

"이건 될 수 있으면 식기 전에 드세요."

나라이가 그렇게 말하면서 부야베스를 작은 접시에 나눴다. 내 눈앞에 그의 옆얼굴이 다가와 관자놀이 부근을 한동안 바라보았다. 그가 접시를 내미는 바람에 정신이 들었다.

"고마워요."

다들 다시 포크를 움직이기 시작하자, 후유카와가 와인 쿨러에서 새로운 병을 꺼냈다.

"이번에는 레드로 할까요? 샤토 라투르는 어떻습니까?"

"그래서 크리스티 소설에서는 초대한 사람이 범인인가요?"

나라이가 부야베스를 다 나눠주고 구제에게 물었다.

"으음, 결국 어떻게 되더라. 초대한 사람의 정체가 좀처럼 밝혀지지 않아요."

구제는 냅킨으로 입을 닦고, 손수레에 올려둔 책으로 손을 뻗었다. 무릎 위에 놓고 다시 책장을 뒤적였다.

"맞아요, 손님 대부분이 얼릭 노먼 오언이라는 인물의 초대를 받았다는 것까지는 밝혀져요. 하지만 실제로 존재하지 않는 인물이죠. U.N. 오언, U.N.O, 다시 말해 UNKNOWN……."

"흠, 꽤나 공을 들였군."

"UNO라."

입속으로 되풀이하던 가지카자와가 손이 미끄러졌는지 갑자기 나이프를 접시에 떨어뜨렸다. 응접실 안에 요란한 소리가 울렸다.

"우노잖습니까."

이번에는 류자키도 철렁한 듯 잔을 입으로 가져가다 멈칫했다.

"알겠어요!"

후유카와가 식탁을 치는 시늉을 했다.

"이거 정말 신경을 많이 썼군요. 어쩌면 우노 씨는 단어가 맞아떨어지는 걸 깨닫고 이런 장난을 생각해냈는지도 몰라요."

"우노 씨가 그랬다고요."

누군가 묘하게 미덥지 않은 목소리로 중얼거렸다.

우노 일가. 전철, 석유, 보험, 백화점 등 산하에 갖가지 대기업을 거느리고 있는 대재벌 우노 가문의 이름은 일본 안에 모르는 이가 없다 해도 지나친 말이 아니었다. 이미 아흔에 가까운 그룹 총수 우노 고타에게는 첩의 자식까지 합해 일고여덟 명의 자식이 있는데, 아들과 사위 들이 각 기업의 톱을 차지하고 있었다. 그 자식이며 친척 들 또한 저마다 요직에 앉아 있으니, 순수하게 우노 일가가 몇 명이며 누가 어떤 지위에 있는지 대표적인 몇 사람을 제외하고는 외부에 자세히 알려진 것이 없었다.

나만 해도 애초에 우노가의 누가 초대했는지 정확히 알지 못했다. 그저 우노라고 하기에 누구든 손해는 없으리라 생각했을 따름이다.

"어쨌든 내일 오마에자키에서 우노 씨 일행이 타면 모든 게 한바탕 웃음거리가 될 거라 이 말씀입니다."

빨리도 새빨개진 얼굴을 번들거리며 후유카와는 취기가 돌아 탁해진 목소리로 말했다.

"그러고 보니……."

크리스티의 소설을 덮은 구제가 중얼거리며 고개를 갸웃했다.

"내일 우노 일가 중에 누가 오려나……."

초대한 사람은 누구?

8시 15분에 맞춰놓은 자명종 소리에 잠에서 깨어났다. 딱 붙어 있는 두 침대 옆 보조 탁자에 라디오와 자명종이 갖추어져 있었다. 자명종을 끄고 침대 안에서 기분 좋게 기지개를 켰다.

어젯밤 10시 반쯤에 방에 돌아왔던가. 저녁 식사 도중 이상한 테이프가 재생되는 사건이 있었는데, 아무래도 오너의 장난 같다고 결론지었다. 그러자 누구도 더는 그 사건을 언급하지 않았다. 그 뒤로는 두서없이 이야기꽃을 피우며 다시 식사를 이어갔다. 두서없다 해도 다들 지위와 교양이 있고, 전문적인 직업에 종사하는 사람들이라 재치 넘치는 이야기가 끊이지 않았다. 그들은 가장 어리고 인생 경험이 적은 나도 낄 수 있을 만한 화제를 꺼내는 배려도 잊지 않았다.

요리는 제법 근사했고 술도 풍부하게 갖춰져 있었다. 나는 샤토 라투르를 꽤 마셨다. 그러는 사이 종잡을 수 없는 불안과 희미한 강박관념이 마음에 스친 것을 부정할 수 없었다. 장난이라고 하지만 오너인 우노 아무개 씨는 와키무라 유이치와 내 은밀한 관계를 어떻게 알아냈을까? 하지만 이내 그런 생각은 머리에서 떨쳐냈다. 유쾌하지 않은 문제는 가급적 생각하지 않기로 하자. 정말 어쩔 수 없을 때가 아니면 상대하지 말자. 이 또한 아버지로부터 전수받은 생활 방침이었다.

얼마 안 있어 아즈마가 류자키와 교대해서 식사를 했고, 9시가 되어 식사가 거의 끝났다. 나라이가 치우기 시작하자 다 같이 사용한 접시를 조리실까지 나르고, 그다음은 식기세척기에 맡겼다. 나라이는 아침 식사 준비를 해야 한다며 조리실에 남았다. 다른 사람들은 소파로 자리를 옮겨 계속 마셨다.

10시가 다 돼서 구제와 내가 자리에서 일어나, 조리실에서 나온 나라이와 함께 셋이 하갑판으로 내려갔다. 욕실은 구제 다음으로 내가 썼으니, 샤워를 마치고 딱 10시 반에 내 방으로 돌아왔을 것이다. 나는 평소처럼 일기를 쓰고 11시 넘어 침대에 누웠다. 한참 아버지를 생각하다 보니 와키무라의 얼굴이 어둠 속에 떠올랐다.

—오케야 하루카, 자네는 1986년 4월, 와키무라 유이치의 사망 원인을 제공했다.

테이프의 새된 목소리가 귓가에 울려 빨리 자려고 애썼다. 모포를 뒤집어썼다. 다행히 요트가 요람처럼 흔들린 덕에 이내 깊은 잠에 빠져들었다.

8시 반에 아침을 먹기로 한 것을 떠올리고 벌떡 일어났다. 머리맡의 커튼을 걷자 반짝이는 아침 햇살이 비쳐 들었다. 둥근 창 아래쪽 반절은 초록빛을 띤 짙푸른 바다에 잠겨 있었다. 위쪽 반절은 눈부시게 빛나는 담청색 하늘이다.

급수 탱크가 달린 세면대에서 세수하고 레몬색 트레이닝복으로 갈아입었다. 재빠르게 화장하고 선실을 나왔다. 응접실 끝 쪽 문을 열자마자 향기로운 빵 냄새가 풍겨왔다. 하지만 조리실에는 아무도 없었다. 바깥 갑판에 후유카와, 가지카자와, 구제 세 사람이 보였다. 갑판에 서서 파이프를 태우거나 난간에 기대 바다를 바라보고 있었다. 세 사람과 아침 인사를 나누었다.

"와, 오늘도 화창할 것 같네요."

나는 심호흡하고 차가운 바닷바람을 가슴 가득 들이마셨다.

"지금은 어디쯤 왔을까요?"

"좀 전에 아즈마 군에게 물으니 이즈 반도 남쪽이라더군요."

후유카와가 대답했다. 베레모 아래로 삐져나온 잿빛 곱슬머리가 바람에 날렸다.

"이제 뭍은 보이지 않네요."

"조금 더 난바다로 나가 구로시오 해류를 탄다고 했으니 당분간은 사방에 바다만 보일 거예요."

정말 어디를 보아도 그저 드넓은 바다만 펼쳐져 있었다. 하늘은 맑았지만 파도가 제법 거칠었다. 난바다로 나온 탓일까. 흔들림도 어제보다 심했다.

"오늘 저녁에는 오마에자키에 입항하겠죠?"

조금 떨어진 뱃고물 쪽에서 등지고 서 있던 가지카자와가 이쪽을 돌아보며 물었다.

"그럼요. 오너 일행이 타야 하잖아요."

구제가 대답했다. 가지카자와는 다시 바다에 시선을 던지고 안경을 밀어 올리며 천천히 이쪽을 돌아보았다.

"어제저녁부터 고민했는데, 저는 우노 씨가 타면 배가 출발하기 전에 문제의 테이프 건을 따질 작정입니다. 장난으로 치부하기에는 말이 너무 무례하고 지나쳤어요. 설명을 들어보고 오마에자키에서 내릴지 결정하겠습니다."

후유카와와 구제가 얼굴을 마주보았다. 가지카자와는 어제 시답잖은 장난에 다들 눈에 쌍심지를 켜는 게 신기하다고 하지 않았나?

"아, 그리 정색할 일도 아닌 것 같소만."

후유카와가 가볍게 목을 위아래로 돌리면서 말했다.

"블랙 유머 아닙니까. 나는 이번 일 덕에 글감이 생겨서 좋아하던 참입니다만. 뭐, 가지카자와 선생은 여자를 죽였다는 가장 무거운 죄를 선고받고 배알이 뒤틀렸나 본데……."

"뭐요?"

가지카자와의 살 없는 관자놀이에 혈관이 도드라졌다.

"당신도 여자를 자살로 몰고 갔잖소!"

두 사람은 일순 숨죽인 채 서로 노려보았다.

"죽게 했다느니, 죽음의 원인을 제공했다느니, 표현은 조금 다르지만 결국 다 같은 죄예요."

가지카자와가 말투를 조금 누그러뜨리고 덧붙였다.

"자네들이 저지른 행위는 사실상 살인죄다, 이거죠. 당연히 얼토당토않은 얘기지만."

"어쨌거나 우노 씨가 무슨 생각으로 그랬는지 따지는 데에는 나도 이의 없습니다."

"맞아요. 빨리 후련해지고 싶어요."

두 사람이 화해하는 분위기라 나는 한숨 돌리며 말했다. 모처럼 기분 전환하러 왔는데 분위기가 험악해지는 것은 참을 수 없다.

"하지만 우노 씨에게 묻는다고 어떻게 된 영문인지 밝혀지리라 확신할 수는 없어요."

구제가 복잡한 표정으로 뺨을 만졌다.

"왜죠?"

"지금 배에 타고 있는 사람 중 한 명이 준비한 테이프인지도 모르잖아."

"그렇다면 인디아나호와 우노라는 이름, 그리고 동물 인형은요?"

"이름은 우연의 일치일 수도 있고, 누군가 우연을 가장했는지도 몰라. 인형은 배에 탄 뒤에 슬쩍 놓아두면 되잖아. 선원들도 처음 본 눈치였어."

"흠, 만약에 손님 짓이라면 역시 나라이밖에 없겠군요."

후유카와가 물었던 파이프를 떼고 혀로 입술을 축였다.

"나라이는 방을 배정하자마자 조리실로 올라가 식사 시간까지 줄곧 그 부근에 있었어요."

"맞다, 저 그 사람에 대해 좀 신경쓰이는 게 있어요."

말하려다 허둥지둥 응접실 안을 둘러보았다. 식탁 부근에도 나라이의 모습은 아직 보이지 않았다.

"뭔데?"

구제가 나를 빤히 쳐다보았다.

"저기…… 이건 제 착각인지도 모르지만, 그분이 자신을 골프 선수 나라이 요시아키라고 소개했잖아요. 처음부터 어디서 본 것 같다고 생각한 터라, 아, 골프 선수 나라이 씨라면 예전에 텔레비전으로 경기를 봐서 그렇구나 싶었는데요."

"그래."

"어제저녁 그 사람이 식탁에 요리를 나눠줄 때 눈앞에서 옆얼굴을 보고 이상한 점을 떠올렸어요. 골프 선수 나라이는 오른쪽 눈꼬리 옆에 상처가 있지 않았나요? 그리 큰 상처는 아니지만, 텔레비전에서 클로즈업될 때면 빛 때문에 도드라졌죠. 오륙 년 전까지 가끔 우승도 해서 스포츠 신문에도 얼굴이 실렸고요."

"나라이 씨……. 이 배에 타고 있는 그 사람 얼굴에 상처가 있었나?"

"없어요. 그래서 어제 이상하다 생각했죠."

"그 말은 그 사람이 가짜 같다는 거야?"

"아니, 그건 저도 본인을 직접 만난 적은 없어서……."

의견을 구하기 위해 남자들을 보았지만 두 사람 다 신통치 않은 얼굴을 하고 있다.

"저는 골프는 그다지……."

"유명한 선수의 이름 정도는 알고 있지만……."

"요리는 제법이던데요."

구제가 말했다.

"설마 요리사가 본업인가."

후유카와가 농담하며 이야기를 잘랐다.

"그건 그렇고 벌써 아침 식사 시간이에요."

구제의 말에 손목시계를 보니 8시 40분을 지나고 있었다. 마침 쌀쌀했던 터라 다 같이 응접실로 돌아갔다. 실내에는 여전히 빵 냄새가 감돌았지만 커피 향은 나지 않았고 조리실도 깨끗했다. 나라이가 일어나 아침을 준비한 흔적은 없었다.

"이상하군. 그 사람이 먼저 8시 반에 아침을 먹자고 했는데."

후유카와가 고개를 갸우뚱했다.

"늦잠을 자나."

"어젯밤에 골프 선수는 아침 일찍 일어나야 해서 밤에도 일찍 자는 습관이 몸에 뱄다고 하지 않았나요?"

"뱃멀미로 뻗어 있는지도 모르겠군요."

가지카자와가 눈살을 찌푸렸다.

"원래 그렇게 건장한 체격에 운동 잘하는 사람이 의외로 맥을 못 추기도 해요. 잠깐 보고 올까요."

의사가 복도 계단을 내려가자 구제와 나는 조리실로 들어갔다.

"아무래도 우리가 하는 수밖에 없겠네."

"선생님은 평소에도 요리하세요?"

"이래 봬도 두 아이 엄마야. 아침마다 출근 전에 남편이랑 아이들 아침밥을 짓는걸."

"아, 여기에 제빵기가 있었네요."

나는 오븐 옆을 보며 말했다.

"아침 8시에 구워지도록 맞춰두었어요."

"어쩐지 좋은 냄새가 나더라니. 그러면 나라이 씨는 아직 자나 보네."

구제가 냉장고 안을 둘러보기에 나는 커피를 준비하기 시작했다.

응접실 문이 열리는 소리에 뒤돌아보았다. 가지카자와가 창백하고 얼빠진 얼굴로 우리를 보고 있었다. 매부리코 위로 안경이 살짝 흘러내렸고 눈동자는 초점을 잃은 듯 멍해 보였다.

"요리사님 상태는 어떻던가요?"

구제가 장난스레 물었다.

"아직도 침대에 누워 있어요?"

가지카자와가 희미하게 끄덕거렸다.

"뱃멀미가 그렇게 심한가요?"

"아뇨, 뱃멀미는 아닌데⋯⋯ 더 심각해요."

"⋯⋯?"

뜸을 들이던 그의 입에서 불현듯 야릇한 탄식이 흘러나왔다.

"나라이 씨가 침대 안에서 숨을 거두셨습니다."

002

☆☆☆

"말도 안 돼요!"

구제가 날카롭게 외쳤다. 다소 히스테릭한 웃음이 섞인 목소리에, 입술도 경련하듯 벌어졌다.

"선생님, 이상한 농담 마세요."

"맞아요. 아직도 심장이 두근거린다고요."

나도 트레이닝복 위로 가슴을 눌렀다. 파이프를 문 후유카와가 가지카자와의 뒤로 나타났다.

"무슨 일 있습니까?"

뒤돌아보는 가지카자와의 움직임은 심한 충격을 받고 난 것처럼 느릿했고 안경도 여전히 흘러내린 채였다.

"나라이 씨가 침대에 누운 채로 죽어 있어요."

가지카자와는 후유카와의 얼굴을 보며 되풀이해 말했다.

"정말입니까?"

"정말이고 자시고 아래로 내려가보면 알 거 아닙니까."

우리 세 사람은 응접실 문을 열고 복도로 나가는 의사를 말없이 뒤따랐다. 선장실 바깥쪽에 있는 가파른 계단을 내려갔다. 하갑판 거주구의 중앙 복도 양쪽에 선실이 늘어서 있는데, 나라이는 계단을 내려가자마자 나오는 오른쪽 1호실을 쓰고 있었다.

가지카자와가 노크 없이 문을 열었다. 붙여놓은 두 침대 중 앞쪽 침대에 나라이가 똑바로 누워 있었다. 줄무늬 파자마를 입은 윗몸이 모포 밖으로 쑥 빠져나와 침대 끝에 걸쳐져 있었고 오른손은 바닥에 늘어져 있었다. 후유카와가 나라이에게 허둥지둥 다가가자 가지카자와와 구제도 뒤따랐지만 나는 두세 걸음 들어서다가 자리에 못박혔다. 고통에 일그러진 무시무시한 잿빛 옆얼굴과 천장을 향해 하얗게 까뒤집은 눈이 보인 순간 고개를 돌리고 말았다. 가까스로 서 있을 뿐이었다.

"나라이 씨……. 나라이 씨!"

후유카와가 큰 소리로 부르며 몸을 흔드는 듯했다.

"정말이잖아……. 벌써 차가워졌어……."

넋 나간 중얼거림을 듣고 나는 필사적으로 시선을 돌렸다. 가지카자와와 구제의 몸 사이로 보이는 나라이의 얼굴은 흰자를 드러낸 채 꿈쩍도 하지 않았다.

"맥도 잡히지 않고, 보시다시피 동공이 완전히 풀렸습니다."

가지카자와가 나라이의 눈꺼풀을 열고 주머니에서 작은 펜라이트를 꺼내 불빛을 비추었다.

"저도 처음에 믿기지 않아서 제 방에서 이걸 꺼내 와 동공을 검사하고 사망을 확인한 다음 여러분께 알려드린 겁니다."

가지카자와는 나라이의 눈꺼풀을 살며시 감겼다.

"그, 그럼…… 사인은 뭡니까?"

후유카와다.

"보기에 외상은 없고, 이렇다 할 특징도 보이지 않아요. 당장은 급성 심부전이라고밖에 말씀드릴 수가 없군요. 나중에 부검하면 더 자세히 알 수 있겠죠."

"심장에 지병이 있었던 걸까요?"

"혹시 밤중에 혼자 괴로워하지는 않았을까요?"

구제가 가지카자와를 쳐다보았다.

"어쩌면 갑작스럽게 발작이 찾아왔는지도 모르죠. 얼굴에 고통의 흔적이 보여요. 기어서라도 제 방으로 왔으면 무슨 방법이 있었을 텐데."

"딱하기도 하지!"

구제가 울먹이며 손을 모았다. 남자들도 묵념하기에 나도 따라 했다. 한동안 합장하던 구제는 코를 훌쩍이며 흐트러진 모포를 정돈해 나라이의 머리끝까지 끌어올려 덮었다. 덕분에 나도 간신히 조금 다가갈 수 있었다. 초등학교 2학년 때 엄마가 병으로 돌아가시고 난 후로 누군가의 죽음을 지켜본 적이 없었다. 돌아가신 엄마 얼굴도 이제는 희미할 뿐이다. 관에 들어가기 전에 만진 엄마 몸이 얼어붙은 돌처럼 오싹하게 차가웠던 기억만 남아 있다. 단순히 체온을 잃은 몸이라 그렇게 느낀 것은 아니었다. 내게 타인의 시체는 그저 무섭고 불결하기만 한 존재라 도저히 보고 있을 수 없었다. 정성스레 모포 자락까지 정돈한 구제는 침대 밖으로 늘어진 나라이의 오른손을 안으로 집어넣어주려고 몸을 구부렸다.

"앗."

작은 목소리가 그녀의 입에서 튀어나왔다.

"이런 데 주사기가……."

구제가 가리킨 바닥 위에 주사기 하나가 굴러다녔다. 나라이의 손끝에서 떨어져 침대 아래로 십 센티미터쯤 굴러 들어간 듯한 위치였다. 조금 떨어진 곳에는 주사기가 들어 있었음 직한 비닐 포장지도 떨어져 있었다.

가지카자와가 허겁지겁 주사기를 주워 공중으로 들어올렸다. 안은 거의 비었지만, 투명한 액체가 약간 남아 있는 것 같기도 했다. 의사는 주사기를 코앞에 댔다가 보조 탁자에 내려놓고 모포를 젖혀 나라이의 팔을 꺼냈다. 왼팔 소매를 걷어올려 눈을 가까이 대고 어깨부터 살펴보기 시작했다.

잠시 뒤 가지카자와가 무겁고 깊은 한숨을 쉬었다.

"보세요, 여기예요. 주사 자국이 보이죠?"

팔을 비틀어 팔뚝 안쪽을 모두에게 가리켰다. 창백한 피부 위로 피가 굳어 쌀알만 하게 툭 불거져 있었다.

"여기에 주사한 거예요."

"뭘요?"

후유카와가 물었다.

"음, 주사기에 약간 남아 있던 무색무취의 액체로 보아서는 쿠라레가 아닐지……."

"쿠라레라면 옛날에 인디언이 독화살에 쓰던 맹독 아닌가요?"

구제의 말에 후유카와도 생각이 났는지 고개를 끄덕였다.

"책에서 아마존 강을 발견한 탐험가의 동료가 원주민이 쏜 쿠라레 화살에 맞아 죽었다는 이야기를 읽은 적이 있습니다."

"맞아요. 원래 쿠라레는 인디오의 화살 독으로 불리는데 주로 남미 원주민이 사냥할 때 썼다고 합니다. 요새는 병원에서 근육 이완제로 흔히 쓰이고 있어요. 식물에서 채취한 천연 쿠라레는 양이

쿠라레

/

삽화의 콘도덴드론이라는 식물에서
추출되는 알칼로이드 성분. 독성이 강하다.
현대 의학에서는 희석한 용액을
근육 이완제로 사용한다.

적어 비싸니까 비슷하게 합성한 화학 약품이지만 말이죠."

"……."

"큰 수술을 할 때 일시적으로 호흡을 멈추게 해서 기도 삽관을 하거나 경련을 막기 위해 근육을 마비시킬 때 쓰는 특효약이죠. 많이 투약하면 순식간에 호흡기 근육이 마비되어 영원히 숨이 멈춰버리기 때문에 독약으로 지정되어 있어요."

"그러니까 나라이 씨는 스스로 쿠라레를 주사해 죽었다는 말인가요?"

"이게 쿠라레가 확실한지 육안으로 단정지을 수는 없지만요."

"혼자 쉽게 주사를 놓을 수 있나요?"

"놓을 수 있죠. 일반적으로는 정맥에 놓지만 근육주사로도 가능하니까요. 신경쓰이는 건 이 주사기가……."

가지카자와는 주사기와 비닐 포장지를 번갈아 보았다. 포장지 안에는 주사기 캡이 남아 있는 모양이다.

"우선 선장님께 알리죠."

나는 처음으로 입을 열었다.

"서둘러 경찰에 신고해요. 경찰이 나서면 모든 게 확실해지지 않겠어요?"

나는 겁쟁이지만, 아주 현실적인 면도 있다.

"맞아, 그 사람들에게 알려야지."

후유카와가 맞장구를 치고, 세 사람이 나를 돌아보았다. 다들 잠시 내 존재를 잊었던 것 같다.

"선장이 무전으로 해상보안청에 연락하겠죠."

방을 뛰쳐나간 나는 카펫이 깔린 가파른 계단에서 몇 번이나 발을 헛디뎠다. 조리실 문을 열자마자 아즈마와 부딪힐 뻔했다.

"다들 어디에 가셨나 했어요. 아침도 아직 안 드신 모양이고."

의아해하는 아즈마에게 사건을 대충 얘기했다.

"나라이 씨가 돌아가셨다고요?"

아즈마는 괴상한 소리로 외치며 얼굴을 과장되게 찡그렸다.

"나도 믿기지가 않아. 하지만…… 다들 아래에 있어. 빨리 선장님께 알려줘."

그만 아버지의 사용인에게 명령할 때 같은 말투로 이야기하고 말았다. 아즈마는 뾰로통하게 입을 삐죽 내밀면서도 복도로 나가 조타실 문을 두드렸다.

나는 안으로 들어간 아즈마가 사태를 알리는 목소리를 듣고 하갑판으로 돌아갔다. 세 사람은 아직 1호실에 있었지만 구제는 침대에서 떨어져 책상 서랍을 뒤지고 있었다. 후유카와는 로커를 열어 안을 살피고 가지카자와는 보조 탁자 옆에 우두커니 서 있었다. 순간적으로 그들이 유서를 찾는 것이 아닐까 직감했다.

"아즈마 씨에게 알렸으니 지금 이리로 올 거예요. 뭔가 찾았나요?"

가지카자와에게 물었다.

"아뇨……."

안경을 밀어 올린 가지카자와의 시선은 탁자 위 주사기와 포장지에 쏠려 있었다. 포장지에는 제조업체와 숫자 등이 인쇄되어 있었다.

"나라이 씨는 자살한 거겠죠? 처음부터 약과 주사기를 준비해서……?"

그가 내 말에 확실히 동의하기를 바랐다. 그러나 의사는 고개를 갸웃했다.

"저도 그렇게 생각합니다. 하지만…… 이 주사기는 제 거예요."

003

☆☆☆

갑판 맨 앞에 있는 조타실 안은 아침 햇살로 가득해 눈이 부실 정도였다. 폭이 삼 미터 남짓, 길이는 일 미터가 조금 못 되는 공간 앞뒤로 복잡한 계측기가 빼곡하게 늘어서 있다. 하지만 역시 가운데에는 커다란 키가 있고, 지금은 아즈마가 키 앞 튼튼한 발판 위에서 있었다. 긴급 무선은 뒤쪽 배전반 옆에 달려 있었다.

"지금 위치에서는 시모다 해상보안부가 가깝겠군요. 바로 연락하겠습니다."

그렇게 말하면서 무전기 수화기를 드는 류자키의 재빠른 동작을 모두가 마른침을 삼키며 지켜보았다. 좁은 조타실에 여섯 명이 우글댔다. 손님 네 사람은 양쪽에서 류자키를 에워싼 형상이었다. 무선 연락은 선장에게 맡겨두면 될 텐데 다들 기묘한 군중심리에 지배되어 무의식적으로 함께 행동하고 있었다. 나만 해도 처음에는 복도에서 기다리다가 류자키를 뒤따라 조타실로 몰려가는 다른 세 사람을 보고 정신없이 따라 들어갔다. 류자키가 수화기를 들자 뚜우 하고 수신음이 흘러나왔다. 이어서 기계의 다른 스위치를 켰다. 동시에 수화기에서 들리던 잡음이 스피커를 통해 조타실 전체에 울렸다. 류자키는 수화기 가운데 버튼을 눌렀다. 그러자 옆에 있는 램프가 빨갛게 빛나며 잡음이 사라졌다. 무전이 발신으로 바뀐 걸 알 수 있었다.

"메이데이, 메이데이. 여기는 인디아나호, 여기는 인디아나호."

램프가 깜빡이더니 상대방 목소리가 들렸다.

"네, 여기는 해상보안청입니다. 이상."

"배 안에서 사망자가 나왔습니다. 선실에서 남성이 자살했습니다. 이상."

"위치를 알려주십시오. 이상."

류자키가 키 오른쪽의 위성항법 장치를 돌아보고 응답했다.

"북위 34도 55분, 동경 139도 26분. 이상."

"2150으로 무선 주파수를 바꿀 수 있습니까? 이상."

"알겠습니다. 바꾸겠습니다."

류자키가 다시 스위치를 조작하자 뚜뚜 하고 낯선 수신음이 흘러나왔다. 이내 발신으로 바뀐다.

"여기는 인디아나호, 여기는 인디아나호. 해상보안청 응답 바랍니다."

"네, 해상보안청입니다."

조금 전과 같은 남자가 응답했다.

"자세한 정황을 설명해주십시오. 이상."

상대방 말투가 조금 느긋해졌다.

"인디아나호는 어제 15시에 하야마 마리나를 출항해, 일주일 예정으로 나하를 향해 크루즈 여행을 시작했습니다. 현재 위치는 이즈 반도 남서 12마일, 북위 34도 55분, 동경 139도 26분. 오늘 아침 9시, 승객 중 삼십 대 초반 남성이 선실 침대에서 사망한 채 발견되었습니다. 승객 가운데 의사가 있어 진찰한 결과, 남성은 쿠라레를 자신의 팔에 주사해 오늘 새벽에 사망했을 가능성이 크답니다. 저희가 앞으로 어떻게 처치하면 되겠습니까. 이상."

"긴급 구조가 필요한 사태가 발생했습니까? 이상."

"아닙니다. 그런 일은 특별히 없습니다. 이상."

"그렇다면……."

정황을 파악하는 중인지 상대방은 잠시 침묵했다.

"지금 그 주위에 순찰선이 없으니 오마에자키 곶으로 와주십시오. 현장은 건드리지 말고 될 수 있으면 빨리 입항해주십시오. 이상."

"알겠습니다. 지금부터 십이 노트로 오마에자키 곶으로 향하겠습니다. 이상."

"알겠습니다."

류자키가 수화기를 제자리에 돌려놓자 깜빡이던 빨간 램프도 꺼졌다.

"들으셨죠? 오마에자키 곶에 오후 2시 반경 입항할 예정입니다."

류자키는 간결하게 말하고 아즈마에게 지시를 내리기 시작했다. 우리는 일단 한숨을 돌리며 조타실을 나와 응접실로 돌아갔다. 저마다 소파와 스툴에 앉았다.

"모두가 들을 수 있도록 무선을 스피커로 연결해주었군요."

후유카와가 지친 목소리로 중얼거렸다.

"해상보안청의 말을 직접 들으면 마음이 좀 놓일 테니까요."

"중간에 바꾼다고 한 건 뭐죠?"

내 질문에 후유카와가 잘 알고 있는지 고개를 끄덕였다.

"처음 무선은 주파수 2182로 국제 긴급 무선이에요. 해상보안청뿐 아니라 가까운 항구며 상선, 어선 등 모두와 통하는 공동 주파수죠. 국제 긴급 무선을 오래 잡고 있는 건 바람직하지 않으니 자세한 정황을 들을 때에는 일반 전화에 해당하는 무선 주파수로 바꿉니다. 이건 해상보안청하고만 얘기할 수 있어요."

"후유카와 씨는 잘 아시네요."

"사실은 저도 요트 조종사 나부랭이랍니다. 친구 몇 명이랑 공유하고 있는 작은 외양 크루저로 가끔 항해도 나가죠."

"아, 그럼 잘 알 수밖에 없겠네요."

"배가 방향을 바꿨군요. 파도가 부딪치는 각도가 달라요."

후유카와는 귀를 기울이는 듯한 표정을 지었다. 하지만 천천히 방향을 돌리고 있는지 내게는 아무것도 느껴지지 않았다.

"가까운 항구는 역시 오마에자키 곶인가 보네요."

구제가 말했다.

"이만한 요트면 입항할 수 있는 곳이 정해져 있으니까요."

"우리를 초대한 사람도 기다리고 있고요."

초대한 사람이라는 한마디에 다시 형언하기 어려운 묵직한 공기가 실내에 가득찼다. 어제저녁 식사중에 느닷없이 울려 퍼진 카세트테이프, '재판관'이라 자칭하며 일곱 명의 죄상을 따지던 냉엄한 남자 목소리. 테이프와 나라이의 죽음이 관계있을 리는 당연히 만무하지만, 어쨌든 하룻밤 만에 일어난 사건들이 뒤섞여 모두의 마음을 막막한 공포로 끌어들인 것만 같았다.

"나라이 씨는 몇 시쯤 돌아가셨을까요?"

후유카와가 등을 꼿꼿이 펴며 물었다.

"선장은 새벽이라고 하던데."

"얼굴이나 손이 이미 차가웠고 턱과 경부에 약간이나마 경직이 나타났더군요. 죽은 지 네다섯 시간은 지났을 거예요."

"그러면 새벽 3시에서 4시 사이쯤으로 보면 됩니까?"

"아마 그렇겠죠."

"우리가 어젯밤에 10시쯤 방으로 돌아갔지?"

변호사가 사태를 정리하는 투로 말하며 나를 보았다.

"네. 선생님, 저, 나라이 씨 순서로 욕실을 썼고, 제가 10시 반에 샤워를 마쳤어요. 신호 삼아 1호실 문을 두드리니 네 하는 대답이 들렸죠. 딱히 이렇다 할 점도 없었고, 밝은 목소리였어요."

"옆방이다 보니 11시쯤 나라이 씨가 욕실에서 방으로 돌아오는 문소리도 들렸어요. 그러고 보니 그 뒤에 얘기 소리가 들렸던 것 같아요. 라디오였을까요?"

"라디오라……."

후유카와가 턱을 쓰다듬었다.

"나라이 씨는 그때부터, 아니, 요리할 때나 이 여행 전부터 죽기로 마음먹고 계셨을까요."

구제는 자신의 기억 속에서 판단할 만한 재료를 뒤지는 것처럼 허공을 응시했다.

"도저히 그렇게 보이지 않았지만 주사기나 독약을 미리 준비했다면……."

"아니, 그게 좀……."

가지카자와의 음울한 목소리가 후유카와를 가로막았다.

"아까 하루카 씨에게 살짝 얘기하다, 선장님이 서둘러 무전을 해야 한다기에 자세한 이야기는 뒤로 미뤘는데 말이죠."

가지카자와는 응접실 안을 둘러보더니 갑판으로 나가는 문 아래쪽에 두었던 두툼한 검은 가죽 가방을 들고 돌아왔다. 아까 내가 선장에게 사건을 알리기 위해 위쪽 갑판으로 올라간 사이 가지카자와는 자기 방에서 가방을 들고 온 모양이었다. 1호실로 돌아온 내게 가지카자와가 주사기에 대해 무슨 말을 하려던 차에 류자키와 아즈마가 잇달아 들어왔었다. 사태를 파악한 류자키가 곧장 해상보안청에 연락하겠다고 해서 다 함께 조타실로 갈 때 가지카자와는 가방을 응접실까지 가져다두었나 보다. 가지카자와가 응접실 탁자 위에서 가방을 열었다. 왕진용으로 들고 다니는 가방인지 안에는 청진기, 혈압계, 메스와 가위 같은 의료 기구, 놋쇠로 된 주사약 보관함과 비닐 포장지에 든 주사기 몇 개가 들어 있었다. 가지카자와는 그중에서 하나를 꺼냈다. 포장지에 들어 있지만 뜯겨 있었다.

"이건 나라이 씨 침대 아래에 떨어져 있던 주사기입니다. 포장지와 주사기가 따로 떨어져 있었는데 제가 포장지에 다시 집어넣었습니다. 사실은 처음 이것들을 찾았을 때 제조업체와 크기를 보고 제 주사기가 아닌가 싶은 의심을 떨칠 수가 없었어요. 제 방에서 가방을 뒤져보니 역시 하나가 부족했습니다."

"그러면 나라이 씨가 선생님 가방에서 맘대로 주사기를 꺼냈다고요?"

"그렇게밖에 생각할 수 없어요."

"약도 선생님 것인가요?"

구제가 다그치듯 물었다.

"당치도 않습니다. 병원 밖에서는 쿠라레를 쓸 수 없어요."

"그럼 나라이 씨는 독약만 직접 준비하고 선생님 주사기를 빌려 썼다는 건가요?"

"승선 후 이 가방은 제 방에 뒀어요. 문은 잠그지 않았으니 슬쩍 들어가 훔쳐낼 기회는 얼마든지 있었겠죠."

어젯밤 쓸 방을 정하고 나서 저마다 짐을 나르고 저녁 6시에 다시 응접실로 모였다. 나라이는 그전부터 조리실에서 음식을 만들고 있던 모양인데, 가지카자와가 올라온 뒤 엇갈려서 아래로 내려가 5호실로 숨어들 수도 있었을 것이다. 식사를 마치고 가지카자와와 후유카와는 응접실에서 계속 술을 마셨고 다른 세 사람이 먼저 자기 방으로 돌아갔으니 그때도 손쉽게 드나들 수 있었다.

"그래도 어째 앞뒤가 안 맞네요. 독약만 챙겨 오고 주사기는 닥치는 대로 남의 물건을 쓰다니……. 죽으려고 마음먹은 사람답지 않아요."

구제가 냉철한 말투로 말했다.

"하지만 일행 중에 의사가 있는 걸 알면 그 사람이 당연히 의료 기구를 들고 오리라고 예상할 테고, 배 안에도 응급 의료 기구는 대강 갖춰둘 거 아닙니까."

후유카와가 반박했다.

"선실이 잠겨 있어 가방에 손대지 못했다면요?"

"다른 기회도 있었어요!"

나는 불현듯 떠올라 부르짖듯 말했다.

"그때요, 하야마에서 요트에 탈 때 아즈마 씨가 보트로 데리러 왔잖아요. 처음에 짐이 많으니까 두 번에 나눠 가자고 했더니 나라이 씨가 자신이 짐을 지킬 테니 먼저 가라고 했죠. 그래서 네 사람이 먼저 탔잖아요."

"아, 그때 이 가방도 안벽에 두고 왔어요!"

가지카자와가 고개를 크게 끄덕였다.

"아즈마 씨가 되돌아오기 전에 주사기를 빼냈는지도 몰라요."

"흠, 그렇다면 상당히 계획적이로군요."

후유카와도 흥미를 보였다.

"또 한 가지 부자연스러운 점이 있어요."

구제가 말을 이었다.

"만약 나라이 씨가 침대에서 자신의 팔에 독을 주사했다 치면, 어째서 곁에 약 앰플이 남아 있지 않죠?"

"아, 그 점은 꼭 이상하지만도 않아요."

가지카자와가 고개를 가로저었다.

"주사기 안에 약을 채우고 캡을 닫아두면 몇 시간이든, 경우에 따라서 몇 개월이든 그대로 보존할 수 있어요. 나라이 씨는 하야마 안벽에서 제 주사기를 훔쳐, 배에 탄 뒤에 준비한 쿠라레를 주사기로 빨아들이고 앰풀은 바다에 버린 거죠. 침대에 누워 주사를 놓으면 옆에는 주사기와 캡과 포장지만 남게 됩니다."

구제가 일단 납득한 표정으로 입을 다물자 한동안 아무도 떠들지 않았다. 나라이의 죽음을 자살로 보아도 되는 것이다. 그 사실을 서로 확인하고, 안도를 되새기는 듯한 기묘한 침묵이 흘렀다.

조리실 문으로 아즈마가 들어왔다.

"다들 아직 여기에 계셨어요? 식사는 하셨어요?"

듣고 보니 아직 아침도 먹지 않았다. 키 모양 벽시계가 10시 25분을 가리켰다.

"아뇨, 아직인데요."

"선장님께서 너무 동요하지 말라십니다. 배 안은 밀실이다 보니 정신 상태가 이상해지는 사람도 있어서 온갖 사건이 일어난다더군요. 앞으로 약 네 시간 뒤 오마에자키에 입항하면 불명확한 부분도 확실해질 거예요. 우선 식사를 하시죠. 요리를 맡았던 나라이 씨가 계시지 않아 불편하시겠지만……."

"아뇨, 저희가 할게요."

구제가 가뿐하게 일어났다.

"선원분들도 시장하시죠. 간단하게나마 얼른 준비할게요."

나도 도와야만 한다.

"커피 한 잔 부탁드려도 될까요."

후유카와가 파이프를 꺼내며 말했다.

"네, 그리고 토스트랑 달걀 요리라도 준비할게요. 모처럼 빵을 구워놓으셨으니까요."

"맞아요. 아침 8시에 구워지도록 맞춰놓으셨죠."

주위에 가득하던 향긋한 냄새도 이제는 사라졌다.

"나라이 씨는 자살하기 전에도 다음날 우리 아침 식사를 위해 제빵기를 예약해두셨어요. 꼭꼭 맛을 봐야죠."

구제가 또다시 울먹였다.

"진정들 하시고 음악이라도 틀어서 분위기를 바꿀까요?"

아즈마가 시디플레이어에 다가갔다. 나는 구제를 뒤따라 조리실로 걸어갔다. 자연히 스테레오 기기 부근에 눈길이 갔다. 서가에 책 몇 권이 꽂혀 있고, 그 옆에는 게임용 탁자가 있다. 안쪽 장식 선반에는 도기로 된 동물 인형이 늘어선 둥근 금속판이 놓여 있다. 호랑이, 소, 말, 토끼……. 무의식적으로 셌다. 나도 모르는 새 걸음을 멈추었다.

"여섯 개밖에 없어요."

"응?"

구제가 돌아보았다.

"나라이 씨는 무슨 띠였죠?"

"음, 원숭이라고 했던가."

나는 순간적으로 그 대답을 예상했던 것 같다.

"그럴 줄 알았어요. 원숭이가 사라졌어요."

004

☆☆☆

“아는 분 없으세요? 여기에 있던 동물이 하나 모자라는데요?”

아즈마가 물었지만 대답하는 사람은 없었다.

곧이어 다들 진지한 얼굴로 주위를 뒤지기 시작했다. 자석의 자력이 약해져서 바닥에 떨어진 것이 아닐까?

“없어요.”

“보이지 않는군요.”

“그렇게 멀리 굴러갔을 리가 없는데.”

얼마 안 있어 다섯 사람은 ‘원숭이’ 찾기를 포기하고 어색한 얼굴로 마주보았다. 후유카와와 가지카자와는 응접실, 나를 포함한 세 사람은 조리실로 나누어 흩어졌다. 이상하게 아무도 먼저 말하려 하지 않았다. 하지만 나는 물론이고 적어도 아즈마를 뺀 다른 세 사람은 도기 동물 인형이 하나 사라진 데서 어떤 사실을 떠올리지 않았을까. 어제저녁에 세 사람은 애거사 크리스티의 『그리고 아무도 없었다』를 읽은 적이 있다고 했다. 『그리고 아무도 없었다』에서는 식탁 가운데에 인디언 인형 열 개가 장식되어 있고, 등장인물이 한 사람 죽을 때마다 인형도 하나씩 사라져간다.

말도 안 돼. 그런 거랑 상관없어!

나는 마음속으로 강하게 되새기며 다들 같은 심정이겠거니 했다. 진지하게 의논할 가치가 있는 문제도 아닌데다 따지고 보면 유쾌한 화제도 아니다.

아즈마와 구제, 나는 조리실로 들어갔다. 제빵기 옆에 어제저녁 나라이가 쓰던 요리사 모자와 하얀 옷이 잘 개어져 있었다. 아즈마는 그것을 재빠르게 말아서 위쪽 선반에 집어넣었다.

"대강 설명해드리죠. 이게 오븐과 전자레인지입니다. 가스레인지 대신 있는 인덕션은 상판이 뜨거워지는 방식이고요. 바다가 거칠어지면 냄비가 떨어지지 않도록 안전장치를 다는데 지금은 괜찮을 거예요."

"전기는 어디서 오죠?"

내가 물었다.

"선창에 있는 발전기가 끊임없이 전기를 만들어내고 있어요. 연료는 경유지만, 그 밖에 에어컨 같은 제품도 전부 전기를 쓰니까요. 이쪽에 냉장고와 냉동고, 제빙기가 있습니다."

냉수와 온수가 나오는 개수대와 음식물 쓰레기 분쇄기 기능까지 알려주었다.

"커피는 여기서도 끓일 수 있지만 제가 응접실 카운터에서 끓일 테니 빵과 달걀을 부탁드려도 될까요?"

"좋아요. 맡겨만 주세요."

구제가 애써 쾌활하게 대답했다. 내가 빵을 잘라 토스터에 넣는 사이에 구제는 베이컨과 달걀을 굽기 시작했다. 두 아이의 엄마라는 사실이 무색하지 않을 만큼 능숙한 손놀림이었다.

"맥주 좀 얻으러 왔는데요."

후유카와가 얼굴을 내비쳤다.

"기분도 바꿀 겸 마시고 싶어졌어요."

조타실에서 당직을 서는 선장 몫은 일단 미루고, 다섯 사람의 식사가 식탁에 차려졌다. 빵과 달걀에 이어 구제가 재빨리 샐러드를 만들었고 나는 치즈와 살라미를 늘어놓았다.

"아, 정말 배고팠어요."

후유카와가 말했다.

"이제 곧 점심이니까요."

"잘 먹겠습니다."

가지카자와도 바로 빵을 뜯기 시작했다. 다들 하나같이 왕성한 식욕을 보여서 놀랐다. 이런 생각을 하는 나도 정신이 들고 보니 평소 하나밖에 먹지 않는 달걀 프라이를 두 개나 먹어치운 참이었다. 여기는 사방이 바다로 둘러싸인 배 위다. 조만간 입항할 예정이지만 일단 든든하게 배를 채워두어야 한다. 무의식중에 그런 심리가 모두를 지배한 것이 아닐까?

"아직 젊은 나이에 왜 그랬을까요."

커피를 마시던 가지카자와가 새삼 딱하다는 듯 중얼거렸다.

"원숭이띠라면 아직 서른하나나 둘이잖아요."

"자신이 요리를 맡기로 했다며 의욕이 넘쳐 보였는데……. 그런데 대체 누가 부탁했을까요?"

구제가 의아해하자 조금 뒤에 아즈마가 자신 없이 대답했다.

"초대한 사람이겠죠."

"나라이 씨가 우노가의 누가 초대했는지 말씀하셨던가요?"

"아뇨, 확실히 말씀하시지는 않았죠. 하지만 아주 괜찮은 이야기라며 기뻐하는 것 같았어요."

"괜찮은 이야기요?"

"네. 어제 방을 정하자마자 조리실로 올라왔기에 제가 주방 기구 사용법을 설명해주었죠. 그때 잡담을 조금 나누었는데요. 나라이 씨는 아이치 현의 명문 코스에 소속된 선수였는데, 아시다시피 최근 성적이 그다지 좋지 않았잖아요. 이번 시즌을 끝으로 계약 기간이 만료되면 골프장이 계약을 연장하지 않을지도 모른대요."

"그랬군요. 요즘에는 골프장이 프로 선수나 연수생을 두고 싶어 하지 않는다는 이야기는 들었어요."

후유카와가 젠체하며 설명조로 말했다.

"나라이 씨 같은 선수는 상금만으로는 도저히 먹고살 수 없을 테고."

"그런 참에 골프장 회원이자 평소 나라이 씨를 좋게 봤던 실업가가 우노 씨에게 추천해주었답니다. 우노 그룹이 이번에 새로 지으려는 골프장에서 나라이 씨를 고용하지 않겠느냐고 제안한 모양이에요. 우노 씨도 흥미가 생겼는지, 그럼 사월에 손님을 초대해 오키나와까지 크루즈 여행을 할 건데 자네도 타지 않겠나, 그곳에서 구체적인 조건을 이야기하자, 그러는 김에 나하의 코스에서 함께 라운드하고 마음에 들면 정식 계약을 맺자는 이야기였다고 했어요."

"누가 요리사를 부탁했죠?"

"나라이 씨가 자청한 것 같은 투였어요. 그냥 타기는 미안하니까 요리라도 할까요, 저는 요리 솜씨도 프로 수준이라고 자부합니다, 같은 말로 말이죠. 잘 보이려고 그랬을지도 모르겠지만."

"나라이 씨가 직접 그렇게 말한 상대는 우노가의 누구죠?"

구제는 어젯밤부터 그 부분에 연연했다.

"글쎄요, 몇 명인가 있는 아들 중 하나겠죠. 아마 새로운 골프장 사장이 될 사람이겠고……."

그들이 주고받는 이야기를 들으며 간단하기 그지없는 이치를 깨닫고 우스워졌다. 우노 일가 중 누가 우리를 초대했는지는 선원에게 물으면 간단히 알 수 있지 않은가. 요트 주인은 자신이 좋아서 요트를 샀으니까 마음이 맞는 선원들과 수없이 항해를 즐겼을 것이다. 류자키와 아즈마도 그런 동료가 틀림없다.

"아즈마 씨는 우노가의 어느 분과 항해를 함께 하시나요?"

어째서인지 그는 의아해하는 눈치로 나를 보았다.

"저는 아무도 모릅니다."

"왜죠? 당신은 평소에 이 요트를 타고……."

"저는 처음이에요. 이번에 류자키 씨가 같이 타자고 한 거고요."

"아, 당신은 임시 직원이군요."

까닭도 없이 울컥한 나는 깔보듯 눈을 깜빡거렸다.

"류자키 씨는 오너와 친분이 있으시겠죠?"

"아뇨, 류자키 씨도 이 배에는 어제 처음 탔어요."

아즈마도 얄밉게 되받아쳤다.

"처음에 류자키 씨가 고용되었고 제게 말을 꺼내주었죠. 류자키 씨와 저는 곧잘 함께 일했거든요."

"고용되어 탔다고요?"

"그럼 두 분은 프로인가요?"

가지카자와가 이야기에 끼어들었다.

"네."

당연하다는 듯한 대답이 돌아왔다.

"류자키 씨는 후지사와에 자택 겸 사무실이 있어요. 학생 때부터 요트를 몰아 경력이 삼십 년 가까이 되는 베테랑이죠. 여기저기 요트 선착장의 도선사와 요트업자에게서 일이 들어와요."

"일이란 건, 이런 배를 운전해주는 건가요?"

"네. 선원이 부족해서 부탁받는 경우도 있고 외국 요트 레이스에 나가기 위해서나 레이스가 끝나고 나서 모항까지 회항해달라는 의뢰도 들어오죠. 저는 아직 큰 배의 선장을 맡은 적이 없지만 류자키 씨 급이면 일주일이나 열흘 정도에 백만 엔 하는 일도 쌔고 쌘 것 같더군요."

"흠……. 다시 말해 류자키 씨와 아즈마 씨는 프로 요트 조종사인데 이번에 류자키 씨가 인디아나호의 오너에게 의뢰를 받아 당신과 함께 배를 몰기로 했다는 말인가요?"

"그렇죠."

"류자키 씨에게 물으면 우노가의 누가 사람들을 초대했는지 알 수 있겠네요?"

나는 다짐받듯 물었다.

"아뇨, 아마 류자키 씨도 모를 거예요. 뭐, 직접 물어보시면 알겠지만."

"왜 모른다는 거예요?"

"류자키 씨도 오너에게 직접 받은 의뢰가 아니라 다른 요트 동료가 연결해준 이야기처럼 말했거든요. 듣기로는 항해 계획을 세워 손님까지 초대했는데, 늘 요트를 몰던 선장이 몸이 안 좋아져서 갑자기 타지 못하게 되었다더군요. 그래서 그 사람이 자신의 요트 동료에게 부탁해 결국 류자키 씨에게 일이 온 것 같아요."

"그럼 이 배 안에 직접 우노가에게 초대를 받았거나, 초대한 사람을 아는 분 계신가요?"

구제가 다소 긴장한 표정으로 다른 사람들을 번갈아 보았다. 바로 대답하는 사람은 없었다. 나도 기억나는 한 처음부터 있었던 일을 머릿속에서 정리하려 애썼다.

처음에는 내가 비서로 일하는 미호 관광의 전무한테 이야기가 들어왔다. 소개한 사람은 회사의 대주주이자 골프장의 이사이기도 한 인물로, 우노가와 막역한 사이였다. 그 사람을 통해 나를 이번 항해에 꼭 초대하고 싶다는 요청이 있었다. 애초에 초대한 사람이 우노가의 누구인지 이름이나 직함을 제대로 물은 적이 있기는 했던가. 초대한 이유는 만족스러웠다. 호화로운 요트 여행을 자주 즐기는 그 집안 사람 중 누군가의 아들이 우리 골프장에 손님으로 왔을 때 사무소에서 일하던 나를 우연히 보고 홀딱 반해 아버지를 움직여 초대했다고 했다. 아무튼 전무는 성질이 급한데다 늘 바쁜 사람이고, 나도 우노라는 것만으로 이러나저러나 손해는 없으리라 생각해 그냥 넘겼다. 배에 타면 싫어도 알게 될 거라고…….

"그게 말이죠, 내 경우를 말씀드리자면……."

후유카와가 운을 떼자 아즈마가 의자를 물렸다.

"그럼 저는 선장님과 교대해서 식사하시라고 하겠습니다."

일어나려던 아즈마는 주춤하며 움직임을 멈추었다.

"어, 배가 왜 멈췄지?"

나도 모르게 숨을 삼켰다. 아니나 다를까, 여태껏 별생각 없이 바라보던 창밖의 바다가 뒤쪽으로 움직이지 않는 것 같았다. 배에 타고부터 줄곧 들리던 엔진 울림이 그친 것이 결정적이었다. 그 소리가 귀에 익숙해진 터라 이제는 오히려 맥 빠진 듯한 고요함이 배 안을 가득채우고 있는 것 같았다.

005

☆☆☆

조리실 옆문이 열리고 류자키가 성큼성큼 들어왔다.

"엔진이 갑자기 멈췄어."

류자키는 아즈마를 보며 말했다.

"수리해야 하니까 따라오게."

"무슨 일이죠?"

"모르겠네. 연료 파이프가 막혔는지도 모르겠어."

아즈마는 되돌아가는 류자키를 뒤따랐다. 문이 닫히기 직전, 가지카자와가 갑자기 새된 목소리로 류자키를 불러 세웠다.

"선장님!"

몹시 흥분하거나 평정을 잃었을 때 나오는 목소리인가 보다. 오늘 아침 갑판에서 후유카와와 말다툼을 할 뻔했을 때와 똑같았다.

류자키는 말없이 두세 걸음 돌아왔다.

"선장님, 왜 고장난 겁니까?"

따지듯 묻는다.

"그러니까 모르겠다고요. 갑자기 쿵 하고 엔진이 멈춰버렸습니다. 원인을 찾아내 서둘러 수리하겠습니다."

"기계 고장인 거죠? 의도적으로 조작된 건 아니겠죠?"

나는 가슴이 철렁해서 가지카자와를 바라보았다.

"그런 것도 전혀 알 수가 없어요."

류자키만은 언제나 냉정한 태도였다.

"원인을 파악하는 대로 알려드리죠."

가지카자와는 또다시 무슨 말인가 하려다가 그만둔 표정으로 아랫입술을 축였다. 한 호흡 쉬고서 말을 잇는다.

"아무튼 한시라도 빨리 배를 수리해 출발해주십시오. 승선 직후 자기소개를 할 때 당신은 자신이 선장이고, 항해중에 일어나는 모든 일을 책임지겠다고 말씀하셨죠. 어제저녁부터 계속 발생하는 온갖 불쾌한 일들을 전부 당신 책임이라고 하지는 않겠습니다. 하지만 엔진 고장으로 배가 움직이지 않게 된 것은 명백히 선장 책임 아닌가요? 기계 고장이라면 출항 전 정비 점검 실수이고 인위적인 원인이라면 관리 책임을 물어야겠죠. 일은 이미 이렇게 벌어졌으니 하다못해 반드시 안전하게, 무사히, 오마에자키에 입항할 수 있도록 꼭 부탁드립니다."

류자키는 입술을 꾹 다물었을 뿐 말없이 발길을 돌렸다.

반드시 안전하게, 무사히…… 꼭…….

나는 긴 매부리코와 주걱턱을 가진 의사의 옆얼굴에 떠오른 두려움을 보았다. 두려움은 순식간에 내게 전염되었다. 인디아나호에서 무슨 심상치 않은 사태가 일어나고 있는 것은 아닐까?

선원 두 사람이 나가고 닫히는 문을 보고 나서 구제가 가지카자와를 돌아보았다.

"인위적인 원인이라고 말씀하셨는데 선생님께서는 짐작 가는 바라도 있나요?"

"아뇨, 짐작이라고 할 정도는 아니에요."

가지카자와는 식은 커피를 한 모금 마시고 씁쓸한 듯 입술을 꾹 다물었다.

"출항한 지 아직 하루도 채 지나지 않았는데 엔진이 멈추다니 부자연스럽지 않은가 싶은 거지요. 제가 기계치이기는 하지만 상식적으로 생각하면 그렇지 않습니까."

"선생 말씀이 맞아요."

후유카와가 파이프를 입술에서 떼었다.

"나는 장기 항해를 몇 번이나 해본 적이 있어요. 폭풍우라도 만나지 않는 한 이만한 요트가 그리 쉽게 고장이 날 리 없습니다."

"혹시 나라이라고 사칭한 남자가 꾸민 짓 아닐까 싶어요."

"나라이 씨가 자살하기 전에요?"

구제가 물었다.

"음, 그 남자는 자칭 골프 선수라고 했지만 가짜 같다고 했죠?"

의사는 나를 응시했다.

"네, 진짜 나라이 요시아키에게는 오른쪽 눈초리 옆에 상처가 있지만 그 사람에게는 없었어요. 아까 시체의 얼굴을 슬쩍 보았을 때에도 역시요."

괜히 무서워져서 목소리가 떨렸다.

"그 남자는 정신이 어떻게 된 사람 아니었을까요. 골프 선수가 되고 싶었지만 어떻게 해도 될 수가 없었던 거죠. 그러다 어느새 자신이 진짜 나라이 요시아키라고 믿어버렸던 건지, 아니면 몹시 위험한 심리 상태로 실의와 착각 사이를 오갔던 건지도 모르겠군요. 친구 중에 정신과 의사가 있는데 그 친구의 환자 중에 그런 증상을 보인 이가 있었어요."

"……."

"가짜 나라이는 실의의 밑바닥에서 성공한 사람들에게 복수해주마 하고 일어났겠죠. 그리고 인디아나호에 타서 문제의 테이프를 설치했어요. 도기 동물 인형을 들여놓고 하나를 없앤 것도 모두 그의 짓입니다. 그렇게 괴기스러운 분위기를 고조시키고 엔진이 고장을 일으킬 만한 장치까지 하고서 자신은 자살해버린 거예요. 그러면 남은 사람들은 정체 모를 공포에 휩싸인 채 바다 위를 떠돌게 되죠."

구제가 불결하다는 듯이 토스트의 마지막 조각을 접시에 집어던졌다.

"또 무슨 짓을 꾸몄는지 몰라요."

"맞아요. 친절을 가장해 빵까지 준비해놓고 혹시 독이라도 넣었다면……."

조금 전에는 꼭꼭 맛을 봐야 한다던 빵이었건만. 갑자기 치밀어 오는 구역질을 필사적으로 참았다. 심장이 두근거리고 식은땀이 배어 나왔다. 구제도 냅킨으로 거칠게 입을 닦았다.

“그의 짓이라고 치면 확실히 앞뒤는 맞지만, 그 사람이 어떻게 요트를 탈 수 있었을까요? 가짜라면 초대받을 리가 없을 텐데요.”

“아뇨, 진짜가 된 것 같은 착각에 빠져든 정신이상자는 진짜에 대해 혀를 내두를 정도로 잘 안다더군요. 이것도 그 친구에게 들은 이야기예요. 그런 환자는 진짜의 성격과 생활 습관, 작은 버릇까지 이상할 정도로 숙지하고 있어서 실로 교묘하게 흉내를 낸다는 겁니다. 흉내를 낸다는 의식조차 없는지도 모르죠. 어젯밤 죽은 남자도 진짜 나라이 주위를 맴돌다 우연히 그가 인디아나호에 초대받아 어떤 사정으로 거절한 것까지 들었는지도 모릅니다. 그다음에 가짜가 우노 씨의 비서에게 전화해 다시 찾아뵙겠다고 했겠죠. 그렇게 배에 타서 잠깐이라도 속일 수만 있으면 됐던 겁니다. 어차피 금방 자살할 테니까요.”

“나라이 요시아키가 과거에 저지른 잘못까지 알아낸 다음에요?”

구제의 한마디에 모두 찬물을 뒤집어쓴 것처럼 입을 다물었다. 누구나 어제저녁의 테이프와 그 목소리가 고한 자신의 ‘죄상’을 떠올리지 않았을까?

“그게 말이죠, 생각났어요. 사오 년 전 나라이 요시아키에 대한 심상치 않은 소문이 흘렀던 게요.”

“심상치 않은 소문요?”

“소문이 돌기 삼 년쯤 전부터 전성기를 누리던 나라이는 우승도 연거푸 하고 상금 순위도 해마다 5위 안에 들지 않았나요?"

"그랬어요. 젊은 선수 중 톱클래스였던 나라이와 아게오 도루가 자주 우승을 다투었죠."

나도 프로 골프의 세계는 꽤 정통하다.

"인기도 비슷해서 숙명의 라이벌이라고 불렸어요. 하지만 따져 보면 아게오의 실력이 조금 위라 늘 나라이의 우승을 가로막는 형상이었죠."

"맞아요. 한때 큰 시합이면 두 사람이 플레이오프를 치르게 되는 일이 얄궂을 정도로 많았는데, 대개 아게오가 우승했어요. 아무리 애써도 나라이는 아게오에게 이기지 못한다고들 했죠. 하지만 얼마 뒤에……."

나도 당시 기억이 되살아났다.

"얼마 뒤에 아게오가 조폭이랑 싸움이 붙어 재기하지 못할 중상을 입고 일 년쯤 지나 죽어버렸어요. 그러고서 일 년 정도는 나라이가 활약했지만 어째서인지 이전만큼 활기가 돌지 않았고 점점 추락하더니 이내 나라이도 사라져버렸죠."

"사라지기 전에 심상치 않은 소문이 퍼졌어요."

"아, 나라이가 폭력단 관계자의 결혼식에 참석했다는 얘기요?"

"그게 소문의 발단이었죠. 하지만 그전에 신주쿠 거리에서 술 취한 아게오와 싸우다가 그에게 복잡골절의 중상을 입힌 조폭 두 사람이 상해죄로 송치됐어요. 두 사람은 결국 징역 일 년의 실형을 받았는데, 재판이 끝나고 좀 지난 뒤에 나라이가 폭력단 관계자의 결혼식에 가거나 폭력단 보스와 함께 골프를 쳤던 사실을 주간지에서 폭로했죠. 실형을 받은 두 사람은 그 폭력단 소속이었어요."

"네? ……그럼 설마……."

"아, 그 뒷소문은 언론에도 슬쩍 언급이 되지 않았나요. 나도 기억납니다."

후유카와가 이야기에 끼었다.

"증거가 없으니 제대로 다루지는 못했죠. 사실 조폭 두 사람을 신문한 검사가 제 사법연수원 동기였어요. 아게오 도루가 죽고, 나라이도 사람들에게 거의 잊힌 무렵에 무슨 얘기를 나누다가 담당 검사에게 슬쩍 물어봤죠. 한창 두 사람을 조사하던 중에 밀고 전화가 있었대요. 그들이 아게오에게 시비를 걸어 재기할 수 없게 큰 상처를 입힌 건 보스의 사주고, 보스는 나라이에게 부탁받았다고요. 하지만 신문 과정에서 두 사람은 끝까지 우발적인 다툼이었다고 주장했고, 보스의 명령이 있었다고 입증할 수도 없었죠. 익명의 밀고 전화도 나라이를 함정에 빠뜨리려는 아게오 쪽의 모함일지 모르는 거라, 결국 배후 관계는 증거 불충분인 채 상해죄로 기소했대요."

"흠, 골프 관계자들 사이에서는 소문이 제법 자자하지 않았던가요. 일부 블랙 저널리즘에서도 거론했을 거예요."

후유카와는 한때 신문기자였다.

"아게오라는 선수는 부상이 원인이 되어 사망했나요?"

골프는 잘 모르는 듯한 가지카자와가 물었다.

"반년 가까이 입원한 끝에 상처는 나았지만 운동을 할 수 있을 정도는 아니라 프로 선수로 돌아가지는 못했어요. 자포자기해 술에 절어 살다, 나중에 어떻게 됐더라……."

"표면적으로는 급성 심부전이었죠. 밤에 자기 아파트 근처에서 쓰러져 구급차로 병원에 이송되었을 때에는 이미 늦었다고 했었나. 입원중에 진통제로 맞은 모르핀에 중독되었다는 이야기도 들었어요."

"그랬군요. 있을 법한 일이에요."

의사가 묘하게 납득한 표정으로 고개를 끄덕였다.

"정말 나라이 요시아키가 폭력단에 손을 써서 아게오를 다치게 했다면 실질적으로 나라이는 아게오를 죽게 한 원인을 제공했다고 할 수 있겠죠. 어제 테이프의 선고는 사실이었군요."

"나라이 씨에 대해 뭐라고 했었죠?"

내가 물었다.

"저도 날짜까지 확실하지는 않지만 대강 기억납니다. 나라이 요시아키, 자네는 1983년 9월, 아게오 도루를 죽음에 이르게 한 원인을 제공했다."

누군가 무거운 한숨을 쉬었다.

"어젯밤 자살한 사람이 가짜 나라이였다면…… 어떻게 되는 거죠?"

"아까 말했듯이 가짜는 본인을 실로 잘 알고 있어요. 나라이의 뒷소문도 훤히 알고 있었을 테니 그걸 교묘하게 이용했겠죠."

"그럼 다른 사람들 얘기는요? 나라이는 다른 여섯 명의 사정까지 조사한 걸까요, 아니면 다른 이야기는 완전히 지어낸 걸까요? 여러분은 거론된 이름에 짚이는 게 전혀 없으신가요?"

나는 열심히 사람들을 둘러보았다. 그 부분을 꼭 알고 싶었다.

내 경우 와키무라 유이치란 인물과 사귀기는 했다. 와키무라가 1986년 4월에 죽은 것도 사실이다. 하지만 과연 내가 그의 '죽음에 원인을 제공'했을까?

"근거 없는 소리예요. 하지만 솔직히 처음 듣는 이름은 아닙니다."

가지카자와가 정색하며 이야기를 꺼냈다.

"미야 유키코는 우리 병원에서 죽은 환자니까요. 그걸 살해라고 하다니 당치도 않은 헛소리예요!"

그의 말끝이 날카로워지고 창백한 관자놀이에 혈관이 불거졌다.

"저도 아는 이름이에요."

구제가 이었다.

"이와키 겐지는 제가 국선 변호를 맡은 피고인이었죠. 그 사람은 복역중에 병으로 죽었어요."

"나도 하시구치 요시에를 압니다. 그런데 왜 내가 그녀를 자살로 몰았다는 건지, 원. 요시에는 나와 연락이 완전히 끊기고 반년도 더 지나서 죽었어요."

후유카와는 쓴웃음으로 입가를 일그러뜨리며 베레모를 쓴 머리를 가로저었다. 얼마간 다들 말없이 생각에 잠긴 것처럼 보였다.

나는 차라리 와키무라 유이치와의 관계며 그가 죽은 경위를 얘기해버리고 싶은 충동에 휩싸였다. 그리고 내가 와키무라의 '죽음에 원인을 제공'하지 않았다고 모두에게 인정받고 싶었다. 하지만 충동을 억눌렀다. 그딴 남자는 잊어버리는 게 최선이야. 유쾌하지 않은 문제는 가급적 생각하지 않기로 하자. 정말 어쩔 수 없을 때가 아니면 상대하지 말자. 다시 한번 나는 아버지께 전수받은 생활 방침을 따랐다.

"어쨌거나 빨리 배를 수리해서 입항해야 할 텐데요."

"그 사람들은 프로고, 특히 선장은 베테랑이라니까 괜찮겠죠."

후유카와가 말했다.

"오마에자키에 도착해 오너에게 물어보면 다 밝혀질 일이에요. 오너가 골프 선수 나라이, 문제의 테이프와 도기로 만든 동물 인형에 짚이는 바가 없다고 하면 어젯밤 자살한 그 사람 말고는 이런 일을 벌일 사람이 없겠죠."

"맞아요, 그놈 짓이 틀림없어요."

가지카자와가 힘을 주어 말했다.

다시 침묵이 찾아왔다. 엔진 소리는 아직 들리지 않는다. 배 바깥에는 여전히 눈부시게 빛나는 햇살이 가득했고 초록빛을 띤 푸른 바다가 굽이치며 머나먼 수평선까지 이어졌다.

"몇 시죠?"

구제가 고개를 빼고 벽시계를 쳐다보았다.

"1시 12분이에요."

후유카와다.

"하, 문제가 없었다면 곧 오마에자키에 도착했겠네요."

"전 이제 지쳤어요."

"방으로 돌아가서 한숨 돌릴까요? 이렇게 기다려봤자 언제 움직일지 모르잖아요."

다들 자리에서 일어났다. 그릇은 다 함께 조리실로 날라 구제와 내가 식기세척기에 넣었다. 혹시라도 저녁까지 입항하지 못하면 어제 정한 대로 저녁 6시에 식사를 하기로 하고 5시까지 구제와 내가 조리실에서 만나기로 했다.

"우리도 와서 도울 수 있는 건 돕겠습니다."

"아뇨, 저녁에는 아마 오마에자키의 호텔에 있을 거예요."

우리는 차례대로 계단을 내려가 하갑판으로 향했다. 한 층 밑에 있는 기관실에서 류자키와 아즈마의 목소리가 들렸다. 1호실 문에는 아무도 눈길을 주지 않았다. 다들 자기 방 앞에 멈추어 선 채 다시 한번 이유 없이 얼굴을 마주보았다.

"선실 열쇠는 없나."

가지카자와가 애써 태연하게 중얼거렸다.

"어제 선장이 조타실에서 보관하고 있다고 하지 않았던가요."

"그럼 나중에 받아두죠."

"안쪽에서 잠글 수 있어요."

구제가 자기 방문을 열며 말했다.

006

☆☆☆

나는 4호실로 들어가 문을 잠갔다. 갑자기 온몸에 힘이 빠져 침대에 축 늘어졌다. 등에 배의 흔들림이 느껴졌다. 실내는 조용하다. 사람 목소리가 사라지고 엔진 소리도 끊긴 채 파도가 배의 동체를 치는 둔탁한 소리만 전해진다. 보조 탁자 아래에 있는 라디오를 틀어보았다. 혼선되어 어느 나라 말인지 모를 방송이 흘러나올 뿐이었다. 초조해진 나는 거칠게 전원을 껐다. 배가 얼른 움직여주면 좋겠다. 근거는 없지만 그리 쉽지만은 않을 거란 생각이 들었다. 일이 술술 해결되기는커녕 점점 안 좋은 방향으로 나아갈 듯한 오싹한 예감이 솟구쳤다.

아버지를 만나고 싶다.

불현듯 생각했다. 아빠는 지금도 도라노몬의 병원 침대에 누워 계실까? 어제 오후 승선 전에 전화로 이야기했으니 하루밖에 지나지 않았는데 아득히 멀게만 느껴졌다.

다음에 언제 아버지를 만날 수 있을까? 눈물이 흘러내려 모포를 끌어올리고 몸을 뒤쳤다. 무슨 엉뚱한 생각을 하는 거야. 늦어도 저녁에는 오마에자키에 도착할 테니 바로 전화하자. 차로 달리면 오늘밤 안에 도쿄로 돌아갈 수 있어.

눈을 감고 한동안 잠을 자기로 했다. 눈을 감자 와키무라 유이치의 얼굴이 불쑥 떠올랐다. 두꺼운 눈썹과 의지가 강해 보이는 두툼한 입술. 그 입술에서 남자다운 목소리가 흘러나왔다.

—이대로는 안 돼. 분명 큰일이 날 거야. 너도 아버지를 설득해 줘.

나는 모포를 덮었다. 목소리는 여전히 들렸다.

—분명 큰일이 날 거야.

잠깐 졸았던 모양이었다. 눈을 뜨자 실내가 어슴푸레하게 느껴졌다. 보조 탁자의 시계를 들여다보니 4시 20분을 가리키고 있었다. 다시 선창을 향해 귀를 기울였다. 들리지 않는다. 엔진 소리는 아직 들리지 않는다. 배는 수리되지 않았다. 계획대로라면 벌써 입항했을 시각이건만.

큰일이다!

그런 생각이 불길한 섬광처럼 덮쳐왔다. 예사롭지 않은 사태, 일찍이 경험한 적 없는 무시무시한 위험에 휘말린 것 같았다.

아빠, 도와줘!

머릿속에서 아버지 목소리가 대답했다.

—하루카, 배에 타자마자 구명보트와 구명조끼 두는 곳을 알아두어야 한다. 배에 따라서는 그런 비품이 파손되거나 사람 수보다 적을 때도 있거든. 제대로 된 구명조끼 한 벌을 네 방에 확보해둬.

배에 타기 전 통화에서 아버지가 말씀하셨다. 나는 재빨리 몸을 일으켰다. 맞아. 지금이 기회야.

둥근 창 윗부분에는 아직 파란 하늘이 펼쳐져 있지만 해는 제법 기울었다. 윈드브레이커를 걸치고 문 잠금장치를 살짝 풀었다. 복도는 쥐 죽은 듯 고요했다. 카펫이 깔려 있어서 발소리는 울리지 않는다. 계단 옆에서 기관실로 내려가는 사다리 아래를 들여다보았다. 형광등이 켜져 있는 것 같지만 말소리는 들리지 않았다.

계단을 올라갔다. 위쪽도 조용했다. 응접실에도 사람은 보이지 않았다. 5시에 조리실로 모이자고 약속했지만 아직 다들 자기 방에서 쉬고 있는 모양이다. 우현 복도를 통해 선장실 옆을 지났다. 레이스 커튼이 달린 창문에 얼굴을 가까이 해보았지만 류자키의 모습은 보이지 않았다. 당연했다. 엔진도 고치지 않았는데 선장이 제 방에서 쉬고 있을 리가 없다.

막다른 곳에 있는 문을 열고 선수 갑판으로 나갔다. 더욱 조심스럽게 조타실 문으로 살금살금 다가갔다. 위쪽 창문 너머로 안을 들여다보고 천천히 접근했다. 예상대로 여기에도 아무도 없었다. 선원들은 아직 선창에서 기계를 만지고 있겠지. 배가 멈춰 있으니 망을 볼 필요도 없다. 조타실에 사람이 없다면 누구의 비난도 받지 않고 그 위의 최상층 갑판으로 올라갈 수 있다. 바로 지금이 다시없을 기회다. 선수 갑판의 하얀 벤치는 일광욕을 하기 위해 놓았겠지. 누가 깜빡하고 갔는지 남겨진 선글라스 하나가 왠지 쓸쓸해 보였다.

우현 앞쪽 사다리를 따라 최상층 갑판으로 올라갔다. 제법 세차고 차가운 바람이 불었다. 조타실과 선장실 지붕 위인 그곳에는 가운데에 굴뚝과 수많은 안테나가 복잡하게 세워져 있었다. 뒤에는 엎어놓은 모터보트가 묶여 있고, 승선할 때 탄 노란 고무보트와 'Life Raft'라고 씌어 있는 커다란 상자, 뭔지 모를 기구들이 빼곡하게 쌓여 있었다.

어떤 게 구명조끼지?

몸의 중심을 낮추고 눈동자를 움직였다. 어제 아즈마에게 물으니 '이 위에 쌓여 있다'고 분명히 대답했다. 어느 상자엔가 들어 있지 않을까? 모터보트를 붙잡은 채 구명조끼가 들어 있음 직한 상자 쪽으로 이동했다. 세찬 바람이 분 순간 묘한 냄새가 난 것 같았다. 바다 내음이 아니다.

상자 몇 개가 보트 맞은편에 놓여 있었다. 보트 뒤로 돌자 한 남자의 모습이 시야에 들어왔다. 남자는 나무 상자와 보트의 사이의 좁은 공간에 비스듬히 누워서 다리를 이쪽으로 뻗고 있었다. 머리는 보트 뱃머리 그늘에 반쯤 가려졌지만 빛바랜 녹색 윈드브레이커

등을 보고 아즈마임을 직감했다.

"아즈마 씨……. 아즈마 씨……."

애써 태연한 목소리로 불러보았다. 그러면 아즈마가 작업하다 말고 고개를 들고 돌아본다. 그렇게 모든 게 별일 아니었음이 밝혀지고 평소로 돌아가리라 믿고 싶었다. 아즈마는 대답하지 않았다. 나는 그의 어깨 옆에 섰다. 엎드린 아즈마의 뒤통수가 눈에 들어왔다. 거친 머리카락 일부가 쓸어 올린 것처럼 뻗쳤는데 그 부분이 피로 흠뻑 물들어 있었다.

조금 전에 맡았던 묘한 냄새가 코를 찔렀다.

표류하는 배

가지카자와가 앞으로 쓰러져 있는 아즈마의 경동맥 부근을 짚었던 손가락을 거두고 고개를 천천히 가로저었다.

"틀렸어요. 이미 죽었습니다."

"그럴 수가……. 그럴 리 없어요!"

비명에 가까운 목소리가 내 입에서 튀어나왔다.

"어떻게 안 될까요?"

반쯤 우는소리로 외쳤다. 아즈마의 죽음이 안타까워서가 아니다. 이 배에서 또다시 죽은 사람이 나온 사태를 견딜 수 없었기 때문이다.

"우리 의사는 죽음을 확인할 때 맥을 짚는 것 말고도 느끼고 들으라고 배웁니다. 숨을 쉬는지, 심장 고동 소리는 들리는지…….”

가지카자와는 다시 한번 고개를 가로저었다.

“이제 동공 반응을 보는 것만 남았는데…….”

이미 소용없음을 아는 듯 침울한 표정의 가지카자와가 아즈마의 몸을 살짝 일으켜 눈동자를 들여다보았다.

“유감스럽지만…….”

“사인이 뭐죠?”

구제가 속삭이는 목소리로 묻는다. 최상층 갑판에는 내 목소리를 듣고 달려온 다른 세 명의 손님이 모여 있었다.

“보기에는 뭔가로 머리를 맞은 것 같은데 외상은 그리 심하지 않아요. 사인은 아마 뇌 타박상이겠죠.”

가지카자와가 피에 물든 뒤통수를 가리키는 바람에 구역질할 뻔한 나는 고개를 돌렸다. 채 마르지 않아 진득한 피가 머리카락 끝에서 갑판으로 뚝뚝 떨어졌다.

“죽은 지 얼마 지나지 않은 것 같군.”

후유카와가 중얼거렸다.

“맞아요. 몸도 완전히 차가워지지 않았습니다. 습격받자마자 발견된 것 같군요.”

“너, 누구 수상한 사람 보지 못했니?”

구제의 물음에 남자들도 나를 돌아보았다. 격앙된 시선이 얼굴에 꽂혔다.

"네. 기억은 잘 안 나지만…… 아무도 못 본 것 같아요."

"애초에 뭐하려고 여기에 올라왔는데?"

말문이 막혔지만 울컥한 마음에 변호사를 쏘아보았다.

뭐야, 그 젠체하는 말투는. 내가 누구 딸인 줄 알아?

"바람을 쐬러 나왔을 뿐이에요. 여러 말 들을 이유 없어요."

"그러니까 우연히 여기에 와서 시체를 발견했다는 말이지요?"

후유카와다.

"우연이 아니면 뭐라는 거죠?"

"아니, 뭐……. 제아무리 호화 요트라 해도 크기는 뻔하니, 아즈마 군이 얻어맞은 후 피가 굳기도 전에 하루카 양이 여기로 왔다면 뭔가 보든 듣든 했을 것 같은데."

"복도와 갑판은 좌우 양쪽에 있잖아요. 저는 우현으로 해서 선수 갑판으로 왔지만 범인이 좌현을 통해 엇갈려 도망쳤다면 어떻게 보겠어요."

가지카자와는 안경 너머로 눈을 가늘게 뜨고 내 온몸을 꼼꼼하게 관찰하기 시작했다.

피라도 튀지 않았는지 살피는 거야!

분노와 낭패감으로 이성이 날아갈 것 같았다.

"그래요, 왼쪽으로 도망친 범인은 황급히 하갑판의 자기 방으로 숨어들었을 거예요. 그리고 제 목소리를 듣고는 태연한 얼굴로 나온 거죠!"

바로 몇 분 전 나는 하갑판으로 뛰어 내려가 계단 옆에서 외쳤다. "큰일이에요, 아즈마 씨가!" 대충 이런 말이었다. 그러자 문 세 개가 잇달아 열리고 이들이 달려나왔다.

"선장은 뭐하고 있죠?"

후유카와가 불쑥 정신이 든 듯 말했다.

"아직 아래에 있지 않을까요?"

"이 소란이 났는데 모르는 건가."

"그러고 보니 아즈마 씨는 선장과 함께 있지 않았나요?"

"내가 불러오죠."

"부탁드려요."

사다리를 내려가는 후유카와를 지켜보던 구제가 갑자기 주위를 둘러보았다.

"무엇으로 맞았을까요?"

"흉기 말인가요?"

가지카자와가 물었다.

"네. 보이지 않네요."

"바다에 버렸겠죠."

그런 것도 모르냐는 투로 말하고 금세 후회했다. 점점 나만 더 의심받게 될 것이다.

"아……. 그랬겠군요."

"여기저기 많이 맞았던가요?"

구제가 물었다.

"아뇨, 둔기로 뒤통수를 한 방 맞은 것 같아요."

"한 방에 치명상을 입혔다면 범인은 힘이 센 남자였겠네요."

"남자라고 단정지을 수는 없어요. 쇠망치 같은 단단한 흉기라면 여자도 손쉽게……."

후유카와와 류자키가 큰 소리로 떠들면서 올라왔다. 먼저 최상층 갑판으로 올라온 류자키는 아즈마의 모습을 보자마자 숨을 삼킨 채 얼어붙었다. 곧이어 달려와서 안아 일으키려 했다.

"아즈마……. 아즈마!"

"후유카와 씨께 들으셨겠지만 하루카 씨가 처음 발견했어요. 저희가 달려왔을 때에는 이미 숨이 끊어진 후였습니다."

"아즈마 씨는 기관실에 계시지 않았나요?"

구제가 바로 질문 공세를 폈다. 특유의 신문하는 말투였다. 류자키는 잠시 호흡을 가다듬고 감정을 억누른 목소리로 대답했다.

"그렇습니다. 엔진 고장의 원인을 찾고 있었죠. 조금 전에 겨우 알아내서 수리를 마쳤습니다. 그래서 아즈마에게 조타실로 가서 시동을 걸어보라고 하고, 저는 만약을 위해 계속 선창에 남아 있었어요. 도무지 시동이 걸리지 않기에 아직 어딘가 문제가 있나 싶어 다시 점검하려던 차에……."

"아즈마 씨가 몇 시쯤 조타실로 올라갔죠?"

"4시 15분 조금 지나서였습니다. 17,8분이었겠죠. 마침 그때 시계를 본 터라 기억합니다."

"저는 4시 20분에 눈을 떴어요."

나도 똑 부러지게 말했다.

"옷을 걸치고 방을 나왔으니 여기에는 4시 25분쯤 왔을 거예요."

"일단 4시 20분에서 25분 사이에 사건이 일어났다고 해둘까요."

"저는 하루카 씨의 목소리를 들을 때까지 잤어요."

가지카자와다.

"나는 라디오를 들었소. 시즈오카 방송이었고 내용도 기억해요."

"저도 줄곧 침대에 누워 있었어요."

"우선 해상보안청에 연락하겠습니다."

류자키가 마음을 다잡은 듯한 목소리로 말하고서 아즈마의 옆에서 일어섰다.

"현장은 건드리지 마십시오."

선장이 사다리를 내려가자 모두 말없이 뒤따랐다. 나라이 때와 마찬가지로 일종의 군중심리이리라. 나 역시 이렇게 된 이상 모두와 함께 움직이지 않고서는 무서워 견딜 수가 없었다. 최상층 갑판 주위로 서서히 땅거미가 지고 바다에는 뾰족한 물마루가 일기 시작했다.

조타실로 들어간 류자키가 부탁했다.

"후유카와 씨, 혹시 모르니 당직을 서주시겠습니까?"

후유카와를 발판 위에 세우고 류자키는 반대편에 있는 무전기 수화기를 들었다. 세 사람이 지켜보는 가운데 오늘 아침과 같은 요령으로, 다만 이번에는 바로 2150을 호출한 모양이었다.

"해상보안청, 해상보안청, 응답 바랍니다."

"네, 여기는 해상보안청입니다. 이상."

"인디아나호 선내에서 또다시 사망자가 나왔습니다. 선원 중 한 명이 최상층 갑판에서 머리를 얻어맞고 죽었습니다. 이상."

"위치를 말해주십시오. 이상."

류자키는 위성항법 장치를 확인했다.

"북위 34도 32분, 동경 138도 60분. 이상."

"머리를 맞았다면 살인 사건입니까? 이상."

"그럴 가능성이 짙습니다."

류자키는 짧게 정황을 설명했다.

"오늘 아침 9시 반 시모다 해상보안부의 연락으로는 인디아나호에서 오늘 아침에도 변사자가 나왔다고 하더군요."

"그렇습니다. 그 사람은 자살 같습니다. 그 뒤 오마에자키 곶을 향해 십이 노트로 항해하던 중 오후 12시 30분 무렵 엔진이 고장 나 여태껏 수리하고 있었습니다. 4시 20분경 수리를 마쳤으므로 다시 항해할 수 있을 겁니다. 이상."

"그럼 서둘러 오마에자키 곶으로 입항해주십시오. 현장은 될 수 있으면 건드리지 마십시오. 이상."

"이번에는 최상층 갑판이라 가능하면 유체를 실내로 옮기고 싶습니다. 이상."

"그럼 현장 사진을 찍은 뒤 옮겨주십시오. 이상."

"알겠습니다. 파도가 다소 높으므로 십 노트로 오마에자키 곶으로 향하겠습니다. 이상."

"알겠습니다."

류자키가 무전기 수화기를 제자리에 내려놓마자 다른 사람들이 일제히 입을 열기 시작했다.

"배는 지금 어디쯤 있나요?"

이쪽으로 돌아선 후유카와의 질문이 앞섰다.

"오마에자키 곶에서 사십이삼 마일 떨어진 지점이겠죠. 오마에자키 곶 남동 삼십 몇 마일까지 와서 엔진이 고장나고 네 시간 반쯤 지났어요. 이 부근에서는 멈춰 있어도 조류 때문에 한 시간에 일 마일 이상 북동쪽으로 흘러가니 지금은 그쯤일 겁니다."

"십 노트로 달리겠다고 하셨는데, 그러면 오마에자키 곶까지는……."

"입항 예정 시각은 밤 9시쯤 될 겁니다."

앞으로 아직도 네 시간……. 안심한 것 같기도 하고 진절머리 치는 것 같기도 한 복잡하기 그지없는 한숨이 여기저기서 새어 나왔다.

"어쨌든 당장 출발해주세요. 엔진은 고쳤죠?"

가지카자와다.

"괜찮을 겁니다."

류자키가 후유카와와 교대해 키 앞에 서서 엔진 스위치를 돌렸다. 부르릉 하고 시동 모터가 돌더니 이어서 통통통 하고 엔진 소리가 처음에는 천천히, 이내 빠르고 힘차게 울렸다. 이번에야말로 우리는 안도하며 얼굴을 마주보았다.

"출발 전에 아즈마의 유체를 거두어들여야 해요."

"그건 저희가 하죠."

가지카자와가 양손으로 류자키를 막았다.

"선장님은 한시라도 빨리 배를 출발시키세요."

"현장 사진도 찍어주십시오."

"그러죠. 저는 기계치라 카메라도 가져오지 않았지만 누군가 찍을 거예요."

"나한테 있습니다."

가지카자와의 말이 끝나자마자 후유카와가 대답했다. 구제도 가지고 있다고 했지만 후유카와의 카메라가 해상도가 더 높은 물건인 듯했다.

"여러 장 찍어두세요. 도착하면 이것저것 물어볼 테니까. 사진을 다 찍으면 유체는 모포 위에 올려 옮겨주십시오."

"들것은 없나요?"

"없어요. 옮길 만한 적당한 판자도 떠오르지 않는군요. 함께 모포 끝을 들어서 선원실 침대에 안치해주세요."

말꼬리가 희미하게 떨려 류자키는 두툼한 입술을 깨물었다.

후유카와와 구제가 거주구로 내려갔다. 최상층 갑판에서 가지카자와가 아즈마의 상태를 살폈다. 나는 돌아서서 저물듯 저물지 않는 바다를 바라보고 있었다.

후유카와와 구제가 모포, 시트, 카메라를 들고 왔다. 후유카와는 신문기자 출신답게 뚱뚱한 몸을 기민하게 움직여 여러 각도에서 셔터를 눌렀다. 현장 촬영이 끝나자 구제가 갑판에 모포를 깔고 남자들은 풀 먹인 새 시트를 아즈마의 몸에 덮었다. 시트로 감싸 모포 위로 옮긴다. 구제가 합장하자 다른 사람들도 따라 했다. 그 후에 넷이서 모포 네 귀퉁이를 쥐고 들어올렸다. 나는 당장에라도 큰 소리와 함께 내던지고 싶은 것을 손가락만 바라보며 필사적으로 참았다. 어째서 내가 불결한 시체 따위를 옮겨야 하지? 하지만 마음속 외침은 후유카와의 말에 얼어붙었다.

"아직 남은 사람이 네 명이라 이렇게 옮길 수 있다지만, 만에 하나 더 줄어들기라도 하면……."

도기 동물 인형들을 얹은 둥근 금속판을 응접실 탁자 위에 꺼내 놓았다. 지금 판 위에는 동물 인형이 다섯 개밖에 보이지 않는다. 쥐가 사라졌다. 아즈마 준지는 말할 것도 없이 쥐띠였고 올해 스물일곱이나 여덟 살이었을 것이다. 굳이 입에는 올리지 않았지만 다들 속으로 그것을 떠올리고 자신의 띠에 해당하는 동물이 남아 있는지 눈으로 확인했을 것이다.

선원실 이층 침대의 아래쪽 침대에 아즈마를 누이고 응접실로 올라온 직후에 내가 제일 먼저 동물 인형이 또 하나 부족한 것을 알아차렸다. 인형이 하나 부족하다고 말하자 다들 아까처럼 반사적으로 주위를 둘러보았지만, 이번에는 전처럼 끈기 있게 찾지는 않았다. 대신 후유카와가 느닷없이 금속판을 장식 선반에서 꺼내 탁자 가운데에 두었다.

"누구인지 모르겠지만 기분 나쁜 장난은 그만했으면 좋겠군!"

5시 반쯤 류자키가 조타실에서 나왔다. 모두가 자연히 류자키를 둘러싸고 앉았다. 어렴풋이 저녁놀이 감도는 하늘에는 커다란 별이 반짝이기 시작했다. 낮보다 구름이 더 낀 것 같다.

"조타실을 비워도 괜찮나요?"

동물 인형에서 눈을 뗀 구제가 불쑥 물었다.

"자동조타로 바꿔놓았어요. 오 마일 이내로 배가 접근해 레이더에 잡히면 버저가 울리죠."

"그렇군요."

"단, 항구와 가까워지거나 해가 진 뒤에는 반드시 누군가 당직을 서야 합니다."

류자키는 손목시계를 보았다.

"입항까지 앞으로 약 세 시간 반쯤 남았는데, 그사이에 여러분께 이야기를 듣고 싶군요. 해상보안청에서 자세히 조사하겠지만 선장으로서 그전까지 될 수 있는 대로 상황을 분명히 정리해둘 필요가 있으니까요."

반대하는 사람은 없다.

"가지카자와 선생님, 아즈마의 사인은 틀림없이 타살입니까?"

"음, 제가 법의학 전문가는 아니지만 거의 틀림없어요. 실수로 넘어지며 모서리에 뒤통수를 세게 부딪힌 충격으로 고꾸라졌을 가능성도 있지만 말이죠."

"근처에 머리를 부딪힌 듯한 흔적이 보였습니까?"

"아뇨, 제가 본 바로는 아무데도 없었습니다."

"만에 하나 사고였다면 아즈마 씨는 자신의 의사로 최상층 갑판에 올라간 것이 되겠네요. 무슨 볼일이 있었을까요?"

구제가 류자키를 쳐다보았다.

"저는 조타실에서 시동을 걸어보라는 말밖에 하지 않았습니다."

"역시 범인이 아즈마 씨를 속여 꾀어낸 다음 뒤에서 습격했다고 생각해야 맞지 않을까요?"

변호사의 냉철한 말투에는 눈 가리고 아웅은 그만두고 현실과 싸우자는 듯한 투지가 등등했다.

"단순한 사고였다면 동물 인형이 사라질 리가 없는걸요."

나도 마지못해 동의했다.

"그럼 나라이 씨의 '원숭이'는 어째서 사라졌죠?"

후유카와의 말에 나는 잠시 잊고 있던 나라이의 죽음을 떠올렸다.

"점심을 먹으면서 나눈 얘기로 모든 것이 그의 소행 같다고 결론 내렸었죠. 정신이 이상한 남자가 골프 선수 나라이 요시아키를 사칭해 요트에 올라 동물 인형을 슬쩍 두고 테이프를 틀고는 자신의 띠와 같은 원숭이를 없앤 뒤에 자살했다고요. 처음에는 이걸로 설명됐지만 이번 일은 그렇지 않아요. 아즈마 군이 어떻게 죽었는지를 보면 이번 일도 나라이가 생전에 조작했다는 건 말이 되지 않아요. 그렇다면……."

"원숭이를 없앤 사람 역시 나라이 씨가 아니었는지도 몰라요. 아니, 더 뒤집어 생각해보면……."

"설마……. 설마 나라이 씨마저 자살이 아니었다고요?"

나는 반쯤 울먹이는 목소리였다.

"아뇨, 아직 분명한 건 모릅니다."

가지카자와가 달래듯 말했다.

"하지만 이 인디아나호에는 눈에 보이지 않게 설치된 덫이나 위험한 악의가 숨어 있는 것 같단 말입니다."

"저도 그런 느낌을 받았습니다."

류자키가 말을 받았다.

"예를 들어, 아까 엔진이 고장난 원인은 연료 탱크 안에 쌓인 찌꺼기가 여과기까지 이어진 파이프를 막았기 때문이었어요. 새로 건조한 배에서는 삼 년 안에 이따금 그런 일이 일어나는데 그때 찌꺼기를 제거하면 그 이후로는 보통 생기지 않는 문제죠. 인디아나호는 만들어진 지 꼬박 오 년이 되었다고 들었습니다."

"그렇다면 인위적으로 조작했을 가능성이 있다?"

후유카와가 물었다.

"내유耐油 고무를 빼고 파이프 안에 이물질을 쑤셔넣으면 손쉽게 할 수 있어요."

"그럼 바로 엔진이 고장납니까?"

"아뇨, 그건 찌꺼기가 어떻게 쌓이느냐에 달린 문제라, 경유의 흐름이 서서히 나빠지다 이내 멈출 수도 있어요. 하지만 출항할 때에는 모든 탱크를 가득 채우니까 파이프를 열면 경유가 넘치고 그곳에서 기름 냄새가 진동하겠죠. 배가 흔들리는 상태에서는 도저히 못 합니다. 우리가 이 배를 맡기 전에 잔꾀를 부려놓았을 가능성도 의심됩니다."

"흠……."

"여러분께 여쭙고 싶은 것이 있습니다. 인디아나호에 누구의 초대로 어떻게 타게 되셨는지……."

"누구의 초대인지는 선장님께서 가장 잘 알고 계시지 않나요?"

말허리를 자르고 들어오는 구제의 말에 류자키는 언짢은 표정으로 두꺼운 눈썹을 찡그렸다.

"사실 저도 이번 일은 다른 사람에게 의뢰받은 거라 말이죠. 지난주 월요일 밤이었나. 출발하기 불과 일주일 전이었는데, 아부라쓰보에 사는 오래된 요트 동료인 야마시타가 내게 연락해서 괜찮다면 인디아나호에 타지 않겠느냐고 하더군요. 우노 씨가 크루즈 여행 계획을 세우고 손님까지 초대했는데 오너 전속으로 평소 인디아나호를 몰던 선장이 급작스럽게 간질환을 일으키는 바람에 도저히 일주일 안에 일어나지 못할 것 같다고요. 처음에 대리를 부탁받은 것은 야마시타지만 그 친구도 다른 예정이 있어서 내 스케줄을 물은 겁니다. 마침 일정이 비기도 했고 인디아나호라면 일본에 세 척밖에 없는 최고급 크루저 아닙니까. 요트 애호가라면 누구든 한 번은 타보고 싶어 하는 배죠. 마침 좋은 기회다 싶어 흔쾌히 받아들였던 겁니다."

"아즈마 씨에게는 류자키 씨가 같이 타자고 하셨다더군요."

"네. 오키나와까지 일주일간 항해인데 요리는 손님께 부탁한다니까 선원은 둘이면 충분했죠. 저랑 손발이 맞는 사람을 데려와도 되느냐고 물었더니 마음대로 하라고 했어요. 제가 아즈마를 데려오는 바람에 가엾게도…….”

류자키는 갑자기 목이 메어 고개를 떨구었다. 잠시 뒤 고개를 들었을 때는 크고 강렬한 눈동자가 붉게 젖어 있었다.

“그럼 요트 키는 어떻게 받았죠?”

구제가 질문을 이었다.

“토요일에 야마시타가 전해주었습니다. 그이는 오너나 선장도 잘 아는 것 같았지만 따로 묻지는 않았어요. 야마시타와는 벌써 스무 해 이상 알고 지냈고 가장 절친한 친구 중 한 명이라 의심하지 않았죠.”

“오너가 하루 늦게 오마에자키에서 탄다는 이야기는 언제 들으셨나요?”

“아, 야마시타의 집으로 전화가 왔습니다. 저와 아즈마는 일요일 오후 처음 이 배에 타, 연료와 물 등 필요한 것들을 준비해놓고 나서 그날 밤 아부라쓰보에 사는 야마시타네 집에 신세를 졌어요. 그곳으로 오너의 비서가 전화를 했죠. 처음에 저희 집으로 걸었더니 아내가 받아 제가 야마시타 씨네 묵고 있다고 해서 그리로 전화했다더군요.”

“야마시타 씨에게 물으면 알겠군요.”

후유카와가 기세 좋게 말했다.

“당장 그 사람에게 전화를 걸어주시죠.”

"미안하지만 이 배에는 전화 설비가 없습니다."

"흐음."

후유카와는 팔짱을 끼고 고개를 세차게 흔들었다.

"선장을 맡으면서 부주의했던 점 사죄드립니다. 혹시 오너나 초대한 사람에 대해 더 아는 분이 계시면 알려주시겠습니까?"

"제 환자인 어느 부인에게 초대받았어요. 정무차관까지 지낸 국회의원의 사모님이죠."

가지카자와가 주걱턱을 쓰다듬으며 고개를 갸우뚱했다. 의심의 여지가 없을 만한 이야기였다는 얼굴이다.

"아자부에 있는 저희 병원의 환자는 대부분 여자예요. 산부인과니까 당연하죠. 위치가 위치다 보니 제법 유명한 사람의 부인도 적지 않습니다. 그중에서도 특히 유명한 정치가의 사모님이 인디아나호 크루즈 여행에 초대받았다더군요. 오너 부인과 허물없는 사이라는 투였어요. 선원 말고 전부 여자인데 신사분이 한 사람쯤 섞여야 흥도 돋고 누가 뭐래도 의사가 있어준다면 마음이 든든할 것 같다고 하시더군요. 함부로 거절하기 어려운 상황이라 대진을 부탁하고 일주일간 병원을 빠져나온 겁니다."

명사 부인들의 비위를 절묘하게 맞추며 병원을 키우는 가지카자와의 정치력이 엿보이는 듯한 이야기였다.

"그럼 타자마자 이상하다고 생각하지 않으셨나요?"

내가 물었다.

"그 의원 부인도 없거니와 남자 손님이 둘이나 더 있었잖아요."

"그게, 부인은 따로 타겠거니 생각했고 사정이 있어 남자도 늘었나 보다 했어요. 오너가 늦는다고 들었을 때에는 부인 일행도 오너와 함께 타리라고 철석같이 생각했고요. 게다가 의원 부인이 제게 거짓말할 리가 없으니 부인도 속았다가 사정이 생겨 탈 수 없게 된 건지도 모르겠다고 말이죠."

"나는 말이죠, 아까도 잠깐 말했지만 원래 요트를 좋아해서 크루즈 여행도 몇 번 했었어요."

후유카와도 이야기를 꺼냈다.

"삼월 말쯤이었나, 나보다 먼저 신문사를 그만둔 오자와라는 옛 상사에게서 전화가 왔죠. 우노 그룹의 총수인 우노 고타 씨가 프로 작가에게 자신의 전기를 부탁하고 싶어 한다고요. 그것도 요트를 잘 아는 사람을 원한다더군요. 고타 씨는 대단한 요트 애호가예요. 인디아나호를 건조하게 한 것도 그런 이유에서고요. 일이 하나 끝나거나 고비가 있을 때에는 반드시 장기 크루즈 여행을 통해 기분을 전환하고 다음 전략을 짜곤 했어요. 그 부분을 사실감 있게 쓸 수 있는 사람이 아니면 곤란하다며 적임자로 나를 추천하고 싶은데 어떠냐고 타진해온 거죠. 고타 씨는 될 수 있으면 작가도 다음 크루즈 여행에 동행해 인디아나호 선상에서 자신이 여태껏 걸어온 인생을 차근차근 들려주고 싶다고 했다는군요. 바라 마지않을 얘기잖습니까. 내가 두말없이 좋다니까 선배가 곧장 워드프로세서로 쓴 편지를 보냈어요. 편지에 이번 일정과 집합 장소가 적혀 있었습니다."

"지금 그 편지를 가지고 계신가요?"

구제가 물었다.

"아뇨, 날짜와 장소만 적힌 간단한 메모라 두고 왔죠."

"그럼 선생님은 우노 고타 씨가 초대한 것을 알고 계셨겠군요."

가지카자와가 생각에 잠긴 채 말했다.

"하지만 여러분 이야기를 듣고 있자니 그것도 미심쩍어지는군요. 나도 직접 고타 씨와 이야기를 나누지 않았고 설령 이야기했더라도 목소리로 분간할 수는 없었겠죠. 그리고 다리를 놓아준 선배 말인데요, 워낙 오랜만에 온 전화였어요. 생각해보니 정말로 그 사람이었는지……. 어쩌면 깜빡 속았는지도 모르겠군요. 아니, 아무래도 그럴 공산이 큰 듯합니다."

"넌 어쩌다 타게 됐어?"

구제가 나를 바라보았다. 구제가 나를 대하는 말투에는 늘 깔보는 느낌이 있고, 내게 그렇게 물어본 후에 시험하듯 가만히 응시하곤 했다. 그때마다 나는 반발심과 함께 묘한 불안감을 느꼈다. 어쩌면 구제가 막연하게나마 내 신분과 배경을 눈치챈 것은 아닐까? 오케야라는 성으로 아버지와 그 불행한 사고를 떠올렸을까? 구제는 세상 사람들이 아버지에게 퍼붓는 부당한 비난과 중상을 믿고 나를 업신여기는 것이 아닐까?

"회사 상사를 통해 초대받았어요."

나는 쌀쌀맞게 대답했다.

"그래서 별로 자세히 듣지 못했어요."

"그 상사라는 사람은 누구지?"

"일하는 곳 전무님이에요."

"일하는 곳이 여행사와 골프장을 경영하는 회사라고 했지?"

"네."

"실례지만 아직 미혼인가?"

"당연하죠."

"실례가 안 된다면, 아버님은 무슨 일을 하시지?"

나는 올 게 왔다고 생각하며 마음의 준비를 했다. 들통났다면 도망치고 숨을 생각은 없다.

"아버지도 사업체 몇 개를 경영하고 계세요. 무역 회사와 부동산, 볼링장, 그리고…… 호텔도요."

"도쿄의 호텔?"

"네. 이즈와 하코네에도 있죠."

도쿄의 호텔 이름과 장소를 묻는다면 당당하게 대답해주기로 마음을 단단히 먹었다.

"허, 엄청난 부잣집 아가씨였군요."

가지카자와가 막대한 재산에 대한 관심을 감출 수 없는 눈빛으로 나를 응시했다. 구제는 더이상 물으려 하지 않았다.

"제 사정도 말씀드려야겠죠."

구제의 입가에 긴장감이 느껴졌다.

"예전 의뢰인 중에 상속 문제로 찾아왔던 사람이 있었죠. 그 사람에게 제 이름을 들었다며 나카모토라는 삼십 대 후반 여성이 사무소를 찾아왔어요. 명함에는 '우노 그룹 경영총무실장'이라는 직함이 인쇄되어 있었죠. 명석한 커리어우먼 분위기를 풍기면서도 사교성이 좋은 사람이었어요. 그 사람 말에 의하면, 다음달 중순쯤 우노 고타 씨를 비롯한 일가의 주요 인사들이 인디아나호 크루즈 여행에 참가한다, 고타 씨는 그곳에서 모두의 생각과 희망을 충분히 듣고 나서 유언장을 쓸 작정이다, 저만 괜찮다면 회의에 입회해 법률적인 조언과 함께 정식 유언장을 작성해주었으면 한다고요."

"……."

"저는 깜짝 놀랐어요. 바로 믿지는 못했죠. 우노 고타 씨 정도의 엄청난 거물이 저 같은 애송이 변호사에게 그런 큰 역할을 의뢰하다뇨. 회사 고문 변호사도 많이 있을 텐데 말이죠. 하지만 나카모토 씨가 말하기를 여태껏 사적인 문제를 맡아온 변호사 선생님이 최근 나이 탓에 일을 맡기기 어려워졌다더군요. 그리고 제 이전 의뢰인이 우노가에 오랜 신임을 받고 있던 사람인데, 특히 고타 씨에게 지대한 신용을 얻고 있다고 하더군요. 그 사람이 제 수완을 크게 칭찬했던지, 고타 씨도 변호사에게는 실력과 성의가 있으면 된다, 젊은 여성이라 오히려 자기도 젊어지는 느낌이 들어 좋다고 말씀하시며 결정하셨다고요.”

“어쨌든 선생님도 우노 고타 씨가 초대했다고 알고 계셨군요.”

구제는 가지카자와를 보며 씁쓸한 미소를 짓고는 고개를 내저었다.

“마음속으로는 끝까지 반신반의했던 것 같아요. 배가 육지를 떠나자마자 되돌릴 수 없는 실수를 저질렀다는 후회가 엄습했죠. 타기 전에 왜 확인해보지 않았나. 우노 그룹에 나카모토라는 경영총무실장이 실제로 있는지 아닌지, 직접 우노 고타 씨에게 전화를 걸면 바로 알 수 있었는데……. 아아, 뭐에 씌었었어!”

구제는 주먹을 꽉 쥐고 입술을 깨물었다. 그녀의 눈에 눈물이 고였다. 잠시 침묵이 흘렀다.

“제가 우려한 대로군요.”

평소 과묵한 류자키가 맨 먼저 침묵을 깼다.

“우리 모두 배후에 우노 일가가 있다는 교묘한 꾐에 빠져 인디아나호에 타버린 모양입니다.”

“우노, UNO, UNKNOWN……. 우연히 맞아떨어진 게 아니었단 소리인가요.”

의사의 얼굴은 이상할 정도로 창백했다.

“우노 씨가 일본에 몇 척밖에 없는 호화 요트를 가진 것은 어린애도 아는 사실이잖습니까?”

후유카와가 류자키를 쳐다보았다.

"그건 그렇죠."

"그럼 초대한 사람이 우노 씨 본인일 가능성도 여전히 남아 있는 거죠. 하지만 그가 현재 정신이 말짱한지는 의문스럽군요."

"역시 누군가 우노 씨 이름을 팔아 우리를 함정에 빠뜨렸을 가능성이 큰 것 같아요."

구제가 말했다.

"대체 무엇 때문에요?"

"……."

"아직 확실히는 모르겠어요."

류자키가 끼어들었다.

"어쨌거나 적이 몹시 흉포한 범죄를 꾸미고 있는 것만은 틀림없어요. 이미 두 사람을 죽이고 엔진을 고장냈습니다. 저는 나라이 씨의 죽음이 자살 같지 않군요."

류자키의 단호한 목소리에 서린 설득력이 피부를 오싹하게 만들었다.

"적은 아마 여럿일 겁니다."

"하지만……."

"그중 한 명이 숨어 있어요."

"이 안에 범인이 있다는 말인가요?"

"그만하세요!"

구제의 굳은 얼굴을 보자마자 나는 견디지 못하고 소리쳤다.

"그만해요. 그런 무서운 얘기 마세요."

본능적인 거부 반응 덕에 뜻밖의 생각이 번뜩 떠올랐다.

"그래요, 우리 말고 누군가 이 배에 타고 있는 거예요."

003

☆☆☆

어느새 바다 위는 완전히 저물었다. 하늘에는 푸르스름한 큰 별이 빛났지만 숫자가 어젯밤보다 적은 것은 구름이 많아졌기 때문일까. 파도가 거칠어지면서 옆질이 심해졌다. 하지만 다행히, 어쩌면 불행히도 누구 한 사람 뱃멀미를 호소하지 않았다.

"6시 반이 지났군요. 앞으로 두 시간 반이면 입항할 예정이니 저는 배 안을 한번 둘러보겠습니다."

류자키가 일어났다.

"함께 갈까요?"

후유카와다.

"혼자서는 위험해요."

가지카자와는 망설이다가 입을 열었다.

"음, 저도 가죠. 어디에 뭐가 숨어 있을지 모르니까요."

"그럼 그사이에 저희가 간단한 식사를……."

구제가 말하다 말고 불현듯 묘한 표정을 짓고 말을 삼켰다.

"저도 같이 가요."

그렇다면 나도 당연히 가야지. 이제 얼마 남지 않았다 하더라도 절대로 단독 행동은 하지 않는다. 충분히 주의를 기울이기 위해 마음을 다잡았다.

"마음 써주셔서 감사하지만 해가 지고 나서는 반드시 누군가 조타실에서 당직을 서야 합니다. 경험이 있는 후유카와 씨께 부탁드려도 될까요?"

순간 후유카와의 얼굴에 스친 동요의 기색을 보고 류자키가 서둘러 말을 덧붙였다.

"조타실은 잠글 수 있으니까 절대 안전합니다. 이제부터 설명드리죠."

류자키가 응접실을 나가자 다들 우르르 뒤따랐다.

"아시겠지만 당직이라고 해도 특별히 어려운 건 없습니다. 바깥이나 레이더를 보다가 다른 배가 다가오면 알려주세요."

조타실 유리창 너머로 보이는 전방에는 희부연 별빛이 살짝 비칠 뿐이었다. 칠흑 같은 해수면에 뱃머리가 파도를 박차고 나아가는 광경을 보고 있자니 지독히 암울한 그림을 앞에 둔 듯 비현실적인 적막감이 느껴졌다.

"보통 당직은 네 시간씩 서지만 익숙해지기 전까지 두 시간 교대로 가죠."

후유카와를 발판 위에 세운 류자키는 다시 퍼뜩 생각이 미친 듯

덧붙였다.

"아니지, 입항 한 시간 전에는 제가 교대할 테니 한 시간 정도만 서주시면 되겠군요."

그러고는 유리로 된 붙박이 보관함 안에서 열쇠를 꺼내 후유카와에게 건넸다.

"이 열쇠로 문을 안쪽에서 잠그세요."

"알겠습니다."

"그럼 저희는 순찰하고 오겠습니다."

류자키, 나, 구제, 가지카자와 순서로 선장실 옆 계단으로 향했다.

"쉿, 조용히."

류자키가 속삭였다. 카펫이 깔려 있어 발소리는 울리지 않는다. 뒤에서 후유카와가 문을 잠그는 소리가 들렸다. 우리는 하갑판으로 내려갔다.

"맨 아래층부터 살펴보죠. 선생님 두 분은 여기서 기다리시다 혹시 누가 나오면 큰 소리로 알려주세요."

나는 류자키를 따라 계단 뒤쪽에 있는 해치를 통해 내려갔다.

기관실에는 형광등이 켜져 있었다. 흘수 아래라 창문은 없다. 엔진을 비롯해 연료 탱크와 물탱크, 발전기, 배전반 같은 커다란 기계가 꽉 들어차 있었다. 수많은 파이프와 계측기가 복잡하게 연결되어 있다. 엔진과 발전기 소리가 끊임없이 귓전을 때렸다.

오른손에 손전등을 든 류자키는 기계 사이로 조심조심 나아가며 구석구석 들여다보았다. 바닥에는 울퉁불퉁한 알루미늄 합금이 깔려 있어 도저히 발소리를 죽일 수가 없다. 반대로 누가 움직이면 우리에게 들릴 것이다. 내가 해치 아래에서 지켜보는 사이에 류자키가 한 바퀴 돌고 돌아왔다.

느닷없이 무릎을 꿇은 류자키는 바닥 일부를 들어올려 손전등으로 아래를 비추었다. 무심코 다가가 들여다보니 오십 센티미터쯤 아래에 배의 밑바닥이 있었고 기름띠를 두른 검은 물이 출렁였다.

"용골이에요. 용골에 쌓인 오수는 펌프로 빨아들여 바다에 버립니다."

바닥에 사람이 숨어 있는 기척도 없었다. 류자키는 바닥 판을 원래대로 끼워놓고 일어났다.

"이쪽으로 돌아가죠."

기관실 선미에는 또 다른 해치가 있었다. 그 부근에는 세탁기와 건조기, 그리고 냉장고와 냉동고가 마주보고 있었다. 문득 맨 처음 아즈마가 세탁기와 건조기를 마음껏 쓰라고 했던 것이 떠올라 그리움이 일었다. 즐거워야 할 일주일의 항해는 얼마 안 가 생각지도 못한 형태로 중단되리라.

"냉장고가 크네요. 냉동고도 그렇고. 사람도 들어갈 수 있겠어요."

"보통 식재료는 예정한 양의 배 이상으로 실으니까요."

지나가는 길에 양쪽 문을 열어보니 고깃덩어리가 가득했고 그 옆에 얼음주머니가 열 개도 넘게 들어 있다. 나는 역겨움에 얼굴을 찡그리며 문을 닫았다. 아즈마의 머리를 물들인 피 색이 떠올랐다.

저렇게 많은 고기를 누가 다 먹을까!

뒤쪽 해치를 올라가니 하갑판 선원실로 이어졌다. 선미에 위치한 삼각형 방에는 각 변마다 이층 침대와 로커, 책상 등이 있다. 조금 전 아즈마를 모포로 실어날랐을 때 들어왔었다.

이층 침대 세 개에는 전부 아까와 마찬가지로 갈색 커튼이 쳐져 있었다. 류자키가 커튼을 하나하나 젖힌다. 나도 류자키 뒤에서 안을 들여다보았지만 입구 오른쪽 아랫단만은 쳐다보지 않고 시선을 돌렸다. 피로 물든 시트가 잠깐 시야를 스쳤다. 선원실에는 아주 좁은 화장실도 있었는데 역시 사람은 없었다.

나가는 문을 열자 가지카자와와 구제가 서 있었다.

"아무도 나오지 않았어요."

"선실도 한번 살펴보죠."

"음, 우리가 내려오기 전에 누군가 한발 먼저 도망쳐 들어갔을 가능성도 있으니까요."

가지카자와가 마지못해 찬성했다.

"그리고 어쩌면……."

구제는 망설이다 결국 덧붙여 말했다.

"누가 숨겨주었을지도 몰라요."

넷이서 뒤쪽부터 오른쪽의 6호실, 맞은편 5호실, 4호실, 3호실

순으로 실내를 점검했다.

류자키가 비어 있는 2호실 침대 커버를 걷어보았지만 새하얀 시트에는 주름 하나 없었다.

마지막 1호실은 나라이의 방이다. 지금도 침대 위에는…….

두 번 다시 발을 디딜 엄두가 나지 않았다.

들어갔던 세 사람이 이내 돌아 나왔다. 그들의 얼굴은 조금 전보다 한층 창백해졌고 저마다 침통하게 눈살을 찌푸리거나 입술을 꾹 다물고 있었다.

우리는 금색 문고리가 달린 하얀 문 앞에 섰다. 하갑판 맨 앞에 있는 오너룸. 손님들은 아직 아무도 구경하지 못한 방이다. 만약 범인이 숨어 있다면 가장 가능성이 큰 장소가 아닐까? 류자키가 들고 있던 열쇠 꾸러미에서 하나를 골라 열쇠 구멍에 끼웠다. 다들 숨죽이고 류자키의 손을 지켜보았다. 류자키는 문을 열고 불을 켰다. 다음 순간…….

"아아……."

작은 탄성이 내 입에서 흘러나왔다.

이 얼마나 아름다운 방인가!

고급스럽고 청결한 회색톤으로 전체를 통일했는데, 쿠션 커버와 네 귀퉁이에 놓인 도기 스탠드 등에 반짝이는 바다색이 배합되어 실내 공기에 신비로운 투명감을 곁들였다. 묵직한 크리스털 샹들리에, 회색 스웨이드 소파와 대리석 탁자, 창문 반대쪽 벽에는 복잡하게 빛나는 장식벽을 맞춰놓았다. 깊은 바다의 차가움과 잔잔함을 이미지로 꾸민 듯한 방안에서 거울 앞에 놓인 금시계의 추만 쉼 없이 왔다갔다하며 째깍거리고 있었다.

류자키가 성큼성큼 안으로 들어가 왼쪽에 있는 문을 열었다. 침실이었다. 침실은 분위기가 전혀 다르게 따뜻하고 목가적인 분위기로 충만했다. 밝은 갈색의 티크재 비슷한 재질로 만든 트윈베드에는 천연 소재로 물들인 듯한 예쁜 커버가 씌워져 있었고, 벽에는 한면 가득 옅은 색조로 타히티나 사모아 같은 남태평양 섬과 원주민들의 생활 풍경이 그려져 있었다. 침실에도 이상이 없음을 확인하자 류자키는 거실 오른쪽 벽의 거울을 밀었다. 욕실 문이었다. 대리석 욕조는 바싹 말라 있었다. 아마 선내에서는 가장 낙낙한 화장실일 오너룸 화장실도 금색 안전 손잡이며 분홍색 비데까지 손때 하나 없이 반질반질 청소되어 있었다. 어디를 보아도 최근에 사람이 쓰거나 숨어 있던 흔적은 확인할 수 없었다.

우리는 말없이 방을 나왔다. 류자키가 불을 끄고 자동 잠금장치가 달린 문을 닫았다. 다시 갑판으로 올라가 선장실을 살피고, 선수갑판부터 최상층 갑판, 선미 갑판까지 한 바퀴 돌고서야 응접실로 되돌아왔다.

손님 세 사람은 완전히 녹초가 되어 소파에 앉았다. 류자키도 카운터 의자에 걸터앉았다. 두꺼운 눈썹을 찡그리고 손으로 수염을 만지며 여태껏 본 적 없는 당혹스러운 표정을 짓더니 이내 습관처럼 담배를 꺼내 물었다.

"한잔하고 싶군."

가지카자와의 말에 구제가 바로 맞장구쳤다.

"찬성이에요."

구제가 카운터 안쪽 선반에서 잔을 꺼내는 사이에 가지카자와가 손수레에 실려 있는 병을 골랐다.

"브랜디로 할까요?"

잔 네 개에 브랜디가 담겼다. 브랜디 향기에 아버지가 떠올라 울컥 눈물이 나올 뻔했다.

"소설 속에도 이런 장면이 있었던 것 같은데."

브랜디를 맛보던 구제가 분위기에 어울리지 않는 소리를 중얼거렸다.

"네?"

"크리스티의 『그리고 아무도 없었다』에서도 남자 손님 두세 명이 인디언 섬 안을 탐색하죠. 동굴에 들어가거나 밧줄을 타고 절벽을 내려가기도 하고……. 하지만 아무도 찾지 못했어요."

어이없다는 표정으로 가지카자와가 혀를 찼다.

"여기는 섬이 아니에요. 어차피 뻔한 요트 안이라고요."

"더는 아무데도 찾을 곳이 없습니다."

류자키가 담배를 한 모금 빨아들이고서 엄숙히 선고를 내리듯 말했다.

"정말이지 골치 아프게 되었네요."

"맞아요. 남은 가능성은 딱 하나인걸요."

"딱 하나라니, 나 참."

가지카자와다. 나 역시 그들이 뜻하는 바는 알고 있었다. 하지만 달리 생각할 수는 없을까? 필사적으로 머리를 굴렸지만 아무 가능성도 떠오르지 않았다. 그러는 사이 류자키가 단정적인 목소리로 알렸다.

"우리 안에 살인범이 있습니다."

004

☆☆☆

순간적으로 공기가 얼어붙었다. 류자키는 담배를 끄더니 평소와 다르지 않은 동작으로 일어났다.

"지금이 7시 20분이니까 한 시간 반 남짓이면 오마에자키에 입항할 겁니다. 그 뒤에는 해상보안청에 조사를 맡길 수밖에 없겠죠."

"……."

"곧 등대 불빛도 보일 거예요. 저는 8시에 후유카와 씨와 당직을 교대할 겁니다. 다들 입항하기 전에 간단한 식사라도 하시죠. 상륙하고 나면 해상보안청에서 철저하게 조사할 테니 오늘밤에는 웬

만해서는 풀려나지 못할 가능성이 높아요."

"또 뭐라도 차릴까."

구제도 마음을 추스른 듯 나를 보았다.

"네."

나는 바로 일어나서 조리실로 향했다. 앞으로 고작 한 시간 반이다. 모두가 보이는 곳에 있고, 뭐라도 하면 시간은 금세 지나갈 거야.

냉장고를 열자 여기에도 붉은 생고기 덩어리와 로스트비프, 참치 토막 등이 넘칠 정도로 가득했다.

"스테이크를 구울까?"

구제가 물었다.

"피가 뚝뚝 떨어지는 음식은 싫어요."

"그것도 그러네."

냉동고에는 도쿄 호텔제 그라탱과 스튜 등이 은박지에 1인분씩 들어 있었다.

"스튜를 데울까요? 이거라면 간단하죠."

"수프 통조림을 따고, 그거랑 냉동 채소도."

"좋아요."

우리가 요리하는 사이 류자키와 가지카자와는 응접실에서 계속 마시고 있었다. 이야기 소리가 들려왔다.

"묘하단 말이죠. 이렇게 도기 동물 인형이 다섯 개 다 있는 걸

보니 마음이 놓여요.”

가지카자와다.

“일부러 이런 걸 준비하다니. 희생자는 두 사람인가…….”

“나라이 씨도 타살이라면 말이죠. 어차피 범인은 정신이상자가 틀림없어요. 재판관 대신 벌을 내리겠다고 했던가요.”

“법망을 피한 범죄자에게 말이죠.”

“테이프에서는 아즈마 씨가 누구를 미쳐 죽게 했다고 했죠. 류자키 씨는 그런 얘기를 들으셨어요?”

“아뇨, 자세한 사정은 모릅니다.”

“조금은 아시는군요?”

“아즈마는 최근에 프로 요트 조종사가 되었는데 삼사 년 전까지 회사원이었어요.”

“어떤 회사에 다녔죠?”

“회사 이름을 말하면 아실 겁니다.”

“……?”

“이와타 상사예요.”

전자레인지 문을 열려던 구제의 손이 멈추었다. 구제도 귀를 기울이고 있는 것이다.

“아, 금 사기 상법으로 문제가 됐던…….”

“주로 홀로 사는 노인을 노려 금에 투자하면 한몫 볼 수 있다고 속여서 반강제로 돈을 거두고 증권을 줬죠. 오래지 않아 회사가 적

발되고 증권은 휴지조각이 됐어요."

"기억납니다. 격분한 피해자가 사장을 일본도로 살해했죠?"

"간부 몇 사람도 검거되었을 겁니다. 아즈마는 일개 외판원이라 법적인 처벌은 피한 것 같더군요."

"그 사건으로 가여운 희생자도 나왔었죠. 연고 없는 노인을 노린 점이 특히 악질이었어요. 노후 생활비를 홀랑 빼앗긴 노인이 몇 명이나 자살하고……."

"아즈마에게 직접 들은 얘기는 아니지만, 소문으로는 아즈마에게 아끼고 아낀 예금을 갈취당한 노인이 실성했다는군요. 한밤중에 집을 나갔다가 도로변 도랑에 떨어져 죽은 것이 다음날 아침에 발견되었답니다."

"흐음."

응접실이 조용해지자 구제는 해동한 스튜를 오븐용 냄비에 옮겼다. 나는 프라이팬을 달궈 냉동 채소를 볶다가 다시 말소리가 들려서 불을 줄여 소리를 죽였다.

"그랬군요. 저도 그 사건 때 비분강개했죠. 지금 이야기가 사실이라면 예의 '재판관'도 제법 정곡을 찔렀군요. '피고인'은 벌을 받았는지도 몰라요."

"선생님은 나라이 씨 때도 그렇게 말씀하셨죠. 그는 사실상 라이벌을 죽게 했으니 테이프의 선고가 맞았다고요."

"그렇게 말할 수도 있지 않습니까."

"그럼 본인 일은 어떻게 생각하십니까?"

의사는 하하하, 하고 괜히 너털웃음을 터뜨렸다.

"제 이야기는 전혀 근거 없는 생트집이에요. 때로는 아무리 애써도 죽는 환자가 있지요. 하지만 그건 개인의 운명이지 의사의 책임이 아니에요."

"그렇다면 테이프에서는 어째서 '살해했다'고 가장 가차없는 표현을 했을까요?"

"웃기지 마시오!"

갑자기 의사의 목소리가 높아지며 뒤집혔다.

"그딴 건 헛소리요. 완전히 잘못 짚었어요. 언급할 가치도 없군요."

"이번에는 헛소리라고 하시는군요."

"뭐야, 어째 말이 이상하군. 그럼 당신은 어떻습니까? 선장 당신이야말로 두 사람이나 죽였다고 하지 않았소!"

구제가 조리실을 불쑥 뛰쳐나갔다.

"진정들 하시고 먼저 식사부터 하죠. 사람이 배고프면 짜증나기 마련이에요."

"……."

"그리고 이제 와 테이프 이야기를 문제삼아도 의미가 없잖아요. 자칭 재판관이란 사람은 큰 실수를 저질렀어요. 그는 가짜 나라이 요시아키를 본인이라 오해하고 죽여버렸으니까요."

우리가 식탁에 요리를 늘어놓는 사이에도 가지카자와와 류자키는 한쪽은 창백하고 한쪽은 붉으락푸르락한 대조적인 낯빛으로 서로를 쏘아보고 있었다. 스튜와 롤빵의 맛난 향기가 감돌기 시작하자 두 사람은 식탁 끝과 끝에 앉았다.

"와인이라도 딸까요?"

"음, 화이트로."

내가 묻자 가지카자와가 강조했다. 레드 와인이 뭘 떠오르게 하는지 말하지 않아도 안다.

"전 됐습니다."

류자키는 내가 놓은 잔을 옆으로 치웠다.

"빨리 먹고 후유카와 씨와 교대해야죠. 슬슬 등대가 보일 겁니다. 미코모토지마 섬, 이로자키 곶, 하가치자키 곶, 오마에자키 곶, 네 군데 불빛이 나란히 보이죠."

그 뒤로는 다들 말없이 먹고 마셨다. 앞으로 한 시간 십오 분만 참으면 된다. 나는 손목시계를 자꾸 보며 진정하려고 노력했다.

입항하자마자 아버지 병실에 전화해야지. 어떻게든 오늘밤 안에 도쿄로 돌아가고 싶다. 한밤중에라도 아부타를 들깨워 캐딜락으로 마중나오게 하면 돼. 해상보안청의 조사는 얼마나 걸릴까? 오늘밤 안에 범인이 밝혀질까? 그건 그렇고 대체 누가……?

류자키가 냅킨으로 입을 닦고 의자를 뺐다.

"먼저 일어나죠."

그는 나직한 목소리로 인사하더니 식당을 나갔다. 엇갈려서 후유카와가 돌아왔다.

"수고하셨어요."

세 사람이 저마다 인사했다. 나는 후유카와에게 와인을 권했다.

"고마워요."

후유카와는 순식간에 비우고서 그다음부터 스스로 따랐다.

"배 안에 숨어든 사람은 없었다더군요."

"예."

"그럴 것 같았어요. 범인은 크리스티의 소설을 의도적으로 흉내 내지 않았습니까. 무대를 외딴섬에서 요트로 바꾸었을 뿐이에요. 그렇다면 범인도 처음부터 등장하는 인물 중에 있어야만 하죠."

"음……. 그럼 범인은 녀석밖에 없겠군요."

가지카자와가 조타실 쪽으로 턱짓했다.

"애초에 선장이라면 뭐든 미리 설치할 수 있었을 겁니다. 테이프든 동물 인형이든 말이죠. 무엇보다 아즈마 씨는 죽기 직전까지 선장과 함께 있었잖아요. 아즈마 씨를 최상층 갑판으로 보낼 구실쯤이야 얼마든지 만들 수 있었겠죠. 뒤에서 몰래 따라가 아즈마 씨를 때려죽이고 태연하게 기관실로 돌아간 거예요."

"나라이 씨 때는 선생님의 주사기를 썼는데……. 그걸 계산했는지도 모르겠네요. 누구든 기회가 있다고 강조하기 위해서요."

구제가 맞장구를 쳤다.

"그렇겠죠. 선장이라면 엔진 고장이든 뭐든 제 마음대로 주무를 수 있어요."

후유카와는 여전히 술을 들이켜면서도 복잡한 생각에 빠진 얼굴이다.

"하루카 씨도 그렇게 생각하죠?"

가지카자와가 내게 동의를 구했다. 내가 대답하기 전에 후유카와가 입을 열었다.

"나는 딱히 의사 선생과 같은 의견은 아닌데요."

"선장 짓이 아니라고요?"

"선장이 범인이라면 일부러 자신이 가장 의심받기 쉬울 때를 골라 아즈마 군을 죽일까요? 기회는 얼마든지 있었을 텐데요. 반대로 나라이 씨 팔뚝에 주사를 놓을 수 있었던 사람은 한정되어 있죠. '누구든 기회가 있었'던 건 아니에요."

와인으로 불그스름했던 가지카자와의 볼에 핏기가 싹 가셨다.

"누가 주사를 놓을 수 있었다고 이야기하고 싶으신 겁니까?"

"그야 의사 선생이나, 아니면……."

"미안하지만 저도 좀더 다른 방법을 쓸 겁니다."

가지카자와가 떨리는 목소리를 애써 억누르며 응수했다.

"'일부러 자신이 가장 의심받기 쉬운' 방법을 고르지는 않을 거예요."

"어쨌거나 선장이 찾아와 주사를 놓으려 하면 나라이 씨는 이상하다고 생각했겠죠. 나라이 씨도 운동깨나 한 건장한 체격이었어요. 제아무리 류자키 씨가 다부져도 나라이 씨가 저항한다면 주사는 못 놓을 겁니다."

"나라이 씨가 잠들었을 때 몰래 숨어들었다면요?"

"글쎄요……. 분명히 안쪽에서 문을 잠근 것 같았어요."

구제가 신중히 기억을 더듬는 말투로 말을 꺼냈다.

"어젯밤 11시쯤 그 사람이 욕실에서 방으로 돌아왔을 때 문을 닫는 소리가 들렸어요. 바로 옆방이니까요. 달칵하고 잠그는 소리 같았어요. 라디오였는지도 모르지만 그 뒤에 이야기 소리도 살짝 들렸고요."

"나라이 씨가 욕실을 쓰는 틈에 놈이 방에 숨어들었다면요? 선장이라면 나라이 씨도 의심하지 않았겠죠."

"아무리 그래도 주사를 놓는다면 이야기가 달라지죠."

"아, 그거야 열쇠로 열었겠죠. 나라이 씨가 문을 잠그고 쉬고 있는데 선장이 열쇠로 열고 숨어든 거예요. 그리고 단잠에 빠진 나라이 씨한테 주사했겠죠. 열쇠가 어디 있는지 아는 사람은 선원뿐이고 아즈마 씨도 피해자 중 한 사람이니 남은 건 역시 놈뿐이에요."

"아뇨……. 한밤중에 나라이 씨의 방을 찾아가 문을 열게 하고 방심한 틈을 노려 접근할 수 있었던 사람은 또 있지 않습니까."

후유카와는 한사코 가지카자와만 바라보았다.

"그건, 그, 그러니까……."

"아무렴 어때요!"

나는 벌컥 소리치며 식탁에 냅킨을 내던졌다. 설명하기 어려운 신경질적인 충동이 치밀었다.

"앞으로 한 시간만 있으면 항구에 도착해요. 끔찍한 여행도 끝이죠. 죽어버린 사람은 하는 수 없잖아요. 범인이 누구든 알 바 아니에요."

"맞아요, 나머지는 전문가에게 맡기면 돼요."

구제가 차분하게 말했다.

"켕기는 게 없다면 걱정할 필요 하나도 없어요."

"슬슬 짐을 정리해두는 게 좋지 않을까요."

사용한 접시를 함께 조리실로 날랐다. 설거지 따위 무시하고 얼른 아래로 내려가려다 이내 그만두었다. 단독행동은 끝까지 피해야만 한다. 식기세척기를 켜고 나서 가지카자와, 나, 구제, 후유카와 순서로 계단을 내려갔다.

우리는 각자 문을 열고 거의 동시에 자기 방으로 들어갔다. 나는 실내에 아무도 없음을 눈으로 확인하자마자 문을 잠갔다. 둥근 창으로 밖을 내다보았지만 시커먼 너울만 보이고 육지의 불빛은 아직 보이지 않았다. 여행 가방을 열고 로커에 걸어두었던 드레스를 차곡차곡 집어넣었다. 트레이닝복을 벗고 미리 챙겨놓은 파란색과 흰색의 세일러칼라 원피스로 갈아입었다. 입항하면 경찰의 조사를 받을 테니 될 수 있으면 청결하고 가련한 인상을 주는 게 상책이다.

옅게 화장까지 하고 내릴 준비를 마친 후에 책상 앞에 앉아 일기장을 펼쳤다. 오늘밤에는 한밤중에 차를 타고 정신없이 돌아가느라 여유가 없을 테니 아침부터 일어난 눈이 팽팽 돌 만한 일들을 기억이 생생할 때 적어두고 싶었다. 돌아가면 병실에서 지루해하셨을 아버지께 선물 대신 이야기를 해드려야지.

배 안 순찰을 마친 언저리까지 썼을 때, 방밖이 느닷없이 소란스러워졌다. 카펫이 깔린 복도마저 울리는 거친 발소리. 누가 격렬하게 문을 두드렸다.

"큰일났어요!"

"서둘러요!"

방을 뛰쳐나가려다 문 앞에서 멈추었다. 나를 방에서 꾀어내기 위한 덫은 아닐까? 그러나 한 사람 목소리가 아니었다. 남자들의 외침에 뒤섞여 구제의 비명도 들리고, 다들 갑판으로 서둘러 올라가는 기척이 났다. 나는 복도로 뛰쳐나갔다.

계단을 올라가자마자 비명을 지를 수밖에 없었다. 문이 열려 있는 조타실 안쪽에서 연기가 뿜어져 나오고 있었다. 불길이 유리에 비치고 전기 배선이 타는 듯한 냄새가 코를 찔렀다.

005

☆☆☆

조타실 화재는 이삼 분 만에 진화된 모양이었다. 하지만 바깥 갑판으로 뛰쳐나가 지켜보던 내게는 엄청나게 긴 시간처럼 느껴졌다. 간신히 불길이 사그라지고 연기도 잦아들자 류자키와 후유카와가 안에서 나왔다. 두 사람 다 손에 소화기를 들고 있었다. 가지카자와는 불을 두드려 끌 작정으로 응접실 쿠션을 들고 온 모양인데 쓸 기회가 없었는지 나와 마찬가지로 우두커니 서 있었다. 구제는 반대쪽 갑판에 있었다.

류자키와 후유카와가 나오고 나서 조심조심 조타실 안을 들여다보니, 키 반대편에 있는 기계가 탔는지 벽면 가득 소화제 거품이 묻었고 아직 연기가 옅게 피어오르고 있었다. 머리카락이 흐트러지고 얼굴이 거무뎅뎅한 류자키가 거친 숨을 쉬며 응접실 의자에 앉자 다들 그를 둘러쌌다. 류자키는 커다란 손바닥으로 얼굴을 한 번 닦고 수염에 묻은 소화제를 털어내고 나서야 입을 열었다.

"뭔가 타는 냄새가 난다 싶어 뒤돌아보자마자 배전반에서 푸르스름한 불길이 솟구쳤어요. 조타실의 소화기로 끄려던 차에 후유카와 씨가 재빨리 와주셨습니다."

"짐을 정리하고서 다시 응접실로 올라왔죠. 어차피 입항하기까지 삼사십 분밖에 남지 않았으니 새삼 무슨 일이 일어나기야 하겠나, 넓은 곳에 있는 편이 안전하지 않을까 해서 말이에요."

탁자 위에는 스카치병과 잔이 놓여 있었다.

"갑자기 조타실에서 무슨 소리가 들리고 불꽃도 보이기에 정신 없이 조리실에 있던 소화기를 들고 계단 아래를 향해 외친 것까지는 기억나는데 말이죠."

가지카자와는 이때 마침 계단 아래 욕실에서 나온 참이었다. 후유카와의 목소리를 듣고 구제와 내 방문을 두드리고 "큰일났다!"고 외쳤다고 한다.

"저도 깜짝 놀랐어요. 옛날부터 어머니께서 선박 화재만큼 무서운 게 없다고 자주 말씀하셨거든요. 이런 신식 요트에는 스프링클러 같은 게 달려 있지 않나요?"

"설마 그런 것까지 있겠습니까."

류자키가 낙담한 얼굴로 고개를 가로저었다. '스프링클러'라는 말에 충격을 받은 사람은 분명 나였다.

"덕분에 불길은 잡았지만 피해가 막대합니다."

류자키는 쉰 목소리로 말을 이었다.

"배전반 하나가 망가져버린 탓에 탐조등, 위성항법 장치, 무전, 레이더 등을 사용하지 못하게 되었습니다."

"무전기가 안 되나요?"

"레이더도 못 쓴다는 얘기는……."

"항구까지 십 마일도 채 남지 않았어요. 그러니까 슬슬 등대가 보여야 하는데……."

류자키는 아직 캄캄한 창밖으로 미심쩍은 시선을 던졌다.

"항구에 가까워질수록 배가 많아지니 탐조등과 레이더가 고장 난 상태로는 아무래도 위험합니다."

"또 수리해야 하나요?"

가지카자와가 처량하게 물었다.

"아뇨, 이대로 입항합시다. 대신 지금부터 모두 망을 봐야 합니다."

"……."

"저는 조타실에서 키를 잡겠습니다. 가지카자와 선생님은 선수 갑판, 후유카와 씨는 선미에 서주세요. 여성 두 분은 우현과 좌현 갑판을 부탁드려요. 다른 배가 접근하면 바로 알려주십시오. 후유카와 씨는 머니까 손전등으로 신호하고, 갑판에 있는 분이 제게 알려주십시오. 가지카자와 선생님은 창문을 두드려주시면 됩니다. 그리고……."

선장은 처음으로 작은 위로가 담긴 눈빛으로 구제와 나를 번갈아 보았다.

"이런 때 혼자 있으려면 분명 무서울 겁니다. 무슨 일이 있으면 큰 소리로 도움을 요청하십시오. 갑판에서 소리치면 반드시 조타실에 들리니까요."

네 사람은 잠시 묘한 표정으로 마주보았다.

"하는 수 없죠. 배 위에서는 선장 말이 곧 법이라고 할 정도이니 말입니다."

가장 먼저 후유카와가 동의했다.

"입항하기 위해 해야 하는 일인걸요."

구제다.

나는 필사적으로 자신을 북돋았다. 주변을 충분히 경계하면 돼. 운동 신경과 민첩함이라면 자신 있는걸. 만약 적이 덮쳐도 재빨리 도망쳐주겠어.

"망을 보기 전에 하나만 여쭙죠. 왜 불이 났나요?"

가지카자와가 물었다.

"퓨즈에 문제가 있어 합선되었겠죠."

"의도적인 경우도 생각할 수 있습니까?"

"하려고 마음먹으면 쉽게 할 수 있어요. 퓨즈를 끊고 구리선을 감아두기만 하면 되거든요."

"손대고 나서 일정 시간이 지난 뒤에 불이 날 수도 있나요?"

"역시 가능할지도 모르죠."

"어쨌든 조사하면 밝혀지겠군요?"

"아뇨, 유감스럽지만 건드린 코드가 맨 먼저 타버렸을 겁니다."

류자키가 조타실로 들어가자 우리는 저마다 위치에 섰다. 나는 좌현 갑판의 응접실 불빛이 비추는 밝은 곳에 섰다. 앞뒤도 잘 보이고 바로 옆에 응접실로 통하는 문으로도 도망칠 수 있는 위치다.

차갑고 세찬 밤바람이 불었다. 희미한 별빛은 바다를 비출 정도는 아니라 그저 흐릿하게 빛나며 넘실대는 불길한 너울만 느껴졌다. 눈앞은 캄캄하고 빈틈없는 어둠의 벽에 가로막혀 있었다. 얼마나 지났을까. 응접실 불빛에 손목시계를 비추어 보고 경악했다. 9시 20분이었다. 진작 입항했어야 할 시간이잖아? 어째서 등대 불빛 하나 보이지 않지?

순간 얼음 칼날이 가슴을 꿰뚫는 듯한 충격을 느꼈다.

이 배는 두 번 다시 육지에 도착하지 못하는 것이 아닐까?

이유는 모른다. 그저 운명처럼 강렬하게 예감했다. 너른 바다를 헤매는 배는 외딴섬과 비슷하다. 아무도 도우러 오지 않고 모든 연락 수단도 끊어지고. 그래, '인디언 섬'과 같다. 그럼 소설과 똑같은 일이 일어나는 것일까? 한 사람씩 차례대로 모든 사람이 죽음으로 내몰려서……?

설마 그런 말도 안 되는 일이. 그런 짓을 한들 무슨 의미가 있어!

발소리가 들렸다. 갑판을 밟고 숨죽여 이쪽으로 다가온다. 좌현 뒤쪽 모퉁이에 그림자 하나가 나타났다. 그 손끝에 칼이 빛나고 있었다. 그림자는 잠깐 멈추었다가 다시 발소리를 죽인 채 다가왔다. 그때 나는 실수를 깨달았다. 남보다 훨씬 민첩하다고 자신했지만 압도적인 공포에 휩쓸린 지금, 가위에 눌린 것처럼 꼼짝할 수 없었다.

04

배수의 방어

그 자리에 얼어붙어 목소리도 나오지 않는 나를 꿰뚫어 보기라도 한 듯 거대한 그림자는 천천히, 확실하게 다가왔다. 이제 발소리를 죽이려 하지도 않았다. 나는 검은 그림자의 정수리 부분이 부자연스럽게 둥그렇다는 점을 맨 처음 알아챘다. 그림자가 응접실 등불이 비쳐드는 구역으로 들어오자 때 탄 스웨이드 베레모를 쓴 머리와 얼굴이 드러났다.

후유카와 마키히코의 입가에는 잔인하고 얄궂은 미소가 떠올랐고 노랗고 흐리멍덩한 눈이 재듯이 냉정하게 나를 주시하고 있었다. 후유카와는 오른손에 쥐고 있던 등산용 칼을 내 가슴 앞으로 내밀었다.

아, 범인은 이 남자였구나. 생각해보면 금세 알 수 있었으련만!

공포로 갈가리 찢긴 의식 안에서 조각난 생각들이 어지럽게 날뛰었다. 후유카와는 요트를 잘 안다. 어떤 장치든 설치할 수 있었다.

비명을 지르려 해도 목구멍이 딱딱하게 굳어 말이 나오지 않았다. 도망치려 해도 몸이 옴짝달싹하지 않는다. 뭘 하든 그 순간 칼이 내 가슴을 찌르겠지. 순간 나는 스스로도 믿지 못할 행동을 했다. 하선에 대비해 입고 있던 세일러칼라 원피스의 넓게 주름 잡힌 치마. 그 주머니에 오른손을 넣자마자 엄지와 검지를 세워 후유카와를 향해 내민 것이다.

"나한테 총이 있어. 다가오면 쏘겠어."

다른 사람처럼 억누른 목소리가 나왔다. 후유카와는 흠칫하며 숨을 삼키고 천천히 시선을 내렸다. 봉긋한 주머니를 바라보고 다시 내 얼굴을 응시하더니 느닷없이 고개를 젖히고 껄껄 웃었다.

"역시 갑부집 따님은 다르군요. 호신용 권총을 갖고 있었나요?"

"……."

"그러면 일부러 올 필요가 없었군요. 그것도 모르고 하루카 양에게 뭐든 무기를 지니고 있는 게 좋겠다고 충고해줄 요량이었어요."

후유카와는 보란 듯이 칼을 가볍게 던졌다 받고는 칼집에 넣어 웃옷 주머니에 집어넣었다. 나는 온몸에 힘이 빠져 자리에 주저앉을 뻔했다.

"한 사람씩 따로따로 망을 보는 지금이 범인에게는 바라 마지않을 기회 아닙니까?"

"저는…… 또 후유카와 씨가……."

범인인 줄 알았다고 하려다 말을 삼켰다. 상대방을 자극해서는 안 된다. 후유카와가 범인이 아니라는 확증이 어디에 있는가.

"난 이미 범인을 압니다."

후유카와는 이상할 정도로 차분한 말투로 말하고 어둠에 둘러싸인 바다를 응시했다.

"아신다고요?"

"아까도 말했죠. 범인은 의도적으로 크리스티의 소설을 따라 하고 있어요. 무대가 외딴섬에서 요트로 바뀌고, 불러모은 사람이 열 명이 아니라 일곱 명인 것뿐이지 배경에서 소품까지 혀를 내두를 정도로 닮았다고요. 그렇다면 범행 동기 역시 같다는 걸 암시한다고 생각하지 않나요?"

"……."

"하루카 양은 최근에 『그리고 아무도 없었다』를 읽었다고 하셨는데, 범인이 누구였는지 기억납니까?"

"으음, 이름은 잊어버렸지만 분명히……."

"나도 어젯밤에 그 소설을 다시 읽어보았어요. 책은 응접실 선반에 있으니까요. 대량 살인의 동기도 기억납니까?"

"그러니까…… 법에 저촉되지 않는 악인을 응징하려……."

"맞아요. 법망을 피한 범죄자, 법의 손이 닿지 않는 살인자를 스스로 처벌하려는 것이 범행 동기였어요. 범인은 사람들에게 묻거나 조사해서 해당하는 사람을 선별해, 자신도 손님 중 한 사람인 척하며 목표물을 인디언 섬으로 초대했죠. 그런데 놈은 어떻게 내 과거를……."

무심코 나온 말에 후유카와는 입술을 꾹 다물고 내 쪽으로 얼굴을 돌렸다.

"지금 이 배에 탄 다섯 사람 중에 소설 속 범인과 가장 가까운 입장인 인간은 누구죠? 답은 간단하죠?"

"아……."

가슴속에 끝없는 공포가 깊은 파문처럼 솟아나 번져갔다. 조금 전 후유카와의 그림자를 보았을 때와는 또 다른, 차갑게 얼어붙을 듯한 공포였다.

"그러면 변호사인……?"

"그 여자 말고는 생각할 수 없어요. 아마 정신이 나가서 그러는 거겠지만, 마치 법정에서 신문하듯 우리한테 이것저것 캐물었잖아요. 희생양을 몰아붙여 처형하기 전까지 쾌감을 즐기는 거예요. 게다가 그녀가 범인이라 확신한 계기도 있고요. 오늘 낮 3시가 좀 넘어서였나, 선원 두 사람이 선창에서 엔진을 고치고 손님들은 저마다 방에 틀어박혀 있던 때였죠. 욕실에 갔다 나오려는데 갑판에서 내려오는 사람 그림자가 보였어요. 서둘러 문을 닫고 문틈으로 지켜보니 그 여자가 계단을 내려오더군요. 움직이기 편한 트레이닝복 차림으로 고양이처럼 주위를 살피며 발소리를 죽이고 자기 방으로 들어갔죠. 그때 아즈마 군을 죽일 장소를 미리 봐두고 조타실의 퓨즈가 합선을 일으키도록 손쓰고 온 게 틀림없어요. 아까 의사 선생이 선장에게 물었죠. 장치해놓고 일정 시간이 지난 뒤에 불이 나게 할 수도 있느냐고요. 선장은 그렇다고 대답했어요."

나는 변호사가 늘 상대방을 하대하거나 나를 떠보듯 응시하던 것을 떠올렸다. 맞아, 그 여자는 다른 여섯 명의 배경과 과거를 낱낱이 조사할 수 있었을 거야!

"생각났어요. 아즈마 씨 시체를 발견한 직후에 구제 씨는 그때까지 줄곧 침대에 누워 있었다고 했어요. 만약 켕기는 게 없었다면 갑판에 올라간 사실을 얘기했겠죠."

"그렇죠, 그녀의 짓이라고 생각하면 모든 것이 설명되는군요. 나라이 씨나 아즈마 군도 상대가 여자라면 쉽게 방심했을 테고, 심리적 트릭이며 가짜 구실로 그들에게 다가가는 것쯤이야 변호사에게는 식은 죽 먹기였겠죠. 그녀는 그렇게 두 사람을 심판했어요. 앞으로도 계속 남은 모두를 심판할 속셈인지도 몰라요."

후유카와는 다시 검은 너울 끝을 바라보며 신음하는 듯한 목소리로 덧붙였다.

"정말 심판받아 마땅한 짓을 하긴 했지만……."

놀란 내가 지켜보는 가운데 후유카와는 시커먼 바다를 향해 떠들기 시작했다. 내 존재는 까맣게 잊어버린 것처럼 보였다.

"1970년 가을이었으니, 벌써 십팔 년이나 지났군요. 그때 나는 마흔다섯, 야심에 불타는 도쿄 본사 경제부 소속의 기자였어요."

"……."

"법망을 피한 범죄? 사실 그 일이 바깥으로 드러났다면 나나 그녀나 국가공무원법에 걸려 형사책임을 물었을 테죠. 그녀는 기밀을 마땅히 지켜야 할 공무원의 의무를 위반했고, 나는 기밀 누설 교사죄겠군요. 1972년에도 비슷한 사건이 일어났죠. 그때는 관계자 두 사람이 기소당해 '국익'과 국민의 '알 권리', 보도의 자유를 둘러싸고 세상을 떠들썩하게 했어요. 하지만 우리 일은 극소수의 사람들만 진상을 알았고 언론에서는 일절 보도하지 않았죠. 표면적으로 나는 영웅이 되었고 그녀만 은밀히 처분당했어요."

"그녀라뇨?"

내 물음에 대답하려는 건지 아닌지 후유카와는 여전히 종잡을 수 없는 아득한 눈빛으로 말을 이어갔다.

"나는 통산성• 출입 기자였는데, 그 무렵 석탄국의 국장 비서 중에 좀 귀여운 여자가 있었죠. 하시구치 요시에, 서른두세 살에 회사원 남편과 어린 자식이 있었습니다. 매일 얼굴을 마주치고 농담을 주고받는 사이에 그녀도 나를 마음에 들어 한다는 걸 눈치챘죠."

하시구치 요시에, 처음 듣는 이름은 아니다. 그래, 분명히 그 테이프에서…….

“어느 날 나는 그녀를 술자리로 데려가 취하게 해서 호텔로 꾀어냈어요. 그녀는 뜻밖에 순순히 내 뜻에 따르더군요. 맹세코 처음부터 그녀를 이용하려고 유혹한 건 아닙니다. 순수하게 그녀의 매력에 끌렸어요. 아니, 백 퍼센트 순수했냐고 물으면 과연 어땠을지…….”

후유카와는 마치 지금만은 백 퍼센트 제 마음에 솔직하다는 듯이 괴로움이 밴 옆얼굴을 차가운 밤바람에 드러냈다.

“우리는 흔히 말하는 ‘정을 통한’ 사이가 되었죠. 그러자 그녀는 일하다 안 정보를 잠자리에서 넌지시 말해주었어요. 내 환심을 사려던 건지……. 아니, 이것도 이기적인 변명이군요. 내가 교묘한 유도 질문으로 그녀에게 정보를 빼낸 겁니다.”

젊은 후유카와가 가련하고 가녀린 여직원을 침대에 쓰러뜨리며 귓가에 뭔가 속삭이는 모습이 이상하리만치 생생하게 눈앞에 떠올랐다.

“어느 날 그녀는 대형 석유 회사 두 곳이 곧 합병할 것 같다는 얘기를 흘렸죠. 두 회사의 교섭 내용을 기록한 비밀문서가 국장에게 도착했다고요. 아직 외부에는 전혀 알려지지 않은 정보였어요. 보도하면 엄청난 특종이 되겠죠. 나는 정신없이 그녀에게 부탁했습니다. 너나 통산성에는 절대로 폐를 끼치지 않을 테니 서류 사본을 내게 보여줘. 취재원은 반드시 덮겠다. 나를 믿어.”

“…….”

● **통산성** _ 일본 정부 기관 중 하나. 현재 명칭은 경제산업성이다.

"그리고 내가 그녀를 얼마나 사랑하는지 강조했어요. 이번 일이 끝나면 나는 아내와 이혼할 테니 너는 남편과 헤어져라, 나는 이미 아내에게 이혼을 통고했다, 너도 내게 사랑의 증거를 보여달라고 압박했죠. 그녀는 망설였지만 내 집요한 요구에 꺾여 서류 사본을 넘겨주었습니다. 나는 사본을 자료로 이름을 걸고 기사를 썼어요. 아니나 다를까, 아니, 기대보다 훨씬 큰 반향을 일으켰죠. 문제의 두 회사는 한 달 뒤쯤 합병을 공표할 예정이었거든요. 그전까지 거래처, 은행, 조합 등에 사전 공작을 할 작정이었죠. 두말할 것 없이 석유는 거대 자본 계열과 연결되어 있고 거물급 두 회사의 합병으로 산업사회의 흐름이 바뀐다고 해도 지나친 말이 아니죠. 관련 업계에 끼칠 영향도 헤아릴 수 없습니다. 원래 기업합병은 경제 뉴스의 원점이라 불릴 정도니까 말이죠. 나는 취재원을 덮은 채 신문사의 사장상을 받았죠."

"상을 받아도 취재원은 밝혀지지 않나요?"

"신문사와 기자는 취재원은 물론이고 취재 방법도 비밀로 하는 게 철칙이에요. 내가 입을 닫고 있는 한 상사도 굳이 물으려 하지 않고, 회사가 어렴풋이 눈치챘다고 해서 공표할 염려도 없었죠. 하지만 석유 회사 두 곳과 석탄국 안에서는 어디서 비밀이 새어 나갔는지 맹렬히 추궁했어요. 평소 나와 친했던 하시구치 사무관도 의심받았는데, 그 시점에서 그녀가 한 가지 실수를 저질렀죠. 국장이 서랍에 넣어두었던 서류의 순서가 뒤바뀌어 있는 것을 알고 그녀를 문책했어요. 그녀는 끝까지 숨기지 못하고 자백했습니다. 하지만 국장은 자기한테 책임이 미칠 것을 염려해 석유 회사에도 사실을 밝히지 않은 채 그녀를 명예퇴직 형태로 자르고 조사를 중단해버렸죠. 따라서 이 '기밀 누설 사건'의 진상은 세상 사람들에게 거의 알려지지 않고 정리됐어요."

"그래서 후유카와 씨는 하시구치라는 여성과 결혼하셨나요?"

후유카와는 고개를 무겁게 저었다. 입가에는 자조적인 미소가 떠올랐다.

"그녀는 일을 그만두고 바로 이혼했어요. 밖으로 새어 나가지 않았어도 남편까지 속일 수는 없었겠죠. 아내의 부정을 안 남편은 당시 유치원생이던 아이의 양육권도 자신이 갖고 그녀를 빈털터리로 내쫓았어요. 그녀는 사람 눈을 피하듯 작은 아파트에 숨어살며 내가 오는 날만 이제나저제나 기다렸어요. 언젠가 내가 가정을 깨끗하게 정리하고 자신을 맞으러 와주리라 믿었죠. 물론 나도 몇 번인가 찾아갔어요. 경제적으로도 도움을 주었고, 앞으로의 일도 함께 고민하고……. 하지만 오로지 그녀를 달래는 데 애썼죠. 네 기대처럼 그렇게 당장 함께할 수는 없어. 생각해봐. 지금 우리가 결혼하면 내가 너와 정을 통해 정보를 빼돌렸다고 선전하는 거나 마찬가지잖아. 내게 상을 준 신문사도 대외적으로 체면이 서지 않을 거야. 곧 해외 특파원으로 뽑힐지도 모르는데 그 기회도 날아가기 십상이라고. 뭐, 그리 길지는 않을 거야. 옛말에 소문은 두 달 반을 못 간다고 하니 사건이 잠잠해질 때까지 잠깐만 참고 기다려줘…….”

“…….”

“두 달 반도 지나지 않아 사람들은 사건 따위는 잊어버린 것처럼 보였죠. 그리고 두 달 반이 지날 무렵에는 내가 그녀의 아파트를 찾는 일도 없어졌어요. 그녀는 몇 번인가 신문사와 우리집에 전화했지만 얼마 안 가 그것도 잠잠해졌어요. 영리한 여자니까 내 본심을 읽고 물러났겠죠. 나는 마음을 푹 놓고 이내 그녀의 존재조차 잊어가고 있었습니다. 그리고 그녀의 자살을 우리 신문 토막 기사로 알게 됐죠. 내가 마지막으로 그녀의 아파트를 찾은 날로부터 딱 반년이 지난, 여름 끝 무렵이었어요.”

나는 불쑥 떠올렸다. ‘재판관’의 목소리가 움찔할 정도로 또렷하게 되살아났다.

—후유카와 마키히코, 자네는 1971년 8월, 하시구치 요시에를 자살로 몰아넣었다.

날짜까지 정확하게 기억하고 있는 것은 아니지만 내게는 그 목소리가 지금 들리고 있는 것만 같았다.

“아파트 근처 공원에서 휘발유를 뒤집어쓰고 분신자살했어요. 그 직후에 언니가 발견해서 병원으로 옮겼지만 손쓰기에는 늦었죠. 계획적인 자살이었는지 집안은 깨끗하게 정리되어 있었지만 유서는 없었다고 신문에 실렸습니다. 그러니까 그녀와 내 관계는 아무도 모를 겁니다. 아니지, 어쩌면 언니한테는 털어놓았을지도 모르겠군요. 가족이라고는 시집간 언니 하나뿐이었으니까. 사실은 유서가 있었을지도 모르고요."

후유카와는 의심스러운 표정으로 눈살을 찌푸렸다.

"언니 앞으로 쓴 유서에 공개하지 말라는 말이 있어서 처음에는 고인의 유지를 지켰는지도 몰라요. 그러다 점점 울분을 풀 길이 없어져 나를 고소하기 위해 변호사를 찾아갔다면……. 맞아, 범인은 그런 경로로 나를 점찍었을 수도 있어요. 당시 관계자는 이 배에 한 사람도 타지 않았어요. 그렇다면 변호사나 검사 같은 직종의 인간 말고는 나와 하시구치 요시에 사이를 알 만한 제삼자는 없습니다."

후유카와는 또 한 걸음 내게 다가와 목소리를 죽이고 말했다.

"잘 들어요, 하루카 양. 절대로 경계를 게을리해서는 안 됩니다. 그 여자는 절대로 포기하지 않을 거예요. 앞으로 또 뭘 꾸미고 있을지……."

"앗!"

내가 소리쳤다. 후유카와 뒤로 숨죽여 다가오는 또 다른 그림자가 보였기 때문이다. 후유카와가 화들짝 놀라며 돌아보는 것과 동시에 그림자가 빛 속으로 들어왔다. 흰 정장을 입은 구제 모토코의 얼굴은 이상하게 창백하고 수척해서 나는 순간적으로 갑판에 유령이 나타난 줄 알았다.

"이상하지 않아요?"

구제의 목소리는 충격이라도 받은 것처럼 떨렸다.

"벌써 10시가 넘었어요. 훨씬 전에 입항했어야 하는데 아직 등대 하나 보이지 않잖아요."

002

☆☆☆

앞장선 후유카와가 조타실 좌현 쪽 문을 두드리고는 대답도 기다리지 않고 열었다. 마침 가지카자와가 밖에서 우현 쪽 창문 가장자리를 두드리고 있었다. 류자키가 그쪽으로 무슨 말을 하려 했으나, 가지카자와는 우리 세 사람의 모습을 보자마자 자신도 우현에서 조타실로 들어왔다.

류자키는 다들 올 것을 예감하고 있었는지 키 앞쪽 발판 위에서 몸을 틀어 우리의 얼굴을 쓱 훑었다. 어째서인지 시동을 끄고 배를 세운 듯했다.

"선장님, 이상하지 않습니까? 이 시각이 되도록 여태……."

후유카와가 말하는 도중에 가지카자와도 입을 열었다.

"맞아요. 저도 그걸 물으러 왔습니다. 입항 예정 시각에서 한 시간도 더 지났는데 불빛 한 점 보이지 않잖아요."

류자키는 입술을 꾹 다물고 분노를 참는 듯한 표정으로 고개를 끄덕였다.

"두 분 말씀이 맞습니다. 사실은 저도 조금 전 심상치 않다 싶어 나침반을 살폈죠. 그러다 엄청난 사실을 알아냈습니다. 그대로 보여드리기 위해서 잠시 배를 멈추고 여러분을 부르러 가려던 참이었습니다."

"설마 나침반이 망가졌나요?"

"설마가 사람 잡는다더니, 나침반을 망가뜨렸어요."

류자키는 몸을 돌려 키 너머에 있는 나침반을 손으로 가리켰다. 유리를 끼운 나무 보관함 안에 동서남북을 표시한 원반이 끼워져 있고, 현재 바늘은 북쪽으로 살짝 치우친 북서쪽을 가리키고 있었다. 딱히 방향이 잘못되지는 않은 것 같은데?

"키를 잡으면서 저도 때때로 나침반을 쳐다보는데 설마 뒤에 이런 장치를 해놓았을 줄은 몰랐습니다."

류자키가 가리킨 보관함 반대쪽을 목을 빼고 본 순간 저마다 "앗" 하고 외쳤다. 발판 위에서는 잘 보이지 않는 보관함 반대쪽 끝에 길이 삼사 센티미터의 직사각형 자석이 놓여 있었다.

"지금 자석을 치울 테니 나침반을 잘 보고 계세요."

두꺼운 손가락이 자석을 뗀 순간 나침반 바늘은 휙 돌아 남서쪽을 가리켰다. 다시 탄성이 새어 나왔다.

"보시는 바와 같습니다. 누군가 나침반에 이런 짓을 해놓은 탓에 바늘이 북서를 가리키는 것 같았지만 사실은 아니었죠. 자동조타 장치와 나침반이 연동되어 있으니 오마에자키로 향해야 할 배가 반대쪽으로 나아가고 있었던 겁니다."

"언제부터죠?"

구제가 괜히 속삭이는 목소리로 물었다.

"정확히는 모릅니다. 하지만 오늘 오후 5시에 해상보안청에 아즈마의 죽음을 무전으로 보고할 때 배의 현재 위치를 알렸죠. 그때는 위성항법 장치도 제대로 움직였고 해상보안청이 보기에도 의문을 느낄 만한 위치는 아니었어요."

류자키의 눈빛이 갑자기 번뜩였다.

"그랬군요. 조타실 화재도 역시 사고가 아니었던 겁니다. 배전반이 불타서 위성항법 장치를 쓰지 못하게 되는 게 놈의 노림수였어요. 남몰래 나침반을 망가뜨려도 디지털로 된 위성항법 장치가 다른 위치를 나타내면, 바로 이상하다는 사실을 눈치챌 테니까!"

류자키는 나침반 옆 판을 주먹으로 내리쳤다. 끝내 격정을 억누르지 못한 듯 붉어진 얼굴로 모두를 노려보았다.

"제기랄, 작작 좀 해! 누가 이런 짓을 한 거야!"

"그건 저희가 하고 싶은 말이에요."

구제가 냉담하게 받아쳤다.

"저는 자석을 어떻게 하면 나침반이 어떻게 되는지도 전혀 모르는걸요."

"마찬가지예요. 거듭 말씀드리지만 저는 완전 기계치라고요."

가지카자와다.

"이 중에 요트를 아는 사람은 선장님과 후유카와 씨 두 분밖에 없지 않나요?"

내가 물었다. 문득 조금 전 내 가슴에 칼을 들이댔던 후유카와의 얼굴이 머릿속을 스쳤다. 후유카와가 범인이 아니라는 확증이 어디에 있지? 또다시 생각했다. 후유카와는 내 '권총'을 보고 범행을 포기했는지도 모른다.

"웃기지도 않는군."

후유카와가 야비한 미소를 지으며 되받아쳤다.

"자기 입으로 기계치라고 한 말을 곧이들어도 될까요? 반대로 제가 만약 범행을 저지를 마음이었다면 요트를 잘 안다는 사실을 입도 뻥긋하지 않았겠죠."

"뭐라 해도 가장 유력한 사람은 선장님이에요. 거의 조타실에만 계셨고 기계도 잘 아시잖아요. 그렇다면 우리는 어째야 하는지……."

말하다 말고 구제는 절망적으로 얼굴을 일그러뜨렸다. 정말로 선장이 그럴 마음이라면……?

이상하게도 류자키의 눈동자가 갑자기 온화해지더니 동정인지 위로인지 모를 빛이 떠올랐다. 잠시 뒤 류자키는 조용하지만 단호하게 대답했다.

"저는 아무것도 하지 않았습니다."

"지금 우리는 어디쯤 있죠?"

가지카자와가 갑자기 불안해하며 어두운 창문을 두리번거렸다.

"서둘러 방향을 바꿔 육지로 가야죠."

"남쪽으로 꽤 많이 왔을 겁니다. 제 방에 항해도가 있으니 우선 위치를 추정해보죠. 아, 그리고 저기압이 접근한 것 같아요."

류자키는 뒤쪽 좌현 근처의 팩스에서 출력된 종이를 찢어냈다. 그곳은 배전반 반대쪽 끝이라 가까스로 화재를 피한 듯했다.

조타실과 바로 뒤 선장실은 문 하나로 곧장 드나들 수 있다. 류자키를 따라 모두 그쪽으로 옮겨갔다. 넓은 책상 위에 항해도가 펼쳐져 있고 그 옆에도 나침반 하나가 갖추어져 있었다. 바늘은 북서를 가리켰다. 하지만 모두의 눈은 이내 보관함 반대쪽으로 쏠렸고 조금 전과 같은 자석 하나를 발견했다. 류자키가 떼어내자 바늘은 남서로 움직였다. 그는 손안의 자석을 당장에라도 바닥에 내던질 것처럼 보였지만 한숨을 한 번 푹 쉬더니 오히려 귀중한 증거품이라도 되는 양 소중히 책상 서랍 안에 넣었다.

"나침반은 또 없나요?"

후유카와가 물었다.

"조타실에 있는 상자 안에 휴대용 나침반이 하나 더 있습니다. 설마 그것까지 손대지는 않았겠죠. 어찌되었든 오늘 오후 5시 해상보안청에 연락했을 때 인디아나호는 이 지점에 있었습니다. 북위 34도 32분, 동경 138도 60분. 오마에자키에서 남동쪽으로 약 사십이 마일 떨어진 지점이죠."

류자키는 항해도 위에 연필로 점을 찍었다.

"그 뒤 삼십 분 정도는 제가 조타실에 있었으니 문제없어요. 5시 반쯤 자동조타로 바꾸고 응접실로 갔죠. 모두 탁자에 둘러앉아 이 배에 타게 된 경위를 이야기하기 전까지 한동안 저마다 자유롭게 돌아다녔다고 기억합니다."

모포에 싣은 아즈마를 선원실 침대에 안치하고 응접실로 돌아왔을 때 도기로 된 쥐 인형이 사라진 것을 알아챘다. 인형 찾기를 포기하고 나서는 씻으러 간 사람도 있고 나도 조리실에 가 냉장고에 있던 물을 마셨다. 그사이라면 재빨리 조타실과 선장실에 숨어든 범인이 자석을 나침반 옆에 둘 정도의 틈은 있었으리라. 물론 범인이 류자키라면 항상 기회에 둘러싸여 있었고, 후유카와라면 나중에 당직을 서면서 느긋하게 할 수 있었을 것이다.

"최악의 경우 범인이 5시 반 직후에 나침반을 망가뜨렸다고 가정합시다. 그러면 제가 눈치채고 시동을 끌 때까지 약 다섯 시간. 그사이 배는 십 노트로 남서쪽을 향해 나아갔으니 아마도 이쪽으로……."

류자키는 자를 대고 연필로 선을 그었다. 선 끝에 점을 찍는다.

"일단 이 부근을 현재 예상 위치로 해두죠. 오마에자키 남쪽 약 칠십오 마일, 도바 남동 약 구십 마일. 그런데……."

류자키는 조타실 팩스에서 가져온 종이를 항해도와 나란히 놓았다.

"기상 팩스라고 하루 두 번, 오전 9시와 오후 4시에 자동으로 보내오는 겁니다. 이건 오늘 오후 4시에 받은 기상 팩스인데, 도호쿠 지방 위쪽에 저기압이 발생해 있죠. 규슈 남쪽에도 다음 저기압이 있어요."

류자키는 항해도에 손가락으로 원을 그렸다. 등압선이 밀집한 곳에서 잡아끄는 것처럼 선이 뻗어 있다. 손가락으로 그 선을 따라가며 말했다.

"저기압의 이동에 따라 간토에서 이즈로 전선이 펼쳐질 것 같으니 저기압 전선을 피해 서쪽 도바 항으로 들어갈까요?"

그는 말하면서 생각하고 결단을 내린 듯했다.

"앞으로 얼마나 걸리죠?"

가지카자와의 물음에는 바로 대답하지 못했다.

"이 방향으로 나아가서…… 육지에 접근하면 다시 수정한다 치고, 약 구십 마일. 파도 상태에 따라 달라지겠지만 십 노트로 가면……."

류자키는 손목시계를 노려보았다.

"지금이 10시 35분인데, 예상 위치와 실제 위치의 오차도 있고 파도가 높아지면 속도도 줄여야 하니까 충분히 폭을 두어서…… 도바 항 입항 예정 시각은 내일 아침 8시 반으로 해두죠."

"내일 아침……."

"앞으로도 열 시간을……."

"아아……."

"이번에야말로 정말 확실하게 부탁드립니다. 누가 뭐래도 당신이 책임자니까요."

가지카자와가 애원과 위협이 묘하게 뒤섞인 말투로 다짐을 놓았다.

"무사히 입항할 수 있을지 어떨지는 여러분이 얼마나 도와주시느냐에 달려 있습니다."

류자키는 오히려 사무적으로 되받아쳤다.

"지금은 난바다에 나와 있어 아까처럼 다 함께 망을 볼 필요는 없습니다. 하지만 밤이라서 누구 한 사람은 반드시 조타실에 있어야 해요. 여러분이 교대로 당직을 서고 저는 배전반을 수리했으면 싶군요."

"아, 그렇군요. 아까는 입항 직전이었지만 한참 걸린다면 무전기와 위성항법 장치만이라도 복구하는 게 낫겠어요."

후유카와가 잘 안다는 얼굴로 고개를 끄덕인다.

"보통 당직은 네 시간 교대지만 앞으로 열 시간이 남았다 치고 먼저 두 시간씩. 후유카와 씨께는 이미 한 번 부탁했으니까……."

"무작위로 정하죠."

먼저 남자부터 하자는 말이 나오는 것을 막듯이 가지카자와가 기선을 잡으며 말했다. 류자키는 고개를 끄덕이고 메모지로 재빨리 추첨 용지를 만들었다.

"번호가 적혀 있어요."

선이 세 줄 그려져 있는 종이를 가리켰다. 나와 구제가 고르고 가지카자와에게 남은 선이 돌아갔다. 류자키가 펼치자 1번이 구제, 2번이 가지카자와, 3번이 나였다.

"이 뒤에 후유카와 씨에게 한 번 더 부탁드릴지도 모르겠군요."

"그러니까 제가 먼저 조타실에서 당직을 서고, 선장님도 같은 곳에서 전기를 수리하신다는 건가요?"

구제의 얼굴이 백지장 같았다.

"네. 그사이 다른 분들은 쉬시고……."

"저더러 선장님이랑 단둘이 있으라는 말씀이세요?"

류자키는 의아해하는 표정으로 입을 다물더니 무심코 내뱉은 것처럼 작게 입을 열었다.

"무섭기는 저도 마찬가지예요."

류자키는 바로 목소리를 가다듬었다.

"수리를 마치기 전까지는 당직 당번인 분과 제가 둘이서 조타실에 틀어박히게 되는데, 만에 하나 그사이 둘 중 한 명에게 무슨 일이 생기면 무조건 남은 사람이 저지른 짓이겠죠. 다른 세 분이 범인을 고발하세요. 아니면 입항할 때까지 앞으로 열 시간 동안 모두 조타실에서 지내는 게 좋습니까?"

003

☆☆☆

구제 혼자 자기 방으로 돌아가 하선을 대비한 정장과 구두 차림에서 윈드브레이커와 운동복 바지에 신발도 운동화로 갈아 신고 돌아왔다. 그사이 아무도 선장실을 나가지 않았다.

류자키는 가지카자와의 채근에 조타실에 있던 선실 열쇠를 가져와 한 사람 한 사람에게 나누어주었다.

"열쇠는 이게 답니다. 걱정하지 마세요."

그 말이 꼭 사실이란 법은 없지만, 내가 방으로 돌아가기로 한 이유는 몸과 마음 모두 지칠 대로 지쳤고 지금의 류자키 말을 믿어도 될 것 같다고 생각했기 때문이었다. 아마 다른 사람들도(그 안에 범인이 있다면 그 사람을 빼고) 같은 판단을 내린 것으로 보였다.

밤 11시가 되자 류자키와 구제가 조타실로 들어가고 나머지 세 사람은 하갑판으로 내려갔다.

각자 자신의 방 앞에 선 우리는 꼭 무슨 게임처럼 동시에 문을 열고 방으로 들어갔다.

들어가자마자 문을 잠갔다. 그런 다음 책상을 끌어다 문 안쪽에 댔다. 안쪽으로 열리는 문이라 이렇게 해두면 만약 적이 보조 열쇠로 쳐들어오려 해도 문이 열리기까지 다소 여유가 생길 것이다. 그 사이에 비명을 질러 도움을 청하면 된다.

만약 신변에 위험이 닥치거나 변사를 발견했을 때에는 무조건 큰 소리를 지른다. 소리를 들은 사람은 만사를 제치고 달려와 또 다른 사람을 불러모은다. 이것이 응접실에서 해산하기 전에 함께 정한 약속이었다.

책상 위에는 만년필과 일기장이 펼쳐져 있었다. 아까 일기를 쓰다 말고 조타실에 불이 나서 뛰쳐나갔었다. 여행 가방을 열어 트레이닝복을 꺼내 갈아입고 원피스를 로커에 걸었다. 구두도 벗는다.

여행 가방을 열었을 때 과일칼이 있는 것을 떠올렸다. 과일칼을 칼집에서 빼서 책상 위에 두었다. 그리고 의자를 끌어당겼다. 문을 코앞에서 바라보는 이상한 위치에서 일기를 이어 썼다. 오늘 저녁에 네 명이서 배 안 순찰을 마칠 때까지 기록했다. 그러고서 저녁으로 스튜를 먹고 방에 틀어박혀 있다 불이 났다.

하루 종일 있었던 일이 생생히 기억날 때 간단하게나마 써두자. 아무리 지쳤어도 거르지 않고 일기를 쓰는 것은 내가 특히 자랑스러워하는 습관이다. 돌아가면 병원에서 지루해하고 계실 아버지께 이번에 겪은 이상한 경험을 일기를 보면서 들려드려야지. 반드시 살아서 돌아갈 수 있다고 스스로 증명해 보이기 위해 무의식적으로 주술을 걸듯 일기를 쓰는지도 모르겠다.

나머지 이야기를 다 쓰고 나니 11시 반이었다. 4월 19일 화요일, 항해 이틀째가 간신히 끝나려 한다. 어제 오후 3시 출항이 믿기지 않을 정도로 먼 과거처럼 느껴졌다. 내일 아침 입항까지가 또 견딜 수 없이 기나긴 것처럼 말이다. 하지만 그때는 반드시 온다.

과일칼을 베개 옆에 두고 세수도 하지 않은 채 침대에 누웠다. 새벽 3시부터 당직이다. 교대할 때 가지카자와가 부르러 오기로 했다. 앞으로 세 시간 반이 남았다. 자두고 싶다. 쉬어야 한다. 하지만 만약 침입자가 문을 열려 한다면 그전에 반드시 눈을 떠야 했다. 지금은 본능을 믿는 수밖에 없었다. 기진맥진해서 당장에라도 곯아떨어질 것 같았는데 막상 누우니 머리가 맑아졌다. 너무 피곤한 탓일까, 아니면 동물적인 경계심이 나를 잠들지 못하게 하는 것일까?

수많은 일들이 머릿속에 떠올랐다. 어두운 바다에 참회하듯 자신의 '과거'를 고백한 후유카와의 목소리.

—심판받아 마땅한 짓을 하긴 했지만…….

이미 나라이 요시아키와 아즈마 준지의 '죄상'도 들었다. 만약 그 이야기가 다 사실이라면 그들은 '법에 저촉되지 않는 살인'을 저질렀는지도 모른다. 적어도 그들은 '피해자'들이 죽는 데 확실한 원인을 제공했다. 그것도 아주 직접적으로…….

무심코 모포 바깥으로 턱을 내밀었다.

그들에 비해 나는 어떨까?

아버지에게 와키무라 유이치에 대해 있는 일 없는 일 얘기해 그를 자르도록 부추기기는 했다. 그 남자는 도저히 용서하지 못할 만큼 나에게 상처를 주었다. 언제 어디에 가든 남자들의 찬양과 동경을 한몸에 받으며, 조심스러운 고백과 대담한 유혹, 직접적인 프러포즈까지 줄기차게 받았으면 받았지 조금이라도 먼저 원하거나, 하물며 고백을 거절당하는 일 따위 있을 수 없던 나한테 말이다. 게다가 와키무라에게 나는 고용주인 사장의 하나뿐인 영애잖아!

와키무라 유이치는 아버지가 경영하는 도쿄 아오야마 호텔의 지배인이었다. 재작년 사월에 서른여덟 살 나이로 숨졌으니, 나와 사귈 때는 와키무라가 서른일곱 살이고 내가 스물두 살이었다. 열다섯 살이나 많은 남자에게 끌리다니 처음에는 나도 내 마음이 믿기지 않았다.

나는 상류계급 자제가 많이 다니는 사립대를 졸업하고 아버지의 비서로 아오야마 호텔의 사무실에 다녔다. 와키무라는 하루에 몇 시간 씩 그곳에 있었고, 하루에 한 번은 회사에 나오는 아버지의 지시를 듣거나 업무 회의를 했다.

와키무라는 180센티미터 가까운 듬직한 큰 키와 그에 어울리는 선이 굵은 얼굴로, 남자다운 이마와 입매가 고집 있어 보였다.

도쿄 근교 국립대에서 육상부 주장을 했다는데, 졸업하고 우리 아버지의 호텔에 취직했다. 서른 살 전후에 결혼해 딸이 하나 있었다. 아오야마까지 한 시간 반이나 걸리는 베드타운 아파트에서 통근하며 급료의 상당 부분을 아파트 융자를 갚는 데 썼다.

멋쟁이도 아니고 재치 있는 농담을 잘 날리는 것도 아니었다. 그러기는커녕 다른 남자 직원들처럼 내게 특별한 경의를 표하려는 기미조차 없었다. 분하지만 나는 미치도록 애타는 마음을 주체할 수 없었다!

"그 사람 잘못이야. 나한테 너무했잖아!"

나는 입을 내밀고 작게 외쳤다.

아버지 역시 평소 지배인 주제에 너무 나선다며 그를 성가셔했다. 내가 아무 말 하지 않았더라도 아버지는 와키무라를 머지않아 내쫓았을 것이다.

아니, 백 보 양보해 설령 와키무라가 내 말 한마디에 직장을 잃었다 하더라도…….

"하지만 거기서부터 다른걸."

목소리가 커졌다.

와키무라는 아버지 회사에서 잘리고 절망해서 자살한 것이 아니다. 자살은커녕 회사와 나에게서 미련도 없이 떠나버렸다.

얼마 안 있어 친구 소개로 구로베 협곡의 호텔에 새 직장을 구했다는 소식을 사내 소문으로 들었다. 처자식을 도쿄에 남겨두고 혼자 부임지로 가던 길에 집중호우로 인한 산사태에 휘말려 자동차째 골짜기 밑으로 떨어져 죽었다.

명백한 차이가 있잖아. 나라이, 아즈마, 후유카와는 라이벌에게 큰 부상을 입히고, 노인의 돈을 빼앗고, 여자를 속여서 직접적이고 의도적으로 '피해자'들이 죽는 원인을 제공했다. 그에 비해 나는 그저 와키무라가 지방으로 부임하는 계기를 만들었을 뿐이다. 가는 길에 산사태에 휘말린 건 그 사람의 운명 아냐?

대학교 법학 수업에서 들은 적이 있다. 그래, 이게 '인과관계의 중단' 아닌가? 왜 나까지 그들과 똑같이 '사망 원인을 제공했다'는 말을 들어야 하지?

"나는 달라."

거듭 말했다. 사람 없는 선실에 목소리가 공허하게 울렸다. 공허하다고 느낀 것은 기분 탓인지도 몰랐다.

과연 내게 죄가 없다고 단언할 수 있을까.

나는 벌받을 이유가 없다고 확신할 수 있나?

시야가 흔들리는 것 같았다. 배의 진동과는 관계없다. 이렇게 발밑이 무너지는 듯한 불안, 기댈 데 없는 동요가 엄습한 건 난생처음이었다.

공포?

처음에는 공포에서 생겨났겠지만 몸 안쪽 깊숙한 곳에서 무언가 흔들리기 시작한 것 같은 불안감이었다.

정신 똑바로 차리자. 조금만 참으면 되잖아. 불쾌한 문제는 의식에서 차단해버리는 게 제일이야.

아버지의 가르침을 떠올렸다. 아버지의 말은 예전만큼 내 마음을 든든하게 해주지 않았지만 그제야 나는 잠에 빠져들 수 있었다.

꿈을 꾸었다. 조타실에 불이 났다. 무시무시한 화염이 천장까지 닿았고 순식간에 바깥으로 번졌다.

"스프링클러 없어?"

누군가 외쳤다.

어디에서도 물은 나오지 않는다. 불과 연기에 쫓긴 나는 갑판으로 도망쳤다. 나 말고도 몇 명인가 더 있다. 불길이 등뒤를 쫓아왔다. 한 사람, 두 사람 뛰어내린다. 다음은 내 차례다. 나 역시 바다에 뛰어들려다 헉하고 숨을 삼켰다. 서 있던 곳이 어느새 요트 갑판이 아니라 고층 건물 발코니로 바뀌어 있었다. 아득한 발밑, 팔구층 높이 아래로 땅속 같은 아스팔트가 어둡게 빛났다!

비명을 지른 모양이다. 내 목소리에 눈을 떴다. 온몸이 땀으로 흠뻑 젖었고 심장이 쿵쾅거리며 날뛰었다. 도움을 청하며 나도 모르게 이름을 불렀다.

"와키무라 씨, 와키무라 씨……."

와키무라 유이치의 얼굴이 어스름 속에서 떠올랐다. 고집 있어 보이는 두꺼운 입술에서 힘찬 목소리가 나왔다.

—이대로는 안 돼. 분명 큰일이 날 거야. 너도 아버지를 설득해줘.

베개에 얼굴을 묻고 충동적으로 흐느꼈다. 그때 노크 소리가 들렸다. 두 번……. 조금 세게 또 두 번. 보조 탁자의 시계를 보니 정각 3시를 가리켰다.

"네?"

"당직 교대 시간이에요."

가지카자와의 목소리가 문밖에서 들렸다.

"괜찮아요?"

"네……."

침대를 내려와 불을 켰다.

"조타실에 선장이 있습니다. 혼자 갈 수 있어요? 아니면 조타실까지 바래다줄까요?"

나는 잠깐 망설이다 대답했다.

"아뇨, 괜찮아요. 그보다 선생님, 선생님 방에 들어가 문을 잠가주세요."

그러면 후다닥 달려가는 거야. 나는 잠을 떨치며 윈드브레이커를 껴입고 칼집에 넣은 과일칼을 주머니에 집어넣었다. 책상을 치우고 문을 열어 주위를 둘러보자 쥐 죽은 듯 고요했다. 가지카자와가 내 말을 따랐는지 인기척 없는 복도에 다운라이트만 켜져 있다. 방밖으로 나가 문을 잠갔다. 걸음을 떼려 했을 때, 배가 좌우로 크게 흔들렸다. 동시에 뒤에서 쾅하는 소리가 들렸다. 문이 뭔가에 부딪힌 듯한 소리다. 나는 깜짝 놀라 뒤돌아보았다. 6호실 문이 열려 있었다. 흔들림이 돌아오자 문은 다시 닫혔지만 꼭 닫히지 않은 채 4분의 1쯤 틈을 남기고 삐걱거렸다. 문틈으로 약한 불빛이 새어 나왔다.

6호실은 후유카와의 방이다. 문을 잠그지 않고 잠든 것일까? 아니면 몰래 어디로 갔나? 실내를 들여다보고 싶은 충동에 휩싸였다. 혹시 덫 아닐까? 하지만 서너 걸음만 뒤로 가면 6호실 안이 보일 것이다.

거기까지 이동했을 때, 또다시 배가 옆으로 흔들렸다. 문짝이 다시 활짝 열리며 안쪽 벽에 부딪혀 격한 소리를 냈다. 후유카와는 책상 위 불 밝힌 전등을 보고 앉아 있었다. 뭔가를 쓰고 있는 것 같지는 않았다. 상반신을 의자 등받이에 푹 기대어 머리를 뒤로 젖히고 있다. 하반신은 책상 아래로 쭉 뻗어 있었다. 책상에 앉아 잠들었나. 문소리에도 깨지 않을 정도로 세상모르게. 나는 건성으로 생각했다. 그러면서도 마음 한편으로는 그것을 온전히 믿지 않았다. 천장을 향해 쳐든 머리 아래에는 베레모가 떨어져 있는 것 같았다. 그 밖에도 묘한 것이……?

나는 살그머니 실내로 들어가 후유카와 옆으로 다가갔다. 묘하다고 느낀 이유는 리본 때문이었다. 넓적한 검은 리본이 후유카와의 목을 한 바퀴 감고 뒤로 묶여 있었다. 남은 리본은 베레모 위에 늘어뜨려져 있었다. 책상 불빛이 후유카와의 무릎 위를 비추었다. 허공을 향해 노르스름한 눈을 부릅뜬 채 얼굴은 괴상한 자줏빛으로 충혈되었다. 담갈색 바지가 축축하게 젖었다. 발치 카펫도 얼룩져 있었다.

004

☆☆☆

불이 켜진 6호실 방에서 침대에 눕힌 후유카와를 네 사람이 내려다본다. 나는 순간 텔레비전 화면으로 이 광경을 보고 있는 듯한 착각에 사로잡혔다. 너무나 비현실적인 사태를 믿을 수 없었기 때문일까. 하지만 네 사람 중 한 사람은 틀림없이 나였다.

후유카와의 변사를 발견한 나는 닥치는 대로 다른 선실 문을 두드리며 소리쳤다. 방안에서 가지카자와와 구제의 대답이 들리자 위로 올라가 조타실에 알렸다. 만사를 제치고 모두 불러모으기로 약속했기 때문이다. 모두 모여 있을 때만 안전하다!

류자키가 시동을 끄고 나를 따라 아래로 내려왔을 때에는 구제와 함께 6호실로 들어간 가지카자와가 후유카와의 상태를 살피고 있었다.

가지카자와는 류자키의 손을 빌려 후유카와를 침대로 옮겼다. 다른 세 사람이 지켜보는 가운데 가지카자와가 다시 시신을 살피기 시작했다. 자기 방에서 들고 왔는지 의료용 펜라이트로 후유카와의 눈동자를 비추어 보고는 눈꺼풀을 감겼다. 손목의 맥을 짚어보고도 여전히 포기하지 못한 표정으로 파자마 왼쪽 가슴에 자신의 귀를 댔다. 잠시 뒤 귀를 떼더니 말없이 목에 감긴 리본을 풀기 시작했다.

"늦었습니까?"

류자키조차 목소리가 떨렸다. 의사는 고집을 부리듯 말없이 단단한 매듭을 풀었다. 간신히 매듭이 풀리고 리본이 느슨해지자 두껍고 짧은 목에 불그죽죽하게 부은 흔적이 보였다.

"보시다시피 목을 졸라 죽였습니다."

가지카자와는 간신히 목소리를 짜냈다.

"저는 법의학 전문가가 아니지만, 교살당한 시체의 특징은 구분하기 쉬워요. 얼굴에 울혈이 심하고 눈꺼풀에 일혈점이 발견되죠. 그리고 반드시 실금합니다."

"의자에 앉아 있는 사람을 뒤에서 조른 걸까요?"

류자키가 물었다.

"아마도 그렇겠죠. 뒤에서 단숨에 조르면 성인 남성이라도 순식간에 저항할 힘을 잃는다더군요."

"죽은 지 얼마나 됐을까요?"

"흐음, 그건 확실히 모르겠어요. 몸이 어느 정도 차가우니 조금 전에 죽은 건 아니겠죠. 세 시간이나 네 시간쯤 되었을까요."

가지카자와는 땅이 꺼져라 한숨을 쉬고는 후유카와의 양손을 가슴 위에 포개어 얹었다. 그러고 나서 조용히 모포를 끌어올렸다. 후유카와의 얼굴이 보이지 않게 되자마자 내 입에서 왈칵 오열이 터져나왔다.

"너무해!"

나는 모포 위로 후유카와의 팔에 매달렸다.

"너무 딱해요……. 후유카와 씨까지……. 설마 후유카와 씨까지 이렇게 되다니……. 의심해서 죄송해요. 범인이 아니었군요. 살해당한 사람은 절대로 범인이 아니에요. 살해당할 때까지 그걸 몰랐다니……."

나는 후유카와 위로 울며 쓰러졌다. 그런 자신에게 놀라고 당혹스럽기도 했다.

"마음 단단히 먹어."

구제가 나를 안아 일으켰다. 내 어깨를 쓰다듬으며 구제 역시 훌쩍였다. 문득 보니 남자들 눈도 젖어 있었다. 그것을 깨달은 순간 감정은 급격히 식었다. 남은 사람은 나를 포함해 네 명. 나를 빼고 세 사람 가운데 반드시 살인범이 있다. 누군가 교묘한 연기로 가짜 눈물을 흘리고 있다!

"일단 올라갈까요?"

류자키가 갈라진 목소리로 말했다.

"해상보안청에 연락해야죠."

"네? 무전기는 고장나지 않았던가요?"

구제가 물었다.

"조금 전에 겨우 고쳤습니다. 원래 저는 전기 계통은 그다지 신통치 않아요. 게다가 그런 화재 뒤에는 타버린 배선을 하나씩 끄집어내서 예비 코드로 바꾸고 일일이 납땜을 한 뒤 잘못되지 않았는지 회로계로 체크해야 합니다. 배선 하나에 코드가 네 개씩 달려 있으니 말도 못하게 성가신 일이란 말이죠. 우선 가장 급한 것부터 손대서 간신히 위성항법 장치와 무전기만 수리했습니다."

우리는 6호실을 나왔다. 구제가 마지막으로 나오며 불을 끄고 방안을 향해 묵념하고 나서 조용히 문을 닫았다. 복도를 걸으니 옆질이 심해진 게 느껴졌다. 정말로 저기압이 다가온 것일까?

류자키는 무전 연락을 위해 조타실로 들어갔다. 여태껏 다 함께 들어가 무전을 주의깊게 들었지만 이젠 다들 그럴 기력마저 없는 듯했다.

"부탁합니다."

가지카자와가 류자키를 향해 말하고서 손수레 위에 있던 브랜디병을 들었다. 구제가 카운터 안쪽에서 꺼내 온 잔 네 개에 거칠게 따랐다. 세 사람은 뿔뿔이 앉아 잔을 입으로 가져갔다.

잠시 고요함이 흘렀다.

키 모양 벽시계가 3시 32분을 가리켰다. 창밖은 칠흑 같은 어둠에 갇혀 별조차 보이지 않았다. 점점 사나워지는 너울의 기척과 배를 때리는 파도 소리가 사람들을 더욱 위협하듯 울렸다.

응접실 탁자 위에는 둥근 금속판이 덩그러니 놓여 있었다. 아즈마가 죽고 난 뒤 후유카와가 선반에서 꺼냈다. 지금 금속판 위에는 도기 동물 인형이 네 개만 남아 있었다. 소, 양, 말, 토끼.

후유카와의 호랑이가 사라졌다.

나는 바로 토끼를 움켜잡고 주머니에 넣었다. 죽은 사람의 띠에 해당하는 동물 인형은 반드시 사라진다. 남은 인형은 살아 있다는 증거다. 그렇다면 제 것을 가지고 있는 한 죽음을 피할 수 있겠다는 생각이 느닷없이 들었다.

하지만…….

금속판 위에 토끼 없이 세 개만 남은 인형들을 보자마자 말로 형용할 수 없는 불길함에 가슴이 죄어왔다. 벌써 내가 죽은 것만 같다. 나는 허겁지겁 토끼를 제자리에 돌려놓았다.

"후유카와 씨가 아즈마 씨 유체를 모포로 옮길 때 말씀하셨죠."

구제가 허탈한 목소리로 작게 말했다.

"아직 남은 사람이 네 명이라 이렇게 옮길 수 있다지만 만에 하나 더 줄어들기라도 하면……."

"이놈이고 저놈이고…… 더는 아무도 믿지 못하겠어!"

가지카자와가 카운터에 주먹을 쾅하고 내리쳤다.

"죽은 사람밖에 못 믿어. 그래, 아까 당신이 한 말이 맞아요."

가지카자와는 찌르듯 나를 가리켰다.

류자키가 들어왔다.

"지금 도바 해상보안부와 연락했습니다. 심각한 이상 사태이니 그쪽에서 순찰정을 출동시키겠답니다. 우리도 무조건 입항을 서두르기로 했고, 위성항법 장치로 위치를 확인해 자동조타를 정확한 방향으로 바꿨습니다."

"도바까지 얼마나 걸리죠?"

가지카자와다.

"10시 반에 나침반을 바로잡아서 십 노트로 대략 네 시간 반을 항해했는데 위성항법 장치를 보고 역산하니 그때 예상한 위치와 차이가 꽤 납니다. 실제로는 좀더 남동쪽으로 간 것 같아요. 현재 위치에서 도바까지 앞으로 약 오십오 마일, 십 노트로 가면 다섯 시간 반이란 계산이 나오지만, 바람이 불고 파도가 치기 시작했군요."

류자키는 눈살을 찌푸리고 창밖을 내다보았다.

"앞으로 다섯 시간 반이면 오전 9시쯤이네요."

구제다.

"기상 변화에 따라 더 늦어질지도 모릅니다."

"얼마나 늦어질까요?"

"글쎄요. 저기압이 동쪽으로 가면서 배가 전선에 가까워지면 섣불리 예측할 수 없어요."

"요컨대 몇 시간이나 늦어질지 모른다는 말이군요."

가지카자와가 다 내려놓은 것처럼 말했다.

"더는 아무것도 믿지 않아. 곧 입항한다는 말에 속아 넘어간 사이에 또 희생자가 나왔어. 앞으로 다섯 시간 반이든 여섯 시간이든 이 자리에서 사실을 철저하게 밝히고 범인을 잡겠어."

"저는 아무것도 속이지 않았습니다. 엔진 고장, 화재, 나침반, 전부 누가 고의로 조작한 겁니다. 속은 사람은 나라고!"

류자키가 처음으로 거칠게 말했다. 그의 야성적인 옆얼굴에 순간적으로 불한당 같은 그림자가 스친 것 같았다.

"이번 후유카와 씨 사건에서 사망 추정 시각을 더 엄밀히 좁힌다면 범인은 자연히 한정되지 않을까요? 당연히 후유카와 씨를 죽인 사람이 모든 범행의 범인이겠죠."

구제가 특유의 법조인 말투로 되돌아갔다.

"선생님은 아까 후유카와 씨가 죽은 지 세 시간이나 네 시간쯤 지났다고 하셨죠? 세 시간 이상으로 보면 사건은 자정 전이에요. 그렇다면 제게는 알리바이가 있죠. 자정까지 선장님과 함께 조타실에 있었으니까요."

"어, 구제 씨 당직 시간은 밤 11시부터 새벽 1시까지 아니었나요?"

나는 일부러 구제를 '선생님'이라고 부르지 않았다.

"그럴 예정이었지만 너무 지친 것 같기에 제가 보다 못해 방까지 데려다주었습니다."

류자키가 설명했다.

"그게 자정 무렵이고 나머지 한 시간은 제가 당직을 섰죠. 그러느라 수리가 늦어졌어요."

"그래서 새벽 1시 교대 때 선장님이 저를 부르러 왔군요."

가지카자와다.

"그래도 제 알리바이는 확실하죠. 후유카와 씨가 죽은 건 자정 전이잖아요?"

"아니, 그렇다고 확신할 수는 없어요."

가지카자와가 신경질적으로 눈살을 찌푸렸다.

"몇 번이고 말했듯이 저는 법의학 전문가가 아니에요. 후유카와 씨가 죽은 지 세 시간이나 네 시간, 아니면 얼마 지나지 않았는지 단정할 수 없어요."

"결국 아무도 알리바이는 없다는 말이네요."

내가 중얼거렸다. 어젯밤 11시에 선장실에서 해산하고 자정까지 류자키와 구제가 함께 있었는지 모르겠지만, 자정에 구제가 방으로 돌아가고 나서는 다들 혼자였다. 그사이 누가 남몰래 후유카와를 찾아가 교묘한 말재간으로 문을 열게 해 방심한 틈에 목을 졸랐다.

—상대가 여자라면 쉽게 방심했을 테고 심리적 트릭이며 가짜 구실로 그들에게 다가가는 것쯤이야 변호사에게는 식은 죽 먹기였겠죠.

후유카와의 말이 귓가에 되살아났다.

"호랑이 잡으러 굴에 들어갔다 도리어 잡아먹힌 거야……."

나도 모르는 새 말이 쏟아져 나왔다.

"간밤에 갑판에서 망을 보고 있는데 후유카와 씨가 절 찾아 오셨어요. 칼을 들고 너도 무기를 지니고 있어야 한다며 일부러 충고해주러 오셨죠. 그때 후유카와 씨가 제게 물었어요. 범인은 의도적으로 크리스티 소설을 흉내내고 있다, 소설 속 범인과 가장 가까운 입장인 사람이 누구겠느냐. 대답은 간단했죠."

나는 변호사의 옆얼굴을 응시했다.

"후유카와 씨는 이렇게 말씀하셨어요. 어제 낮 3시 넘어 선장님과 아즈마 씨가 엔진을 고치고 있고 다른 사람들은 선실로 돌아가 있을 때, 갑판에서 내려와 발소리를 죽이고 자기 방으로 들어가는 당신을 보았다고요. 그때 당신은 아즈마 씨를 죽일 장소를 미리 봐두고 배전반 퓨즈가 합선을 일으키도록 손쓰고 온 게 틀림없다고요. 그 이야기를 들었을 때 저는 반신반의했어요. 반쯤은 후유카와 씨를 의심하고 있었죠. 그가 혐의를 벗기 위해 이야기를 지어내 떠드는지도 모른다고 생각했어요. 하지만 후유카와 씨는 살해당했어요. 죽은 사람이야말로 당연히 결백해요. 후유카와 씨가 한 말 역시 전부 사실이겠죠. 그래서 호랑이 잡으러 굴에 들어갔다 도리어 잡아먹혔다고 한 거예요."

구제가 천천히 나를 돌아보았다. 이목구비가 또렷하고 각진 턱이 두드러진 똘똘한 얼굴이다. 고집 세 보이는 외까풀 눈에는 정체 모를 요기가 감돌았다.

이 여자는 내 배경을 알고 있다. 내가 누구의 딸인지 알고 있다. 그러니까 지나치게 자극하지 않는 게 좋다. 자극했다가 내 '정체'를 폭로당하면 다들 나를 적대시할지도 모른다. 내 몸을 지키려는 본능이 경종을 울렸다. 하지만 나는 냉정하게 자제할 수 있는 상태가 아니었다.

"후유카와 씨는 당신을 의심했어요. 의심하면서도 속았던 거예요. 어쩌면 당신의 위험한 유혹에 넘어갔을지도 모르죠. 맞아요, 미친 여자 변호사가 크리스티를 따라 한 거예요. 신이라도 된 양 남자들을 처형했죠. 사건의 진상은 그것밖에 없어요!"

구제의 상반신이 가늘게 떨렸다. 주먹 쥔 양손을 허공에 쳐들었다. 주먹이 후들거렸다. 숨을 헐떡거리며 당장에라도 달려들 것만 같았다. 나도 반사적으로 마음의 준비를 했다.

하지만 다음 순간 그녀는 두 주먹으로 탁자를 내려쳤다. 두 팔 사이로 고개를 숙이고 흐느꼈다.

"의심해……. 얼마든지 나를 의심해. 이제 그런 건 하등 상관없어. 범인이 누구든…… 그보다…… 그보다 나는 살아남아야 해!"

어깨가 격렬하게 요동쳤다.

"살아남아야 해……. 무슨 일이 있어도 아들을 위해서……. 아아, 사랑스러운 우리 아이……."

다들 어리둥절해하며 숨을 삼켰다.

"게이이치로는 성실하고 상냥한 아이예요. 엄마를 끔찍하게 아꼈고요. 제 생일에는 용돈으로 살 수 있는 만큼 장미를 사다 주었죠. 사실은 음악을 좋아해서 중학생 때 플루트 전국 콩쿠르에서 우승도 했고 몸이 불편한 아이들에게 음악을 가르치며 사는 게 꿈이었는데. 하지만 제 말 한마디에……. 아, 게이이치로가 엄마의 뒤를 이어주면 좋겠다. 그래서 그 아이는 마음먹은 거예요. 좋아, 나도 공부해야지. 엄마처럼 권력을 두려워하지 않고, 약자를 위해 싸우는 변호사가 되겠어. 어떤 핸디캡도 이겨내고……. 그래요, 그 아이도 휠체어를 타고 다녔어요. 어릴 적에 교통사고를 당해서……. 따지고 보면 그것도 내 부주의로 일어난 사고인데, 엄마를 조금도 원망하지 않았어요. 원망은커녕 한결같이 나를 사랑하고 누구보다 따랐어요. 아, 게이이치로가 불러요. 그 아이에게는 내가 필요해요. 전 돌아가야 해요. 어떻게든 반드시 살아 돌아가야 해요."

한동안 아무도 말하는 이가 없었다.

"당신들 세 사람 가운데 범인이 있겠죠."

구제가 다시 입을 열었다. 울어서 부은 얼굴을 들고 허공을 응시하며 나직한 목소리로 한 마디 한 마디 마음에 새기듯 말을 이었다.

"들어주세요. 솔직히 고백할게요. 저도 심판받아 마땅한 인간인지도 몰라요. 재판관이 '당신은 이와키 겐지를 죽음에 이르게 했다'고 했지요. '자네들이 저지른 행위는 사실상 살인죄다'라고요. 그 말도 틀리지는 않을지도 몰라요. 하지만 간접 살인에도 여러 가지가 있습니다. 자기 이익을 위해 냉혹하고 무참하고 교묘하게 법망을 피해 죄 없는 사람을 죽음으로 몰아간 사람이 있는가 하면, 원래 범죄를 저지를 의도는 손톱만큼도 없었는데 작은 부주의, 태만, 실수에 불행한 경과가 더해져 끝내 사람을 죽게 하는 일도 있어요. 그런 경우에는 가해자도 어떤 의미로 피해자죠. 제가 그랬어요."

"……."

"이와키는 칠 년쯤 전에 제가 국선 변호를 맡은 사건의 피고인이었어요. 강도 혐의였죠. 한밤중에 가정집에 쳐들어가 부엌칼로 주부를 위협하고 묶은 다음 현금 이십만 엔을 빼앗아 달아난 사건이었어요. 당시 마흔대여섯 살이던 이와키는 직장을 잃고 아내도 도망가고 술독에 빠져 살았죠. 경찰은 이와키를 주목했어요. 왜냐하면 그가 웬일로 목돈을 구했다는 이야기도 있었고, 무엇보다 피해자 주부가 증언한 범인 특징이 그와 일치했기 때문이었죠. 이와키는 조사중에 범행을 자백했어요. 그때는 주부를 위협하고 경상을 입힌 흉기를 찾지 못했지만, 보충 수사로 이와키가 사는 아파트 뒷마당에 흙을 판 흔적을 발견했고 거기서 피 묻은 부엌칼을 찾아냈어요. 혈액형도 피해자와 일치했죠. 이걸로 혐의는 확실해 보였어요. 국선 변호인 의뢰를 받은 저는 비교적 간단할 것 같아 이 사건을 골랐죠."

"국선 변호는 직접 사건을 고르나요?"

가지카자와는 또다시 점점 흥분하는 구제의 상태를 진정시키려고 질문을 던지며 끼어들었는지도 모른다.

"선착순으로요."

구제는 문득 쓴웃음을 지었다. 의사의 노림수는 성공한 듯했다.

"그 무렵 국선 변호 의뢰는 연평균 서너 건이 돌아왔어요. 원래는 의무지만 거절 못 할 것도 없죠. 독립해 바빠지면 자연스레 맡지 않는 사람도 적지 않아요. 국선 변호는 피고인과 피해자를 만나러 가고 두세 번 법정에 나가도 보수로 고작 오만 엔 정도밖에 받지 못하니까요. 저는 당시 서른아홉 살이었고 요쓰야에 개업한 지 사 년째에 접어들어 일이 궤도에 올랐을 무렵이었죠. 사무소를 유지하기가 벅차기도 했지만, 토지 문제, 유산상속, 손해배상 중에서도 소송물 가격이 센 민사사건이 들어오기 시작할 때라 솔직히 형사사건의 국선 변호 따위 정말 맡고 싶지 않았어요. 하지만 개업하기 전까지 자신의 사무소에서 일하게 해준 대선배 변호사는 국선 변호는 변호사의 중요한 의무이니 반드시 맡아야 한다고 늘 강조하셨죠. 그 선배님 체면상 마지못해 계속한 거예요."

"흠……."

"그래서 국선 변호인 의뢰로 변호사 회관에 오도록 통지받은 날에는 될 수 있으면 빨리 가서 사건 기록 가운데 가장 간단해 보이는 사건을 고르죠. 늦게 가면 성가신 사건만 남아있거든요. 도로교통법 위반이 제일 좋지만……. 그날 아침에 사무소를 나서려는데 중요한 고객에게 전화가 오는 바람에 늦고 말았어요. 남은 사건 중에 이와키 건이 가장 편해 보였죠. 사실관계를 다툴 여지도 없고 정상참작을 요구하는 것만 남았다고 생각했죠. 그런데 공판이 열리자 이와키가 자백을 뒤집었어요."

"자신이 하지 않았다고요?"

"맞아요. 목돈은 경륜에서 딴 돈이었대요. 부엌칼도 전혀 모른다고 하고요. 하지만 자신은 혼자 살아 알리바이가 없는데다 쉼 없이 조사가 이어져 그저 자고 싶은 마음에 거짓으로 자백했다고요. 하지만 이제 와 그런 주장이 어떻게 통할까요. 저는 솔직히 사실을 인정하고 재판관에게 좋은 인상을 남겨 정상참작으로 감형을 요구하는 게 현명하다고 몇 번이나 설득했지만 이와키는 고집스럽게 거부했고, 끝내 저와도 감정적인 골이 생기고 말았죠. 그래요, 저는 처음부터 기본적인 실수를 저질렀어요. 변호사가 피고인의 말을 믿지 않았던 겁니다."

"유죄가 됐나요?"

"당연하죠. 강도 상해로 기소되어 생각보다 무거운 징역 오 년 형을 받았어요. 하지만 항소하지 않았죠. 한다 해도 다시 국선 변호인을 부탁해야 하는데 이와키는 일심의 경과를 지켜보며…… 아니, 저를 보고 절망했을 거예요."

구제는 깊은 한숨을 쉬었다.

"복역한 지 이 년이 지나 간부전으로 숨졌어요. 이와키의 무죄가 밝혀진 건 그로부터 이 년 뒤였어요. 다른 건으로 붙잡힌 강도범이 이와키 사건도 자신이 했다고 인정했죠. 이와키와 비슷한 연배의 남자로 경마장에서 그 사람과 알고 지냈대요. 그래서 이와키의 아파트 뒷마당에 범행 도구인 부엌칼을 묻어 죄를 뒤집어씌우려 했다고 자백했대요."

"누명이었던 겁니까."

"경찰이 따로 발표하지 않았고 이와키에게는 새삼 난리 칠 가족도 없어 다행히 언론에도 알려지지 않고 끝났어요. 그런데 범인이 어떻게 알았는지……."

구제는 적의 마음속을 필사적으로 꿰뚫어 보려는 것처럼 세 사람을 한 명 한 명 날카롭게 쏘아보았다.

"아뇨, 당신이 어떻게 알았는지 이제 와서 뭐가 중요하겠어요. 어쨌거나 제 변론에 열의와 힘이 부족해 결과적으로 이와키 겐지를 죽음에 이르게 했어요. 그 사실은 인정하죠. 하지만 몇 번이나 말했듯이 간접 살인에도 정도의 차가 있어요. 제가 그렇게 악질이었다고 할 수 있을까요? 그리고…… 그리고 저는 이미 충분히 벌을 받았어요."

갑자기 또 구제의 목소리가 흔들렸다.

"진상을 알고 나서 저라고 괴롭지 않았을 것 같아요? 밤낮으로 후회와 자책감에 시달렸어요. 게다가 이번에는 이런 공포와 고독을……. 그래요, 이만큼 공포에 떨었으니 이제 됐잖아요. 부탁해요, 이제 용서해주세요. 제발 절 죽이지 마세요. 아들 곁으로 살아서 돌아갈 수 있게 해주세요."

다시금 다들 입을 다물었다. 구제의 나직한 흐느낌만이 한참 이어졌다.

"살아서 돌아가고 싶기는 저도 마찬가지입니다."

류자키의 굵직한 목소리가 침묵을 깼다.

"그러기 위해서는 범인을 밝혀내는 게 제일 좋겠지만 당장은 힘들지 않겠습니까. 부검이며 지문 채취 같은 방법을 쓸 수 없으니까요. 하지만 입항해 전문가가 조사하면 바로 알 수 있겠죠. 그러니 지금은 힘을 모아 한시라도 빨리 무사히 항구에 도착할 수 있도록 협력해주세요."

"아뇨, 그것만으로는 부족합니다."

가지카자와가 말이 떨어지자마자 되받아쳤다.

"아까도 말했죠. 더는 속지 않는다고요. 물론 한시라도 빨리 입항하고 싶지만 그전에 교활하기 그지없는 범인에 대한 철벽의 방어책을 세워야 해요. 바로 배수진이죠. 설령 범인은 잡지 못하더라도 더는 다른 사람에게 손끝 하나 건드리지 못하게 하는 겁니다. 그게 지금 우리가 해야 할 차선책 아닌가요?"

005

☆☆☆

가지카자와는 다시 한번 배 안을 샅샅이 뒤지고 이번에는 모두의 개인 물건까지 조사하자고 구체적으로 제안했다. 그리고 흉기로 쓰일 만한 물건, 약물 등을 전부 거두어 바다로 버리든 모두의 눈이 닿는 곳에 두든 하자고 말했다.

"맨 처음 나라이 씨 사건에서는 제 주사기를 훔쳐 썼죠. 범인이 여전히 쿠라레를 가지고 있다면 언제 같은 방법으로 당할지 몰라 마음놓고 잘 수도 없어요."

"마음놓을 수 없는 거라면 또 있어요. 선실 열쇠는 정말로 하나뿐인가요?"

내가 류자키에게 물었다.

"혹시 달리 보조 열쇠가 있다면 문을 걸어 잠가도 소용없잖아요."

"그것뿐이라고 말씀드렸을 텐데요. 의심스럽다면 직접 확인하시죠."

류자키가 무뚝뚝하게 대꾸했다. 포용력 넘치는 선장으로 보였지만 이쯤 되니 그도 날카로워진 모양이다.

"할 거면 어서 시작하죠."

류자키가 맨 먼저 일어났다.

"그사이에 배를 멈춰야 하는데, 괜찮으시죠?"

"하는 수 없죠. 이게 더 중요한 문제예요."

이번에는 위부터 시작하기로 했다. 바깥은 좀더 밝아지고 나서 하기로 하고 먼저 넷이서 조타실을 뒤졌다. 계측기는 고정되어 있어 바로 흉기로 돌변할 만한 물건은 보이지 않았다.

"여기에 열쇠가 보관되어 있습니다."

류자키가 왼쪽 뒤 벽면에 달린 유리 보관함을 열었다.

"여기에 걸려 있던 선실 열쇠를 여러분께 나눠드렸죠. 남은 열쇠는 조타실과 오너룸, 나라이 씨가 머문 1호실과 비어 있는 2호실, 선원실 보조 열쇠뿐이에요."

류자키는 보관함 안에 걸려 있는 키를 하나씩 가리켰다.

"그래도 걱정되시면 주변 서랍이든 어디든 열어보세요."

나는 사양 않고 류자키 말대로 조타실 서랍을 뒤졌지만 다른 열쇠는 찾지 못했다. 그러고서 선장실로 옮겨갔다.

"등산용 칼 하나랑 간단한 의료 도구 세트가 있어요."

류자키가 물건을 책상 위로 꺼냈다. 구급상자 안에는 주사기, 덧대, 멀미약과 진통제 같은 약품이 들어 있었다.

류자키를 방 가운데에 세워놓고 우리는 전용 욕실과 화장실은 물론 책상 서랍, 캐비닛 안, 액자 뒤, 침대 매트 틈까지 손을 넣어 뒤졌다. 서랍에서 나온 가위도 책상 위에 올려두었다.

"끈 종류도 찾아야죠."

구제가 제안했다.

"끈요?"

"허리띠, 가운 끈, 넥타이 같은 거요. 피의자를 구치할 때 구치소는 물론이고 경찰서에서도 그런 물건은 전부 빼앗아요. 목맬 위험이 있기 때문이죠. 당연히 목 졸라 죽일 흉기도 될 테고요. 실제로 후유카와 씨가……."

마음대로 하라는 얼굴로 류자키가 어깨를 으쓱했다.

"지금 차고 있는 벨트는 봐주시죠."

류자키의 청바지 벨트를 본 가지카자와와 구제가 하는 수 없다는 듯 눈짓을 하더니 내게도 똑같은 눈길을 보냈다.

"선장님 바지가 흘러내리면 조심해야겠군요."

가지카자와의 빈정거림을 류자키는 웃음으로 받아쳤다.

"여차하면 팬티 고무줄도 흉기로 쓸 수 있어요."

"아, 팬티라고 하니 생각났어요. 마지막으로 몸수색도 하고 싶군요. 옷 위로 더듬는 정도로는 마음을 놓을 수가 없어서요. 죄송하지만 속옷만 남기고 벗어주시겠습니까?"

"……."

"당연히 저도 그렇게 할 겁니다. 이런 일은 철저하게 하지 않으면 의미가 없죠."

몸수색은 각자 방에서 하기로 했다. 일단 가지카자와가 류자키를 검사했다. 여자 두 사람은 방밖으로 나왔다. 구제와 나도 나중에 서로 조사하기로 했다.

오 분도 지나지 않아 두 사람도 갑판으로 나왔다.

"선장님은 어떤 위험한 물건도 몸에 지니고 계시지 않았습니다. 맡은 물건은 이것뿐이에요."

구급상자, 등산용 칼, 가위는 응접실 탁자 위에 두었다.

"그럼 다음은 여기를 뒤질까요?"

"저기 그런데……."

류자키가 손목시계를 보며 말했다.

"시작하고 나서 벌써 사십 분 넘게 지났어요. 이 상태로 나머지 세 사람과 남은 방까지 하려면 밤을 새워야 합니다. 그사이에 배를 세워둔다고요? 이런 시간 낭비도 또 없을 것 같은데요?"

키 모양 시계는 4시 36분을 가리켰다.

"이러면 어떨까요? 지금부터 저는 가지카자와 선생님의 몸수색과 선원실 검사에 입회하죠. 나머지는 여러분께 맡기고 저 혼자 조타실로 돌아가 배를 모는 겁니다."

"그래요, 될 수 있으면 입항을 늦추고 싶지 않아요."

구제와 가지카자와, 나까지 동의했다.

"선원실에는 뭔가 있을 법합니까?"

가지카자와가 묻자 류자키의 입가에 긴장이 감돌았다.

"아즈마가 가지고 있던 엽총이 생각났어요."

"뭐라고요?"

"아즈마는 회사에 다닐 때부터 요트와 사격이 취미였죠. 이번에도 아마기에서 멧돼지 사냥을 하고 와서 총을 그대로 들고 왔어요. 선원실 어디에 두었을 텐데."

다들 한층 긴장한 얼굴로 류자키를 따라 하갑판으로 내려갔다. 류자키는 선원실로 들어가 로커와 벽 뒤쪽, 이층 침대 아랫단과 벤치 아래 등 한정된 공간을 활용해 만든 수납 칸을 잇달아 열었다. 두 번째 로커에 엽총이 세워져 있었다. 탄띠도 아래에 놓여 있었다.

"여기 있네요. 쌍발총이군요."

류자키가 손에 들고 살폈다. 탄띠에는 탄환이 몇 개 남아 있는 듯했다.

"슬러그탄을 쓴 것 같군요."

"탄환이 생각보다 크네요."

엽총

/

사냥용 총. 총열이 길어 조준하기 쉽다.

사냥감의 크기에 따라 산탄과 슬러그탄을 사용한다.

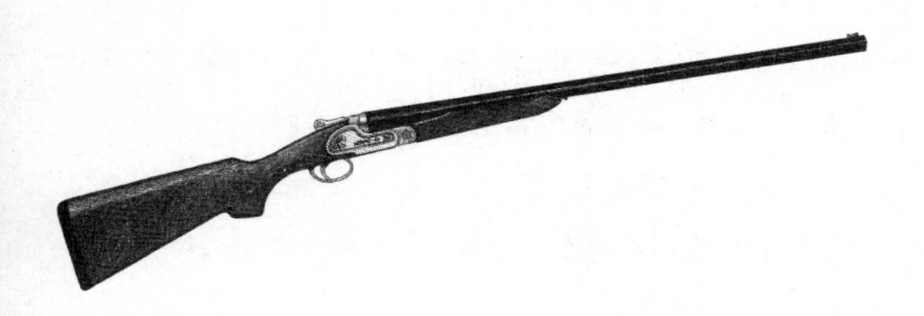

가지카자와가 류자키의 손에서 탄띠를 받아들고 탄환을 하나 빼내 신기한 듯 바라보았다. 납 탄환은 길이가 오륙 센티미터, 지름이 일 센티미터 이상은 되어 보였다.

"엽총 탄환에는 하나에 몇백 알이나 되는 산탄이 들어 있는 것과 슬러그탄이라 불리는 이렇게 큰 녀석 두 종류가 있어요. 산탄은 새 사냥에, 슬러그탄은 큰 짐승 사냥에 쓰는 모양이더군요."

"지금 총에 탄환이 장전되어 있나요?"

구제가 눈부신 것을 보듯 눈을 깜빡거렸다.

"아뇨."

류자키가 총신의 핀을 빼고 탄창을 열었다.

"대개 총을 보관할 때에는 반드시 탄환을 빼고, 실내에선 총과 탄환을 이렇게 같은 곳에 두면 안 된다고 되어 있을 거예요. 하지만 여기서는 임시로 그냥 놔두었겠죠."

"다른 것보다 총을 먼저 처리해야겠군요."

가지카자와가 말했다. 우리는 다른 수색은 뒤로 미루고 응접실로 되돌아갔다. 류자키가 총을, 가지카자와가 탄띠를 들고 왔다. 모두 탁자 위에 놓고 다 같이 빙 둘러섰다.

"간단해요. 바다에 버리면 되죠."

내가 말했다.

"될 수 있으면 그러고 싶지 않군요."

류자키가 고개를 가로저었다.

"아즈마의 유품이기도 하고, 여태껏 범행에 이용되지 않았다고 단정할 수 없어요."

"아……."

구제도 알았다는 듯 수긍했다.

"범인이 이걸로 피해자를 무방비 상태로 만들어 목을 조르거나 주사를 놓았을지도 모른다는 말인가요?"

"그렇습니다. 그럼 여자라도 손쉽게 할 수 있겠죠. 그렇다면 나중에 해상보안청이 조사할 때 중요한 증거가 될 겁니다. 지문이 남아 있을 수도 있어요."

"그럼 총을 이대로 둬요? 언제 또 흉기로 쓰일지 모르잖아요."

"음…… 좋은 생각이 났어요."

가지카자와가 안경을 밀어 올렸다.

"탄환만 버리죠. 그리고 총은 모두 볼 수 있는 이 응접실에 두는 거예요."

"그러면 되겠네요."

"맞아요, 그러면 악용될 염려는 없으니까……."

나도 잠깐 생각하고 나서 받아들였다.

"지금 정말로 빈총이죠?"

류자키가 아까처럼 총신을 열어서 보여주었다.

"탄환은 여기에 장전합니다. 이렇게 안전장치를 풀고 방아쇠를 당기면 탄환이 나가죠."

류자키는 창문을 향해 방아쇠를 당겼다. 공이치기가 풀리는 달칵하는 소리만이 들릴 뿐이었다.

"그럼 어서……."

류자키가 탄띠를 집어 들었고 우리는 갑판으로 나왔다.

놀라울 정도로 차가운 강풍이 불어닥쳤다. 하늘이 온통 뿌옇고 구름이 소용돌이쳤다. 물마루가 갑판에 닿을 듯 말 듯한 높이까지 치솟아서 나는 흠칫 놀랐다.

"바다가 거칠어졌군."

류자키가 중얼거렸다.

"그럼 버리겠습니다."

그는 탄띠를 높이 들어올렸다가 바다에 집어던졌다. 구제가 하는 김에 류자키의 등산용 칼과 가위도 버리자고 제안했고 그도 마지못해 받아들였다. 물건을 처리한 후 응접실로 되돌아왔다.

"으으, 춥구만."

"바람이 세졌네요."

"바람이 축축한 걸 보니 곧 비가 내릴지도 모르겠군요."

시곗바늘은 5시에 가까워졌다. 원래 입항 예정 시각은 아침 9시로 네 시간 뒤였지만 배 안을 둘러보느라 한 시간쯤 썼으니 앞으로 다섯 시간 정도 남았다.

"전선이 통과하느라 바다가 거칠어졌어요. 다음 저기압도 전선을 따라 올라온다고 하니 날씨가 너무 나빠지기 전에 입항을 서둘려야겠어요."

"그럼 가지카자와 선생님의 몸수색은 나중에 할까요? 선장님은 우선 배를 몰아주시고."

구제다.

"음. 배 안을 다 뒤지고 나서 하죠."

류자키는 엽총을 카운터 위에 올려놓고는 부랴부랴 조타실로 걸어갔다. 우리 세 사람은 응접실을 점검하기 시작했다. 총과 칼, 둔기, 약물, 그 밖에 뭐든 흉기로 쓰일 만한 물건을 찾으면 탁자 위에 내놓기로 했다. 하지만 판단을 내리는 것이 얼마나 어려운지 곧 깨달았다. 이를테면 손수레 위에 빈틈없이 쌓여 있는 술병이 흉기로 변하지 않는다고 누가 말할 수 있을까? 조리실로 이동하고서 그것을 확실히 깨달았다. 부엌칼이며 나이프류는 망설임 없이 응접실로 들고 갔지만, 커다란 쇠프라이팬은 어떻게 해야 하지? 냉동고에 질릴 정도로 채워 넣은 꽁꽁 언 소고기와 생선 덩어리는 더 성가셨다.

"누군가 쓴 추리소설에 돌처럼 굳은 커다란 찹쌀떡으로 사람을 때려죽이고 나중에 그 떡을 넣은 단팥죽을 형사에게 대접했다는 이야기가 있었어요."

구제의 나직한 중얼거림에 아무도 대답하지 않았다. 덤으로 이 흉기와 위험물을 전부 몰수한다는 것은 실로 엄청난 작업이었다. 어디에 뭐가 어떻게 숨어 있는지 알 수가 없는데다, 조금 전 가지카자와의 말처럼 철저하게 하지 않으면 안전을 보장할 수 없기 때문이었다.

가지카자와가 조타실에서 오너룸과 1,2호실 열쇠를 빌려 와 다 같이 하갑판으로 내려갔다. 오너룸만은 마치 아무 일도 없었던 것처럼 평화로웠고, 총이며 날붙이도 일절 찾을 수 없었다. 크리스털 샹들리에 일부나 빛나는 바다색 도기 스탠드는 흉기가 될지도 모른다. 하지만 아무도 그것들을 가져가자고 하지 않았다.

가지카자와가 1호실 문을 열자마자 형용할 수 없는 악취가 코를 찔렀다. 가지카자와는 침대 위에 사람 윤곽을 그리고 있는 모포를 흘끔 보았다.

"슬슬 시체가 썩기 시작했군요. 얼음으로 온도를 낮추는 게 바람직한데 말이죠."

나는 손수건으로 코와 입을 막고 벽에 기대서 있는 게 고작이었다. 두 사람이 로커와 서랍을 뒤져 골프채 하나를 발견했다.

"이건 흉기가 되고도 남겠어요."

구제는 그렇게 말했다. 그 뒤 허리띠와 넥타이를 두 개씩 찾아냈다.

피로가 쌓여가자 다들 말이 없어졌다. 사람이 쓰지 않은 2호실에서는 빈손으로 나왔다. 구제가 쓰는 3호실에서는 그녀가 스스로 허리띠와 스카프, 스타킹, 끝이 뾰족한 손톱 가위, 수면제와 소화제가 든 약통 등을 내놓았다. 그 뒤 구제를 방 가운데에 세우고 가지카자와는 말없이 방안을 뒤졌다. 나도 도와야만 했다.

4호실에 들어와서 나도 허리띠, 스타킹, 늘 주머니에 넣고 다니던 과일칼을 두 사람에게 건넸다. 하갑판에서 몰수한 물건은 계단 아래에 모아놓았다. 그러고 나서 가지카자와를 방밖으로 내보내고 구제와 나는 팬티와 슬립 한 장만 걸친 상태로 몰래 가지고 있는 물건이 없는지 서로 살폈다. 만약 그사이에 가지카자와가 몰래 무기를 숨겼더라도 나중에 류자키가 찾아낼 것이다.

"그만 쉬고 싶어요."

나는 갑자기 눈앞이 어지러워 휘청거리며 침대 위에 쓰러졌다.

"이제 됐어요. 그만할래요. 나머지는 두 분이 알아서 하세요."

"그럴 수는 없어."

구제가 되받아쳤다.

"이 일은 네 권리일 뿐 아니라 의무이기도 하니까. 만약 우리를 단둘이 둔다면 범인에게는 범행 기회를, 그렇지 않은 사람에게는 엄청난 위험을 떠안기게 될지도 몰라."

그런 구제도 입술이 바싹 마르고 얼굴도 창백하고 간간이 헐떡거리고 있었다.

우리 세 사람이 가까스로 기관실까지 다 뒤지고 응접실로 올라간 7시 15분에는 아침 햇살이 비쳐들고 있었다. 하지만 하늘 한쪽은 질주하듯 흘러가는 시커먼 비구름에 가로막혀 있었다. 바람이 휘잉 하는 소리를 냈고 때때로 큰 빗방울이 유리창을 때렸다.

하갑판과 기관실의 압수품은 기관실에서 찾은 세탁물용 비닐봉투 세 장에 나눠 담아 세 사람이 하나씩 끌고 왔다. 후유카와와 아즈마의 개인 물품 중에서 빼낸 칼, 가위, 약품류, 가지카자와의 왕진용 가방, 기관실에 있던 스패너, 펜치, 드라이버 등의 공구류가 추가되었다. 이제 입 벌릴 기력조차 없는 우리 세 사람은 물건이 담긴 봉투를 응접실 바닥에 펼쳐놓고 한동안 맥빠진 얼굴로 그것들을 바라보았다. 다들 몸도 마음도 극도로 지친데다 점점 심해지는 열질, 그 때문에 생긴 뱃멀미, 결국 아무 보람도 얻지 못한 허탈감에 타격을 입었다. 범인은 어떤지 모르겠지만 나는 당장에라도 자리에 주저앉을 것 같았다.

녹초가 되어 흐려진 세 사람의 눈이 하나도 놓치지 않았다고 할 수 있을까? 흉기라 부를 만한 물건은 아직 셀 수 없을 만큼 남아 있었다. 무기를 몰수하기란 애초에 무리였다.

"이제 이걸 처분하면 끝이겠군요."

가지카자와가 자신을 격려하듯 일어났다.

"맞아요. 적어도 아무것도 하지 않는 것보다는 나아요."

구제다.

가지카자와가 류자키를 불러왔다. 우리는 모은 고생에 비하면 아주 간단한 대화만 나누고는 대부분을 바다에 버리기로 결정했다. 요리를 위해 잘 들지 않을 듯한 칼 한 자루와, 가지카자와의 왕진용 가방은 남기기로 했다. 대신 메스는 남김없이, 주사기는 하나 빼고 전부 버린다. 그리고 작은 펜치와 드라이버도 남기기로 했다.

갑판에서 물건을 버릴 때는 아까보다 훨씬 세찬 바람이 불었다.

"위험하니까 최상층 갑판은 나중에 조사하기로 하고 가지카자와 선생님 몸을 검사할까요?"

류자키의 말에 구제와 나는 조리실로 물러났다.

"커피라도 끓일까?"

"그러세요. 저는 됐어요."

뱃멀미가 점점 심해져서 물 한 모금도 넘기지 못할 것 같았다. 구제도 말만 하고는 꿈쩍도 하지 않는다.

"다 됐습니다."

류자키의 목소리에 나가 보니 가지카자와가 바지 지퍼를 올리고 있었다.

"이상은 없습니다. 단, 선생님도 허리띠와 무명 복대를 착용하고 계십니다."

"이게 오랜 습관이 되어서."

가지카자와가 쑥스러워하며 변명했다.

"배는 순조롭게 가고 있나요?"

구제가 물었다.

"음……. 너울이 제법 커서 조금 전부터 팔 노트로 속도를 늦추었습니다. 입항은 삼십 분쯤 늦어질 수 있어요."

"순찰정이 온다고 하셨던 건 어떻게 됐어요?"

"날씨가 이러니 순찰정도 못 오겠죠."

"삼십 분 늦어지면 10시 반인가. 앞으로 세 시간 정도군요."

"될 수 있으면 한 시간만 당직을 교대해주셨으면 좋겠는데요."

류자키의 말에 다른 두 사람도 나를 바라보았다. 이번에는 내 차례다. 나는 아이처럼 도리질했다.

"뱃멀미가 너무 심한데다 이렇게 어지러워서는 어림도 없어요."

"피곤하기는 다 마찬가지야. 선장님은 어젯밤부터 한숨도 주무시지 못했는걸."

"한 시간이라도 쉬면 좀 개운해질 것 같아요."

"뱃멀미라면 특효약이 있습니다."

가지카자와가 왕진용 가방을 열고 하얀 알약 두 알을 꺼내 내게 가져다주었다.

"잘 듣는 약이에요."

"물 줄까?"

구제가 카운터 안으로 들어간다.

"아뇨, 저기서 먹고 올게요."

약을 받아 조리실로 갔다. 수도꼭지를 틀어 컵에 물을 담았다. 하얀 알약을 입가에 가져가다 개수대에 휙 버렸다.

"아침 드시겠어요?"

"아뇨, 입맛이 그다지 없네요."

구제와 가지카자와가 그런 이야기를 나누고 있었다. 두 사람은 자기 방으로 돌아가 쉬기로 했다. 나는 어떻게든 당직을 서야 하는 상황이었다.

"죄송하지만 두 분이 저를 방까지 데려다주시겠어요?"

구제가 남자들을 번갈아 보았다.

"셋이 있지 않으면 차라리 혼자 있는 편이 안전한 상황이잖아요."

"그럼 먼저 오케야 씨를 조타실로 모셔다드릴테니 잠깐 기다려 주세요."

류자키가 나를 재촉하며 앞장섰다.

"지금은 레이더가 고장났으니 바깥을 잘 보고 다른 배가 다가오면 제게 알려주십시오."

"……."

"바로 뒤에 있는 선장실에서 쉬고 있겠습니다. 몸이 영 안 좋아서 견딜 수 없으면 망설이지 말고 깨우세요."

류자키가 나가고 나서 나는 양쪽 문을 안쪽에서 잠그고 선장실로 연결된 뒷문도 잠갔다.

키 앞 발판 위에 서서 보니 갑판보다 꽤 높은 탓인지 파도 높이는 그다지 느껴지지 않았다. 대신 물보라가 엄청났다. 뱃머리가 파도를 가를 때마다 높은 물보라가 일어 샤워기 물줄기처럼 앞쪽 창문을 때렸다. 너울지는 잿빛 해수면이 멀리 펼쳐지고 그 앞은 시커먼 구름에 가로막혀 있었다.

들은 대로 바깥을 잘 살핀 건 아주 잠시뿐이었다. 배가 다시 크게 흔들린 탓에 나는 비틀거리며 우현 문까지 미끄러졌다. 그대로 의자에 앉아 계측기 위에 엎드렸다. 치밀어 오르는 욕지기와 위통을 견디려면 가만히 있을 수밖에 없었다. 숨죽이고 눈을 감은 채 꼼짝 않고 있었다.

어느새 깜빡 졸았나 보다. 엉망인 몸 상태를 압도할 정도로 피곤했던 걸까. 추위에 눈을 떴다 속절없이 도로 잠에 빠져들었다. 어디선가 비명이 들린다. 날카롭게 울부짖는 목소리. 바다 밑에서 들리는 것 같다. 꾸벅꾸벅 졸다 눈을 뜨고 아까 들은 비명을 떠올렸다.

또 얼마나 잤을까?

이번에는 노크 소리. 왼쪽에서…… 좌현 창문을 누가 두드리고 있다. 그 소리는 점점 크고 절박한 울림으로 의식을 파고들었다.

생명줄

빠르고 강한 노크 소리가 나를 억지로 깨웠다. 나는 애써 눈을 뜨고 손목시계를 보았다. 9시 오 분 전. 동시에 배가 옆으로 심하게 흔들려 좌현 쪽 문에 몸을 부딪혔다. 류자키가 바로 그 좌현에서 문을 두드리고 있다.

나는 망설였다. 순간 꿈결에 들은 날카로운 비명이 떠올랐다. 바다 밑바닥에서 들려온 듯한 무시무시한 외침은 단순한 꿈이 아니었던 것만 같다. 류자키의 고함이 들렸다.

"열어주세요. 급합니다!"

류자키 뒤로 가지카자와의 얼굴도 보인다. 잠갔던 문을 열었다.

"별일 없었나요?"

"네……?"

"누가 열쇠를 가지러 오지 않았습니까?"

"열쇠요? 그런 일은 없었어요. 그보다 당직 교대 시간이 벌써 지났잖아요."

"미안하게 됐습니다. 늦잠을 자버렸어요. 준비하고 이리로 향하려는데 가지카자와 선생님께서 부르러 오셨습니다."

"오너룸에서 불빛이 새어 나왔어요."

가지카자와가 말한다.

"그런데 문이 잠겨서 열리지 않는다고요."

류자키가 왼편에 있는 유리 보관함을 열었다.

"오너룸 열쇠는 둘 다 여기에 있군요."

류자키는 열쇠를 빼내더니 시동을 껐다.

"어쨌거나 안을 살필 필요가 있어요."

류자키, 가지카자와, 나 순서로 계단을 내려갔다. 날이 완전히 밝았을 시각이지만 하늘이 비구름에 덮인 탓에 햇살은 전혀 들지 않았다. 배가 심하게 흔들려서 똑바로 걸을 수가 없었다.

하갑판으로 내려가 금색 손잡이가 달린 하얀 문 앞에 섰다.

"정말로 불이 켜져 있군요."

류자키가 나직하게 말했다. 환기를 위해 문살을 블라인드처럼 비스듬히 기울여놓은 문 아랫부분을 통해 밝은 빛이 새어 나왔다. 다운라이트만 켜져 있어 어둑한 복도에서는 금세 눈에 띄었다.

"조금 전에 욕실에서 나오다 알았어요."

가지카자와다.

류자키가 문을 두드렸다. 대답 소리는 들리지 않는다.

"구제 씨는요?"

내가 물었다.

"선실 문을 두드렸지만 대답이 없어요. 그래서 먼저 선장님께 알렸죠."

"문을 잠갔군요."

손잡이를 돌려 문이 잠긴 것을 확인한 류자키가 조타실에서 가져온 열쇠를 열쇠 구멍에 끼워 넣었다.

문이 열렸다.

눈부신 샹들리에가 반짝였다. 샹들리에는 고급스럽고 청결한 회색을 기본 바탕으로 꾸민 널찍한 거실을 환하게 비추고, 네 귀퉁이에 놓인 도기 스탠드가 바다 빛의 신비로운 광채를 발산하고 있었다.

주위에 냉랭한 공기가 감돌았다. 이 방만은 아무도 어지럽히지 않은 심해의 고요 속에 감싸여 있는 것처럼 보였다. 재빨리 방에 들어간 류자키가 먼저 왼쪽 문을 열었다. 침실은 어두웠다. 류자키가 불을 켜자 천연 소재로 물들인 듯한 예쁜 커버를 씌운 트윈베드가 드러났다. 아무 이상도 없어 보인다. 이어서 우리는 거실을 가로질러 오른쪽 벽으로 걸어갔다. 맞춤 장식벽 일부가 욕실 문이었다.

문을 열자 뜻밖에 불이 켜져 있어 환했다. 들어가서 왼쪽이 욕실, 오른쪽이 화장실. 왼쪽을 보고 순간적으로 굳은 류자키의 옆얼굴이 말없이 변사를 알렸다. 나도 안으로 들어가는 가지카자와를 뒤따랐다.

물을 가득 채운 대리석 욕조에 구제 모토코가 잠겨 있었다. 아까 응접실에서 돌아갈 때와 똑같은 연보라색 윈드브레이커와 트레이닝 바지를 입었고 성난 것처럼 눈을 부릅뜬 채 물속에 바로 누워 있었다.

우리 세 사람은 순간 너무 놀라 숨을 멈췄다. 이내 류자키와 가지카자와가 구제의 몸을 들어내 욕실 바닥에 누였다.

"구제 씨, 정신 차려요!"

가지카자와가 큰 소리로 부르며 구제의 몸 위에 올라타 인공호흡을 시작했다. 나는 규칙적으로 오르내리는 의사의 등을 멍하니 응시했다. 한참 뒤 류자키와 교대했다. 다시 이어받은 가지카자와가 동작을 멈출 때까지 둘이서 이십 분 가까이 인공호흡을 한 것 같다. 겨우 구제에게서 떨어진 두 사람은 땀투성이가 된 발개진 얼굴로 어깨를 격렬하게 들썩였다.

"욕실에 두기는 너무 가여워요."

이내 류자키가 신음하듯 말했다.

"저 위에라도 누일까요?"

거실 가운데에는 대리석 탁자와 회색 스웨이드 의자가 놓여 있었는데 그것과는 별개로 구석에 멋들어진 L 자형 소파가 있었다. 류자키가 욕실에서 목욕 수건을 꺼내 왔다. 한 장을 소파에 깔고 가지카자와와 함께 구제의 양 겨드랑이와 다리를 들어 소파로 옮겼다. 위에 커다란 연분홍색 목욕 수건을 한 장 더 덮었다. 두 사람은 진이 빠졌는지 거실 가운데 스웨이드 의자에 탁자를 끼고 앉았다. 나도 의자 하나를 빼서 앉았다. 두 사람하고 거리를 두면서 구제의 모습이 바로 보이지 않는 위치다.

한참 동안 아무도 입을 열지 않았다.

장식벽 앞 선반에 놓인 금시계의 추가 쉼 없이 왔다갔다했다. 시계추를 보는 사이 주위 모든 것이 텅 비어 존재감을 잃고, 혼이 몸을 빠져나가 허공을 헤매기 시작한 듯한 불안감이 엄습했다. 몸도 마음도 한계까지 지쳐버린 것일까.

“의사 선생님과 제가 구제 선생님을 선실까지 바래다드린 게 오늘 아침 7시 반경이었죠.”

류자키가 필사적으로 머리를 굴리는 듯 머리카락을 쥐어뜯으며 떠들었다.

“구제 씨는 자신의 방으로 들어가 문을 잠갔어요. 가지카자와 선생님도 방으로 돌아가고 저는 선장실로 올라가 잤죠. 그 뒤 어떤 경위로 이런 사태가 되었는지 다시 한번 자세히 설명해주시겠습니까?”

꼭 가지카자와를 향한 선전포고처럼 들렸다.

"다시 한번이고 뭐고 아까 한 말 그대로예요."

가지카자와가 거칠게 되받아쳤다.

"저 역시 문을 단단히 잠그고는 옷도 벗지 않은 채 침대 위에 쓰러졌어요. 기진맥진해서 순식간에 곯아떨어졌다가 한참 뒤에……. 그게 9시 십오 분 전쯤이었으니 한 시간 십오 분 정도 자다 깼군요. 자기 전에 볼일을 보지 않은 게 실수였어요. 일어나서 화장실에 갔다 나오는데 오너룸에서 불빛이 새어 나오더군요. 수상쩍어서 노크했지만 대답은 없고 문도 잠겨 있었죠. 구제 선생님이 쉬는 3호실을 두드렸는데 여기도 대답이 없어 선장실로 알리러 간 겁니다."

"그전에……."

류자키가 말을 꺼내려던 때 배가 크게 흔들려 기우는 바람에 나는 의자에서 바닥으로 굴러떨어졌다. 두꺼운 커튼을 닫은 창밖에서 휘잉 하고 바람이 울리고 파도가 배를 때리는 소리며 빗방울이 창문을 두드리는 소리가 뒤섞여 들렸다.

"오너룸 불빛을 보기 전에 노크 소리나 이야기 소리 같은……."

"아뇨, 눈뜰 때까지 곯아떨어져 있었어요."

"저, 비명을 들었어요."

나락의 바닥에서 울린 듯한 비통한 외침이 귓가에 되살아났다.

"언제요?"

두 사람이 동시에 묻는다.

"글쎄요……. 삼십 분쯤 간신히 망을 보다 깜빡 잠들었는데, 잠결에 들었어요. 그러고서 또 잠들어서…….”

“흠, 그 이야기가 사실이라고 가정한다면 8시에서 8시 50분 사이가 되겠군요.”

“애초에 선장님은 8시 반에 하루카 씨와 교대하기로 했잖습니까.”

“죄송합니다. 알람을 맞췄는데도 정신을 차려보니 8시 45분이 넘었더군요. 부랴부랴 준비하고 있는데 가지카자와 선생님이 문을 두드려서 함께 조타실로 간 겁니다.”

거짓말! 두 사람 중 한 명이 거짓말하고 있다. 두 사람 중 한 명이 범인이다. 그것은 명백하지만 나는 입을 열 기운도 없었다. 쓸데없는 노력은 됐다. 오로지 몸을 지킬 궁리나 하기로 마음먹었다.

“구제 선생님의 사인은 뭔가요?”

류자키가 물었다.

“익사예요. 물을 꽤 먹었더군요. 욕조 주위도 심하게 젖어 있었으니 격렬하게 저항한 것 같은데 딱하게도 누군가 힘으로 그녀를 눌러 죽였어요. 누군가가 아니군요. 당신들 두 사람 중 한 명이 그랬겠죠.”

“말도 안 돼요.”

나는 구역질을 참으며 고개를 내저었다.

“제게는 그럴 만한 힘이 없어요.”

“아니지. 당신은 그녀보다 체격이 좋은데다 열 살 이상 젊은걸.

싸우면 댁이 이기겠지.”

“저는 줄곧 조타실에 있었어요. 무엇보다 어떻게 구제 씨를 이 방까지 끌고 오겠어요.”

“상대가 여자라면 방심했겠지.”

류자키도 거들었다.

“맞아, 구제 선생님이 가장 방심하기 쉬운 상대는 당신이겠군.”

“게다가 이 방 열쇠. 흉기를 몰수하러 돌아다니고 나서 다시 조타실에 걸어둔 열쇠를 마음대로 쓸 수 있던 사람은 당신뿐이야.”

“아니에요. 제가 잠든 사이에 범인이 몰래 들어와서…….”

“조타실 문은 잠겨 있었잖아.”

“그럼 누군가 보조 열쇠를…….”

“아니, 오너룸 열쇠는 처음부터 이 두 개뿐이었어.”

류자키가 주머니에서 열쇠를 꺼내 단정적으로 말하자마자 갑자기 남자들의 눈동자에 살기가 등등했다. 동시에 온몸이 얼어붙는 공포가 덮쳤다. 두 사람이 진심으로 나를 의심하기 시작했다. 아니, 범인이 아닌 다른 한 사람이 나를 의심하자 범인도 그에 동조해 같이 나를 처벌하려 하는 게 아닐까. 그들도 이상심리에 빠져 있다. 공포와 분노와 광기에 휩쓸린 그들이 린치를 가해 나를 죽이지는 않을까?

다음 순간.

이상한 충동, 무서울 정도로 신경질적인 에너지가 몸속 깊은 곳에서 치밀어 올랐다. 나는 분수처럼 절규했다. 무슨 소리를 지르고 있는지 알 수 없다. '살인자'라는 말이 섞여 있는지도 모른다. 절규를 멈출 수가 없었다. 절규 끝에 불쑥 욕지기가 올라와 화장실로 달려갔다. 분홍색 세면대에 격렬하게 구토하고 물로 내려보내는 사이 서서히 히스테리가 가라앉았다.

불현듯 뒤에서 손길이 느껴져 움찔하고 돌아보니 가지카자와가 등을 쓸어주고 있었다.

"다 토해내니 조금 개운해졌죠?"

차가운 물로 얼굴을 씻고 입을 헹궜다. 그러고는 세면대 위에 맥없이 엎드렸다. 그러는 사이에도 가지카자와의 손이 나를 계속 쓸어주었다.

"지금 선장과 얘기했는데, 오너룸 문은 자동 잠금장치가 있어요. 그러니까 열 때만 열쇠가 있으면 닫을 때에는 없어도 잠글 수 있죠."

"……."

"아까 구제 선생님과 우리 세 사람이 흉기를 몰수하기 위해 오너룸을 뒤진 게 새벽 5시쯤이었죠. 마치고 나서 제가 마지막에 문을 닫았어요. 그때 틀림없이 닫혔는지 확신이 없어요. 혹시 제가 제대로 닫지 않았다면 범인이 그것을 이용했을지도 모릅니다. 범인은 열려 있는 오너룸 문을 이용해 구제 씨를 속여 꾀어내서 죽이고는 자동 잠금장치로 문을 닫았는지도 몰라요. 그럴 가능성도 있는 한 열쇠만으로 하루카 씨를 범인이라고 단정지을 수는 없다고 지금 선장과 얘기했습니다."

나는 그저 힘없이 고개만 내저었다.

"그러니 그렇게 무서워하지 말고 이쪽으로 돌아오세요. 그리고……."

가지카자와는 갑자기 내 귓가에 입을 가까이 댔다.

"나는 처음부터 당신을 의심하지 않았어요. 맹세해도 좋습니다. 이렇게 되면 진상은 명백해요. 범인은 놈 말고……."

말이 끝나기 전에 쿵 하는 울림과 함께 배가 기울었다. 우리는 오너룸 카펫 바닥에 포개진 채 나뒹굴었다.

002

☆☆☆

그네처럼 느껴지는 계단을 기어올라 셋이 응접실로 돌아왔을 때 카운터 옆 키 모양 시계가 9시 50분을 가리켰다.

지금 요트는 폭풍우 한가운데에 내동댕이쳐져 있었다. 창문으로 보이는 바다는 흰 파도로 새하얗다. 사오 미터는 될 법한 너울이 일렁일 때마다 바닷물이 갑판으로 쳐들어왔다. 배는 옆질보다 뒷질이 심해졌다. 비바람 소리가 엄청나고 조리실에서도 끊임없이 덜컹거리는 소리가 들렸다.

류자키가 조타실로 들어가고 나와 가지카자와도 뒤따랐다. 앞쪽 유리창에는 물을 양동이로 들이붓듯이 물보라가 세차게 튀었다. 류자키가 와이퍼를 켰지만 전혀 소용없었다.

"입항 예정 시각은 10시 반이었는데, 예정대로 도착할 수 있겠습니까?"

가지카자와다.

"바람이 제법 부는 것 같군요. 게다가 물마루 위에서는 스크루가 헛돌아 배가 나아가지를 않아요."

"얼마나 있으면 도착할까요?"

돌이켜보면 항해를 시작한 이후로 가지카자와는 이 질문을 몇 번이나 했던지!

"앞으로의 날씨에 따라 달라지겠지만 우선 도바에 연락해보겠습니다."

류자키가 무전기 수화기를 들었다.

"해상보안청, 해상보안청, 여기는 인디아나호. 응답 바랍니다."

여태껏 류자키는 무전이 조타실 전체에 들리도록 마이크를 통해 이야기했지만 지금은 그런 배려를 할 여유조차 없는 모양이다. 나도 이제 듣고 싶은 마음조차 없었다. 어차피 후유카와 사건 때도 류자키에게 맡겼었다.

"배 안에서 또 사람이 죽어서…… 정말 심각한 사태라 저도 어찌할 바를 모르겠습니다."

류자키는 구제가 욕조 안에 잠겨 있던 모습을 보고했다.

"저기압이 더 가까이 다가오기 전에 한시라도 빨리 항구로 들어가고 싶습니다."

류자키는 무전을 주고받으며 팩스에서 나온 종이를 손에 들었다. 매일 오전 9시와 오후 4시에 자동으로 보내온다던 팩스다. 기상 팩스를 보며 응답하던 류자키는 어쨌든 입항을 서두르겠다는 말로 무전을 끝냈다.

"어제 도호쿠 지방에 있던 저기압은 멀어졌지만 전선을 따라 규슈 남쪽에 있던 다음 저기압이 올라오고 있어요. 오전 9시 현재 시코쿠까지 올라왔군요."

류자키는 일기도를 손가락으로 가리키며 설명했다.

"비바람은 앞으로 더 심해지겠죠. 풍속 십오 미터 정도까지 거세질지도 몰라요. 그리고 예상대로 배가 꽤 흘러갔습니다. 모터 크루저는 갑판이 높으니까 바람 부는 방향으로 흘러가기 쉽거든요. 지금부터 제가 키를 잡고 육 노트 전후로 나아갈 겁니다."

"우리도 여기서 뭐 도울 게 있다면……."

얘기하다 말고 가지카자와의 몸이 왼쪽 문으로 내동댕이쳐졌다. 나는 계측기에 매달려 간신히 넘어지지 않을 수 있었다. 그래, 나도 여기에 있자. 세 사람이 함께 있어야 한다. 아무리 방심하지 않으려 해도 혼자 남은 사람은 차례차례 속아서 목숨을 잃었다.

류자키가 시동을 걸고 키를 잡았다. 비바람과 샤워 물줄기 같은 물보라를 헤치고 배는 힘차게 나아갔다.

"뱃머리가 파도에 직각으로 부딪히면 위험해요. 바로 옆도 위험하죠. 파도를 45도로 타고 나아가야 해요."

적어도 지금 류자키가 배를 모는 데 모든 신경을 집중하고 있는 것만은 의심할 여지가 없어 보였다.

가지카자와와 나는 류자키를 사이에 두고 서서 파도 사이를 필사적으로 응시했다. 때로는 류자키가 가지카자와에게 키를 맡기고 계측기를 보거나 기계를 살피기도 했다. 그사이 나는 휘청거리는 가지카자와의 마른 몸을 뒤에서 받치고 있었다.

두 남자 모두 피로를 완전히 뛰어넘은 것 같았고 나 역시 어느새 뱃멀미를 잊고 있었다. 우리는 힘을 모아 미쳐 날뛰는 바다와 격투했다. 아무것도 모르는 제삼자가 우리를 지켜보았다면 그렇게 보였을 것이다. 하지만 비정한 자연의 위세는 우리의 힘을 뛰어넘었다. 류자키가 예상한 대로 비바람은 격렬해지기만 했다. 기압은 한 시간에 삼 밀리바씩 내려갔다. 저기압이 점점 가까워진다. 요트는 말 그대로 나뭇잎처럼 농락당하며 몇 번이나 큰 파도를 뒤집어쓰고 뒤집힐 것처럼 기울었다.

키를 잡은 류자키는 눈에 불을 켜고 비지땀에 흠뻑 젖은 얼굴로 욕설을 지껄이며 신음했다. 그런 그가 끝내 키를 내던진 것은 격투가 시작된 지 세 시간이나 지난 무렵이었다. 실제로 키를 놓지는 않았지만, 류자키의 온몸에서 힘이 빠진 것을 눈치챘다.

"안 되겠어요. 이 이상 파도가 덮치면 위험합니다."

"……?"

"키를 제어할 수가 없어요. 방향을 잡을 수 없으니 입항은 위험합니다."

"입항하지 않는 건가요?"

"그럼 어쩔 겁니까?"

"한동안 앞바다로 나가 저기압이 지나가기를 기다리죠."

"……."

"이대로 폭풍우가 심해지면 입항은커녕 조난당할 수도 있어요."

나는 그 자리에 주저앉았다.

"선장의 판단으로 그게 옳은 선택이라면……."

가지카자와의 목소리가 아득히 멀게 들렸다.

"이제는 어쩔 셈입니까?"

"바람과 파도에 맞서 배를 천천히 몰 겁니다. 아까는 바람이 동북동에서 불었지만, 북동으로 바뀌었다 점점 남쪽을 향해 기울더니 지금은 남풍으로 바뀌었어요. 파도도 마찬가지고요. 바람과 파도에 맞서 사오 노트로 남하하다 보면 머지않아 저기압에서 벗어날 수 있을 겁니다."

"얼마나 걸리죠?"

"사오 노트가 안정적이지만 아무래도 느리니까요. 한나절이나 열다섯 시간, 어쩌면 좀더 걸릴지도 몰라요. 폭풍우를 피할 때까지는 확실치 않습니다."

"한나절이나 열다섯 시간……."

의사가 비명에 가까운 소리를 지른 순간 또다시 쿵 하고 큰 파도가 배를 때려 요트는 이십 도 가까이 기울었다. 나는 웅크린 채 우현으로 굴러갔고 내 위로 가지카자와의 몸이 떨어졌다.

간신히 일어났을 때 류자키는 한층 더 매서운 표정으로 서서히 키를 돌려 방향을 바꾸고 있었다.

"설마 침몰하지는 않겠죠?"

내가 떨리는 목소리로 물었다.

"아뇨. 일단 키는 제가 잡겠지만 자동조타로 돌릴 수 없으니 적어도 한 분 더 조타실에 남아주세요. 바다가 거칠 때에는 어떤 사태가 일어날지 몰라요."

"……."

"다른 한 분은 쉬어도 됩니다."

'다른 한 분'이라고 해봤자 류자키 말고 한 사람이 조타실에 남으면 한 사람밖에 남지 않잖아.

가지카자와가 나를 돌아보았다. 아마도 내 얼굴은 피곤에 절어 있을 것이다. 조금 전 두세 시간만 뱃멀미를 잊고 있었지, 또다시 입항이 멀어진 것을 알자마자 더는 서 있지도 못할 정도였다.

"아무래도 더 버티지 못할 것 같군요."

가지카자와가 의사의 목소리로 말했다.

“쉬세요. 단, 선장실 침대를 빌리죠.”

“…….”

“문도 잠그지 말고 둬요. 그러면 조타실에서 만에 하나 일이 벌어졌을 때 저도 그쪽으로 도망칠 수 있고, 당신도 일어나 도우러 올 수 있겠죠.”

마지막 말을 하며 다짐을 받듯 나를 빤히 응시했다.

“아뇨, 저도 안 잘래요. 그러지 않으면…….”

“무리예요. 무엇보다 그런 상태로는 깨어 있어도 아무 도움이 안 돼요.”

‘도움’이란 곧 류자키를 적으로 상정한 이야기다. 두 번이나 적 취급을 당한 류자키는 울컥한 얼굴로 응수했다.

“아무래도 상관없지만, 자려거든 그전에 우유와 샌드위치 정도는 준비해주시죠. 어제저녁 7시 반쯤에 식사하고 나서 아무것도 입에 대지 못했어요.”

“그건 제가 할게요.”

그 자리에서 대답하고 내 강한 의지력, 아니, 본능의 움직임에 스스로도 놀랐다. 직접 만든 식사가 아니면 정말 물 한 잔도 마실 수 없어!

나는 비틀거리며 응접실을 가로질렀다. 카운터 한가운데에 아즈마의 엽총과 가지카자와의 진료 가방, 요리용 칼이 늘어서 있었다. 지나가는 길에 칼을 집었다.

식당 중간쯤 갔을 때 다시 배가 크게 기울었다. 나는 벽 쪽으로 비틀거리다 게임용 탁자에 엉덩방아를 찧었다. 무의식중에 장식장 칸막이 판자를 잡았는데 손 아래에 둥근 금속판이 놓여 있었다. 이전에 보았을 때에는 분명히 응접실 탁자에 놓여 있었다. 누군가 또 이리로 치워놓은 거야. 동물 인형 하나를 없애버리고. 나는 당연하게 생각했다. 금속판 위에는 지금 동물 인형 세 개만이 남아 있었기 때문이다. 일단 토끼는 무사하다.

간신히 조리실로 가 냉장고에서 식빵과 햄을 꺼냈다. 이렇게 흔들려서야 햄을 자르고 빵에 끼우기만도 이만저만 고생이 아니다. 버터와 머스터드는 생략했다.

선반에서 컵 세 개를 꺼낸다. 안쪽 식기는 모두 나무틀에 끼워놓은 덕에 쓰러지지 않았다. 대신 끊임없이 달칵달칵하는 소리를 냈다.

조리실 구석에 채소를 담을 때 쓰는 듯한 바구니를 발견하고 샌드위치, 컵, 우유팩을 담아 조타실로 돌아갔다. 가는 길에 칼을 원래 있던 곳에 돌려놓았다.

방향을 다 틀었는지 배의 속도를 늦춘 류자키가 가지카자와에게 키 잡는 법을 가르치고 있었다.

"이런 때 곧장 가려면 배를 천천히 오른쪽, 왼쪽으로 꺾어야 해요."

나는 우유를 컵에 따라 한 사람씩 건넸다. 탁자 위에 두었다가는 놓자마자 엎어질 것이다.

“고마워요.”

“뭘요.”

앞으로 있을 가혹한 생존 경쟁에 대비라도 하는 양 두 사람은 묵묵히 샌드위치를 우유로 넘겼다. 나는 겨우겨우 한입 먹고 우유를 반쯤 마셨다. 뱃속은 텅 비었는데 집어넣으면 토할 것 같았다.

“역시 저는 좀 쉴게요.”

“아, 그러세요. 선장실까지 바래다드리죠.”

“교대할 필요가 생기면 깨우겠습니다.”

뒷문을 열면 선장실로 이어진다.

침대에 앉은 내게 가지카자와가 격려를 담아 말했다.

“걱정하지 말고 쉬어요. 적어도 이 폭풍우를 넘어설 때까지는 아무 사건도 일어나지 않을 겁니다.”

“…….”

“적도 일손이 필요하니까요. 그렇게 생각하니 마음이 꽤 놓이더군요. 하지만 제가 고함을 지르면 꼭 도우러 오셔야 합니다.”

“네, 하지만…….”

“아뇨, 둘이서 힘을 합치면 승산은 있어요. 우리가 살아남는 길은 그것밖에 없습니다. 절대로 잊지 마요.”

가지카자와가 조타실로 돌아가고 나서 나는 침대에 엎드려 닫힌 문을 바라보았다. 문은 잠겨 있지 않다. 조타실에서 긴급사태가 일어났을 때 가지카자와가 도망쳐 오거나 내가 도우러 달려가기 위해서라고 말한 가지카자와의 말을 되짚어보았다. 나는 잠시 뒤 몸을 일으켰다. 침대를 내려와 복도 쪽 문을 살짝 열고 조용히 나갔다. 뒤로 기듯이 계단을 내려가 내 방인 4호실로 달려가 문을 단단히 걸어 잠갔다.

침대 위에 쓰러지자 비로소 온몸에서 힘이 빠졌다.

003

☆☆☆

눈을 뜨고 몇 초가 지난 뒤에 배가 흔들리지 않는다는 사실을 제일 먼저 느꼈다. 아니, 흔들림이 전혀 없는 것은 아니다. 엔진 소리는 똑똑히 들렸지만 풍랑 속의 격렬한 흔들림은 멎었다. 윙윙거리는 바람 소리나 창문을 두드리는 빗방울 소리도…… 지금은 들리지 않는다. 자는 사이에도 계속 배가 흔들려 괴로웠던 탓에 흔들림이 멎은 것을 금세 알아챌 수 있었다. 몇 번이나 침대에서 굴러떨어질 뻔하거나 벽에 몸을 부딪히면서도 이내 다시 깊은 잠에 빠져들었다. 방안은 하얀빛으로 가득했다. 얼마나 잤을까? 그때 노크 소리가 울렸다.

“하루카 씨, 들리나요? 슬슬 일어나시죠.”

가지카자와의 목소리다. 어쩌면 가지카자와의 노크 소리에 눈을 떴는지도 모르겠다.

"네."

대답하고 팔을 들어 손목시계를 보았다. 6시 38분을 가리키고 있다. 오전인지 오후인지도 감이 잡히지 않는다.

"벌써 날이 밝았어요. 4월 21일 목요일 아침입니다."

"……."

"열다섯 시간이나 잤어요. 자기 방에서 문을 잠그고 아주 푹 잤죠."

그 말에 나는 간밤의 상황을 떠올렸다. 내가 선장실로 가고 몇 시간쯤 지나 상태를 살피러 온 가지카자와는 텅 빈 침대를 보았겠지. 그 탓인지 가지카자와는 빈정거리는 투로 말했지만 화난 것처럼 들리지는 않았다.

"겨우 저기압을 빠져나와 바다가 잔잔해졌어요. 식사 준비를 도와주면 고맙겠군요."

"네……."

"선장은 지금 쉬고 있어요. 저는 응접실에 올라가 있죠. 하고 싶은 얘기가 있습니다."

가지카자와는 억누른 목소리로 덧붙여 말했다. 나는 침대를 내려와 둥근 창문 바깥을 내다보았다. 바다는 아직 흰 거품이 이는 파도가 쳤지만 대체로 짙은 청록색을 띠고 있다. 구름이 빠르게 흐르는 하늘에는 두세 군데 푸른 하늘이 아련하게 비쳤다.

나는 몇 시간이나 입고 있던 땀냄새 나는 운동복을 벗고 다른 티셔츠와 바지로 갈아입었다. 폭풍우가 치는 사이 바닷물이 들어왔는지 온 바닥이 젖어 있었다.

옷을 갈아입으며 빠르게 머리를 굴렸다.

이대로 방에 틀어박혀 있을 수는 없을까? 그것이 몸을 지키기 위한 가장 안전하고 확실한 방법이 아닐까? 하지만 입항까지 앞으로 몇 시간이나 걸릴까?

배가 조금 고팠다. 배고픈 건 참을 수 있다 쳐도 생리적 욕구가 상당히 절박했다. 열다섯 시간이나 잤으니 당연했다. 어쨌든 앞으로 몇 시간이나 방에서 나가지 않고 있을 수는 없다. 우선 화장실에 들르고, 다음에는 지금 어디쯤에 있고 몇 시간 뒤에 어디로 입항할 수 있는지 배 상태를 파악할 필요가 있을지도 모른다. 신변에 주의를 기울이다 위험을 감지하면 바로 다시 이리로 도망치자.

나는 윈드브레이커를 걸치고 문을 열었다. 인적 없는 복도로 나와 문을 잠그고 열쇠는 주머니에 넣었다.

화장실에 갔다가 갑판으로 올라갔다. 똑바로 걸을 수 없을 정도였던 어제의 흔들림이 거짓말 같았지만, 바닷물이 엄청나게 흘러들었는지 갑판에 깔린 카펫 여기저기가 물에 젖어 있었다.

가지카자와가 식탁을 향해 구부정하게 앉아 턱을 괴고 있었다. 문을 열자 천천히 나를 돌아보았는데 깜짝 놀랄 만큼 얼굴이 초췌해져 있었다. 길쭉하고 갸름한 얼굴이 한층 더 홀쭉해져 광대뼈가 튀어나왔다. 퀭한 눈 아래에 검푸른 다크서클이 생겼다.

"간밤에 장난이 아니었던 모양이네요."

"불과 삼사십 분 전에야 잔잔해졌어요. 그때까지 선장과 교대로 키를 잡았죠."

"한숨도 안 자고요?"

"아뇨, 동틀 무렵 두 시간쯤 잤나. 선장실에 가보니 하루카 씨가 보이지 않더군요. 별생각 없이 침대에 벌렁 누웠는데 그대로 잠들어버렸어요. 바로 옆에 놈이 혼자 있는 게 신경이 쓰인 탓인지 두 시간 만에 눈을 떴죠."

나는 약속을 깨고 몰래 방으로 돌아간 것을 사과하려 했다. 하지만 생각해보니 선장실에 계속 있겠다고 똑똑히 약속한 기억도 없다. 머뭇거리는데 가지카자와가 다시 입을 열었다. 그 점은 따로 언급하지 않을 생각인 듯하다.

"아침 6시쯤이 되어서야 바다가 잔잔해졌어요. 바람이 잦아지더니 파도가 가라앉더군요."

"배는 지금 어디쯤 있죠?"

"저기압을 빠져나왔을 때 선장이 위성항법 장치와 항해도로 확인한 바로는 무로토 곶에서 남쪽으로 이십오 마일 떨어진 부근이라더군요."

"무로토 곶……."

"시코쿠 오른쪽 아래에 있는 곶이에요. 아직 너울이 있으니 순항 속도보다 조금 느리게 달려서 앞으로 세 시간 안에 입항한대요."

"앞으로 세 시간……."

나는 의자를 당겨 가지카자와의 대각선 옆자리에 앉았다. 물론 일정한 거리를 유지했다.

"알 수 없어요."

가지카자와는 안경을 벗고 두 눈꺼풀을 손가락으로 눌렀다.

"아니, 열에 여덟아홉은 예정대로 입항하지 못하겠죠."

"……?"

"어제도 말했잖아요. 이렇게 되면 진상은 명백해요. 범인은 놈밖에 없습니다. 생각해보면 너무나 간단한 문제예요. 정말이지 한심합니다. 선장이라면, 아니, 선장만이 출항 전이고 이후고 어떤 장치든 자유롭게 설치할 수 있었어요."

"테이프의 목소리는요? 류자키 씨 목소리와 달랐던 것 같은데요."

"그딴 것쯤 이런저런 핑계를 대고 친구에게 녹음을 부탁하면 그만이잖아요. 제가 결정적인 확신을 품은 건…… 어젯밤 조타실에서 놈의 핏발 선 눈을 보고 불현듯 떠올랐기 때문이에요. 예전에 본 적 있는 남자였어요."

가지카자와는 주걱턱을 내밀고 노란 막이 낀 듯한 눈을 부릅떴다. 갑판 너머 아득히 먼 곳을 보는 것 같은 공허한 시선이었다.

"벌써 팔 년 전이에요. 놈은 어느 날 아침 제 병원에 찾아왔죠.

옷은 흙투성이에 머리는 부스스하고, 하지만 지금처럼 수염은 기르지 않았었죠. 얼굴과 손발 여기저기 찰과상이 나 있었어요. 주정뱅이가 밤새 거리를 싸다닌 끝에 병원에 굴러든 것 같았지요. 치료를 받으러 온 건 아니었어요. 저를 불러내자마자 아우성쳤죠. 무슨 말을 하는지 잘 알아들을 수 없었지만 마지막에 동생의 원한은 반드시 갚아주마, 언젠가 반드시 네놈을 파멸시켜주마…… 그렇게 말했던 것만은 잊을 수가 없어요."

가지카자와는 탄식하듯 몇 번이나 고개를 가로저었다.

"선생님은 짐작 가는 바가 있었나요?"

"유키코가 죽고 두 주밖에 지나지 않았을 때였어요."

"유키코?"

"미야 유키코. 들은 적 있죠?"

자조적인 웃음이 희미하게 떠올랐다.

"테이프 말씀이시죠? 달리 생각할 수 없겠죠."

"가지카자와 히로시, 자네는 1980년 2월, 미야 유키코를 살해했다. '재판관'은 그렇게 말했어요."

"진짜인가요?"

가지카자와는 잠시 뜸을 들이더니 뜻밖에 차분히 대답했다.

"진짜예요."

관자놀이에 핏대를 세우며 '미야 유키코는 우리 병원에서 죽은 환자니까요. 그걸 살해라고 하다니 당치도 않은 헛소리예요!'라고 외치던 그와는 딴사람처럼 차분했다.

"팔 년 전에 유키코는 스물아홉 살이었어요. 겉보기에는 스물두세 살로도 통할 정도로 앳된 얼굴이었죠. 작은 연예 기획사에 소속되어 텔레비전 드라마에서 단역을 맡거나 가끔 광고에 나오기도 했으니 하루카 씨도 얼굴 정도는 알지도 모르겠네요. 저도 그래서 반쯤 놀리는 마음으로 말을 걸었던 겁니다. 방송국 근처의 호텔 로비에서 처음 만났어요."

만났다는 표현에는 호텔 로비나 카페나 신칸센 열차 안 같은 곳에서 여러 여자를 만나온 남자 특유의 미묘한 어감이 섞여 있었다.

"저는 한동안 그녀에게 흠뻑 빠졌었죠. 그 결과가 임신이었어요. 제 불찰입니다. 어리게만 보이는 그녀의 외모와 언행에 속았던 거예요. 조심한다고 했는데 임신하다니 솔직히 전혀 실감이 나지 않았어요."

산부인과 의사가 불륜 상대를 실수로 임신시킨다……. 이런 것도 의사가 제 몸 못 챙긴다고 해야 하나?

"제가 열심히 설득한 끝에 중절하기로 했죠. 그 무렵부터 그녀의 본심이 보이기 시작했어요. 아무리 해도 뜰 기미가 보이지 않는 탤런트를 단념하고 돈 있는 남자에게 들러붙어 편하게 살려는 꿍꿍이였죠. 봉을 찾고 있던 거예요. 실제로는 벌써 서른 가까운 나이였으니 말이죠. 하지만 저는 스스로 뿌린 씨앗이니 거둘 수밖에 없다고 포기하고 있었어요."

"선생님 병원에서 중절했나요?"

"당연하죠. 중절 수술은 간단히 끝났고 유키코는 마취 상태로 회복실로 옮겼어요. 상태를 살피러 갔다가…… 반쯤 입을 벌리고 잠든 유키코의 주근깨 낀 얼굴을 보다 보니 말로 표현할 수 없는 혐오감이 치밀어 올랐죠. 이어서 지독한 피해망상이 엄습했어요. 여태껏 이 여자는 내 말을 그럭저럭 잘 지켜 사람들에게 우리 사이를 비밀로 해왔지만 앞으로는 애를 뗀 분풀이로 분별없이 떠들고 다니겠지. 그 때문에 내가 얼마나 피해를 당할지는 생각하지도 않고. 제 병원은 미나미아자부의 노르웨이 대사관 대각선 맞은편에 있어요. 아시다시피 그곳은 손꼽히는 고급 주택가로, 우리 병원 환자 중에는 정치가나 외교관, 재계 유력자의 부인이 많이 있죠. 그때나 지금이나 저를 둘러싸고 일종의 사교 모임을 열고 있어요. 그녀들은 그 중에서 누가 제 진짜 애인이 될지 서로 낌새를 살피거나 아슬아슬한 소문을 내면서 사실은 절대 아무도 접근하지는 않죠. 저도 특정한 한 사람을 손대거나 하지 않아요. 그게 암묵적인 규칙이거든요. 규칙을 지키면서 그녀들은 절대로 데일 걱정 없는 불장난을 즐기고, 저는 그녀들의 배경이 불러오는 특혜를 누려왔어요. 그런 제가 별것 없는 탤런트 나부랭이 계집애와 관계를 맺고 애를 떼게 했다는 게 알려지면 어떨 것 같습니까? 저는 순식간에 사모님들의 환멸을 사고 더러운 계집애와 같은 수준까지 떨어질 거예요. 아무도 저를 거들떠보지 않겠죠. 그러나 유키코는 그런 이치를 이해할 여자가 아니에요. 오히려 나를 독차지하기 위해 더욱 입방정을 떨지 않을까 싶었죠. 내 신용을 바닥에 떨어뜨리고 끝내 병원도 꾸려가지 못하게 만들 것 같았어요. 이 여자가 살아 있는 한 피할 수 없는 운명처럼 느껴졌죠. 정말로 저도 모르게…… 저도 모르게 그녀를 덮쳐……."

"목을 졸랐어요?"

"아뇨……. 마취한 상태에서는 가슴을 살짝 누르기만 하면 호흡이 멎어요. 그러고는 기관지에 토사물이 막힌 것처럼 조작해서 질식사로 꾸미면 그만이었죠."

"아, 의사니까 어떻게든 가능했겠네요."

가지카자와는 내 말이 들리지 않는 척 이야기를 계속했다. 오래 떠들수록 간사이 지방 방언이 세졌다.

"후쿠시마 현 시골에서 부모가 달려왔어요. 저는 정말 유감스러운 표정으로 설명했죠. 수술 전날 밤 9시 이후에는 음식물은 일절 입에 대서는 안 된다, 마취중에 토할 수 있다고 귀찮을 정도로 못을 박았다, 간호사도 몇 사람이나 들었다, 아이 아버지 같은 남자는 병원에 한 번도 나타나지 않았다. 부모는 언뜻 보기에도 소박해 보이는 부부였죠. 제 주의를 간호사들도 들었다면 딸이 규칙을 무시했다고 볼 수밖에 없으니, 법에 호소한들 승산은 없다는 것까지 생각했는지 맥없이 송장을 거두어 화장해서 고향으로 돌아갔어요. 유키코는 외동딸이지만 그 위로 열 살 넘게 터울 진 오빠가 있었죠. 고등학교를 중퇴하고 도쿄로 상경해 그 뒤에 뱃사람이 되어 고베로 갔다던가요. 고향에는 전혀 발걸음하지 않지만 하나뿐인 여동생에게 무척 마음을 썼으니 이렇게 죽은 걸 안다면 슬퍼하겠지……. 마지막에 그런 소리를 하더군요."

"그 오빠가 류자키 씨라고요?"

"놈의 얼굴은 분명히 낯익어요. 수염으로 속인 겁니다."

"하지만 아즈마 씨가 선장은 학창 시절부터 요트를 탔고, 삼십 년 가까운 경력의 베테랑이라고 했어요."

"아즈마도 속았겠죠. 그렇게 생각하면 모든 게 아귀가 맞아요. 놈은 제 범행…… 그래요, 제가 저지른 살인만은 확신을 품고 있었겠죠. 다른 다섯 사람에 대해서는 대강 조사하기는 했지만 의도적인 살인이라 판정할 자신이 없었어요. 그러니까 죽음에 이르게 했다거나 죽음의 원인을 제공했다는 애매한 표현으로 얼버무린 거예요. 어차피 다들 오십보백보겠지만."

"저는 절대로 와키무라 씨를 죽이지 않았는걸요."

코웃음 치는 듯한 가지카자와의 표정을 보자 나는 울컥해서 외쳤다.

"선생님이야말로 스스로도 살인이라 인정할 수밖에 없는 일을 저질렀으면서, 여태껏 남 일은 테이프에서 한 말에도 일리가 있다고 자기 얘기는 헛소리라고 시치미를 떼셨잖아요."

"자신이야말로 정상이라고 믿고 살아온 사람이 살인자로 돌변

하는 무섭고도 가여운 인간의 일면을 전 몸소 알고 있어요. 착한 사람인 척해도 다들 똑같아요."

가지카자와는 완고하게 우겼다.

"'재판관'의 표현에는 잘못된 부분이 있었죠. 그 점만으로도 처음부터 진상은 훤히 드러나 있었어요. 결국 류자키는 내게 복수할 요량이었군요. 동기를 숨기기 위해 다른 다섯 사람을 길동무로 삼았습니다. 류자키는 끝까지 해내려고 할 거예요. 둘이서 힘을 모아도 상당히 버거운 상대예요."

가지카자와가 선장실 쪽을 노려보며 숨을 들이마셨다. 불현듯 생생한 공포가 피부를 전율케 했다.

"하지만 말이죠, 저는 구제 씨처럼 적에게 목숨을 구걸할 마음은 없어요. 끝까지 싸워서 마지막 심판은 하늘에 맡길 작정입니다. 하느님이 누구를 벌하고 누구를 용서하실까요. 분명히 저는 제 보신과 번영을 위해 한 여자를 죽였습니다. 복수를 위해 여섯 사람의 목숨을 앗으려 한 인간과 누가 더 죄가 무거운지 신의 심판을 묻죠. 만약 신이 저를 벌하시겠다고 한다면 달게 받겠습니다. 하지만…… 바라건대 살인광을 벌하고 저를 용서하소서. 저는 살아서 다시 한 번 아내를 만나고 싶습니다……."

갑자기 가지카자와의 말꼬리가 떨리더니 닭똥 같은 눈물이 창백한 볼에 떨어졌다. 그는 마치 연극처럼 고개를 치켜들고 양손을 벌려 앞으로 내밀었다.

“세상에서 가장 사랑하는 여인, 내 아내를 돌려줘. 왜 당신을 다시 이 팔에 안을 수 없는 거요! 아아, 지독한 야망가 쥘리앵 소렐조차 처형 전에는 그렇게 빌지 않았던가. 아, 만약 신이 있다면 발밑에 납작 엎드려 이렇게 말하겠습니다. 저는 죽어도 쌉니다, 하지만 위대하시고 선량하고 관대한 신이시여, 제게 사랑하는 사람을 돌려주십시오…….”

의사의 입술에서 오열이 터져 나오고 계속해서 눈물이 펑펑 흘러내렸다. 가지카자와는 두 주먹을 모으고 그 위에 푹 엎드렸다가 느닷없이 고개를 번쩍 들었다.

“제가 아무래도 착란을 일으킨 모양이군요. 저는 끝까지 희망을 버리지 않겠습니다. 두려운 나머지 스스로 목숨을 끊지도 않을 거예요. 절대로 말이죠. 그러니까 만약 제가 죽는다면 놈에게 살해당한 거라고 믿어주세요.”

“죽는다는 말씀 마세요.”

“아뇨, 인간은 자신만은 죽지 않는다고 믿어요. 설령 모든 인류가 죽어 없어지더라도 자신은 죽을 리가 없다고 말이죠. 그런데 신기하게도 어느 순간부터 그게 뒤집힙니다. 다음은 내 차례다, 나는 절대로 죽음을 피할 수 없다, 다른 누가 살아남더라도 내 죽음은 피하지 못할 운명으로 눈앞에 닥쳐 있다, 하고 말이죠…….”

“…….”

“한 가지 더 할 말이 있어요. 이 얘기를 하면 제가 진심으로 당신을 믿고 있으며, 제가 범인이 아니라는 사실을 납득할 수 있을 거예요."

"왜 저를 믿으시죠?"

가지카자와는 상냥하게 웃었다.

"저랑 똑같이 기계치니까요. 기계치는 동류를 알아보는 법이죠. 이 교묘한 연속 살인은 기계를 잘 아는 사람이 아니고서는 절대로 할 수 없어요."

"맞아요."

"저기에 아즈마가 가지고 있던 엽총이 있죠."

가지카자와는 응접실 카운터 위를 가리켰다.

"어제 아침 일찍 넷이서 선원실 로커에서 꺼내 모두의 눈에 띄는 곳에 두었어요. 탄환은 전부 버리고 빈총만 남겨두었다고 다들 알고 있죠."

"알고 있다고요?"

"기억나요? 아래에서 옮길 때 선장이 총, 제가 탄띠를 들었죠. 그때 탄환을 딱 하나 빼두었어요. 그리고 탄환만 바다에 버리고 총은 저기에 두자고 제안했죠."

"어쩜……."

"몇 번이나 말하지만 저는 날 때부터 기계치예요. 탄환 장전 방법도 몰랐는데, 그때 선장이 확실히 빈총이라는 걸 알리기 위해 탄창을 열고 장전하는 법을 처음부터 보여주었죠?"

탄환은 여기에 장전한다, 이렇게 안전장치를 풀고 방아쇠를 당기면 탄환이 나간다며 류자키가 방아쇠를 당겼다. 공이치기 풀리는 소리만 들렸던 것도 떠올렸다.

"덕분에 저도 알 수 있었습니다. 그 뒤에 하루카 씨가 당직을 서고 다른 두 사람이 쉬는 동안 남몰래 탄환을 장전해두었죠."

"그럼 지금 저 총에 탄환이 들어 있나요?"

"딱 한 발이요. 여차할 때 그게 우리의 생명줄이 되어주기를 기도할 뿐입니다."

"여차할 때……."

나는 이상하게 심장이 두근거렸다.

"그때까지 기다릴 필요가 있을까요?"

나는 백 퍼센트 자신은 없었지만 작게 물었다.

"네?"

"그러니까…… 아니, 분명히 알겠어요. 선생님께서 저를 믿어주신다는 것도, 범인이 아니라는 것도요. 그러면 남은 사람은 선장밖에 없죠. 그렇다면 차라리 더 위험해지기 전에……."

"뭐요? 우리에게 진짜 위험이 닥치기 전에 재빨리 선장을 쏴 죽여버리자는 말입니까?"

"어차피 할 거면 결국 그게 가장……."

"흠, 그렇군요."

가지카자와는 크게 감탄한 듯이 상체를 뒤로 젖히고는 나를 바라보았다.

“여차하면 여자가 남자보다 매정하다더니 그 말이 맞네요. 하지만 성급해서는 안 돼요. 우리 두 사람 다 남다른 기계치란 사실을 잊지 마세요. 입항이 확실해질 때까지는 선장이 필요해요.”

“하긴 그러네요.”

“놈이 프로 요트 조종사인 것만은 틀림없는 것 같더군요. 그 능력을 끝까지 써먹으며 모르는 체하다가 입항할 수 있게 되면 그때 다시 의논하죠. 만에 하나 그전에 긴급사태가 일어날 때를 대비해 총 얘기를 하루카 씨에게 털어놓은 거예요.”

“알겠어요. 고마워요.”

“좋아요. 그렇게 하기로 했으면 식사를 준비하죠. 아니, 그전에 잠깐 놈의 상태를 살펴볼까요. 적도 한정된 시간을 낭비하지 않겠죠. 숨어서 뭘 하는지 모르니 한시도 방심할 수 없어요.”

가지카자와는 안경을 밀어 올리더니 의자에서 슥 일어났다. 발소리를 죽인 채 응접실을 가로질렀다. 비스듬히 뒤에서 따라가다 문득 형용할 수 없는 꺼림칙함에 소름이 끼쳤다. 의사의 성마른 옆모습은 천연덕스럽고 냉정해 보였다. 조금 전 엎드려서 하늘을 향해 눈물 흘리던 모습 따위는 거짓말 같았다.

어쩌면 지금 들은 이야기도 전부 거짓이 아닐까? 가지카자와가 혼자서 펼친 사기극은 아닐까?

004

☆☆☆

우현 복도에 엷은 햇살이 비쳐들기 시작했다. 선장실 문 위 유리 너머로 안을 들여다본 가지카자와가 한 걸음 물러나 내 귓가에 속삭였다.

"예상이 맞았어요. 좀 자겠다더니 침대가 텅 비었어요."

"어디로 갔을까요?"

"조타실인가."

가지카자와는 이번에는 들여다보지 않고 슬쩍 문을 두드렸다.

"네."

류자키의 음울한 목소리가 대답했다. 가지카자와는 나를 돌아보고 나서 조타실 문을 열었다.

"선장님, 아직도 여기에 계셨어요? 잠깐이라도 쉬지 않으면 몸이 견디지 못해요."

"쉬려다가 무로토 해상보안청에 연락해두는 게 나을 것 같아서요. 그런데……."

뒤따라 조타실로 들어서니 류자키가 무전기 수화기를 귀에 대고 있었다.

"무전기가 고장난 것 같습니다."

"뭐요?"

"위성항법 장치는 움직이니까 이번에는 무전기뿐이지만……."

수신음이 전혀 들리지 않죠?"

류자키는 수화기를 이쪽으로 내밀었다. 전에는 수화기를 들기만 해도 뚜우 하는 소리가 나왔는데 지금은 아무것도 들리지 않는다. 류자키가 수화기 가운데 버튼을 눌러도 램프는 켜지지 않았고 발신으로 바뀔 낌새도 없었다.

류자키가 다시 이것저것 스위치를 만지작거리고 "해상보안청, 응답 바랍니다"라고 말해보았지만 기계는 조용했다.

"틀렸어."

류자키는 이내 난폭하게 수화기를 걸었다. 옆모습에도 검푸른 피로가 배어났다.

"왜 또 고장이 난 거죠?"

"어제 풍랑으로 물이 샜겠죠."

"누수요? 오호, 연달아 여러 일이 일어나는군요."

"그러게 말입니다."

류자키도 쌀쌀맞게 대답한다.

"원인을 찾지 않으면 아무 말도 할 수 없지만요."

류자키는 손목시계를 보았다.

"7시 반이로군요. 저는 기관실에서 전원을 끄고 고장난 부분을 살피겠습니다. 생각보다 쉽게 고쳐질지도 모르고요. 배는 지금 자동조타로 순조롭게 나아가고 있습니다. 앞으로 두 시간쯤 지나면 무로토 곶에 입항할 수 있는 위치인데, 슬슬 본선 항로에 들어갈 테니 소형 화물선들이 지나갈 거예요. 이 배는 레이더가 고장난 상태라 자동경보장치가 작동하지 않으니 당직을 서지 않으면 위험합니다."

"……."

"오케야 씨, 부탁해도 될까요? 당신은 어젯밤에 충분히 쉰 것 같더군요."

"상관없어요."

"저도 당직을 서죠. 조금만 더 버티면 되니까요."

"부탁드립니다."

류자키는 시원스레 대답하고는 빠른 걸음으로 나갔다.

"무전기가 또 고장났다고?"

"육지와 연락할 수 없는 건가요?"

"고장이 사실이라면 말이죠. 사실이라 해도 어차피 놈이 망가뜨렸겠죠."

"무슨 꿍꿍이일까요?"

"흠……. 어쨌든 배는 움직이고 있는 것 같군요. 방향도 틀림없어요."

가지카자와는 나침반을 확인했다.

"뭍만 보이면 우리가 이기는 거예요. 거기까지 가면 그 뒤는 어떻게든 되겠죠. 놈이 없더라도 말이에요."

류자키가 나서고 닫힌 문을 보던 가지카자와가 내게 시선을 돌렸다.

"본선 항로로 간다고 했으니 다른 배가 지나갈 때 신호를 보내 구조를 요청하는 방법도 있어요."

"어떻게 신호를 보내죠?"

"낮이라면 붉은 연기를 피운대요. 어젯밤에 넌지시 물어두었죠. 최상층 갑판에 있는 빨간 상자에 빨간 원통형 플라스틱 보관함이 들어 있어요. 뚜껑을 열면 안에 발연통이 여섯 개쯤 들어 있는데, 하나씩 꺼내서 흔들면 불이 붙죠. 붉은 연기가 하나당 몇 분간 나온다니까 차례로 꺼내서 흔들어요. 웬만한 배는 알아채고 다가온대요. 발연통은 바다에 버리더라도 계속 연기가 피어오른다고 하더군요."

"최상층 갑판에 있는 빨간 상자 안에 있는 빨간 보관함이군요."

"신호를 보낼 때 저도 같이 할 테니까, 육지나 배가 보이면 알려줘요."

"네? 선생님도 같이 당직을 서시는 거 아니었어요?"

"류자키를 견제하려고 둘이 함께 있겠다고 강조한 거예요. 저는 잠깐 쉴게요."

"식사는요?"

"흠……. 나중에 하죠. 갑자기 피곤해져서 이대로 있다가는 쓰러질 것 같군요."

내가 열다섯 시간이나 자는 사이 가지카자와는 두 시간쯤 눈만

붙였다니 어쩔 수 없다.

"앞으로 두 시간 안에 무사히 입항할 수 있다면 놈에게 말한 대로 조금만 더 버티면 되니까 말이죠. 하지만 그럴 것 같지 않아요. 입항은커녕 두 번 다시 땅을 밟지 못하는 건 아닐지……."

불길한 예감을 허둥지둥 떨쳐버리듯 가지카자와는 고개를 내젓고는 살짝 웃었다.

"어쨌거나 앞으로 또 무슨 사달이 날지 예측할 수 없는 이상 체력을 비축해둘 필요가 있어요. 아래로는 안 내려갑니다. 선장실에서 쉬죠. 항상 둘이 가까이 있는 게 중요해요. 놈이 올라와 쉬겠다고 하면 깨우면 그만이니까요."

"알겠어요."

"그럼 서로 조심합시다."

선장실 문을 닫으며 가지카자와는 "굿 럭" 하고 작게 웅얼거렸다. 안쪽에서 문을 잠근 것 같지 않았다. 나는 잠깐 망설였지만 고민해도 소용없었다. 지금은 조타실 쪽에서 잠그지 못하게 해놓았기 때문이다.

복도 쪽 문을 잠그고 발판 위에 섰다. 끝없이 펼쳐진 바다와 둥글고 긴 수평선. 구름의 움직임은 아직 빠르지만 그 틈새로 보이는 푸른 하늘이 넓어져 눈부시게 빛나기 시작했다. 바다도 희끄무레한 잿빛에서 밝은 청록색으로 바뀌어갔다.

파도는 제법 높다. 때때로 물고기가 튀어 올랐다. 그건 그렇고 정말로 바다밖에 없다. 아무리 바다를 좋아하는 나라도 이제는 쳐다도 보고 싶지 않다. 지긋지긋하다. 빨리 육지가 보였으면 좋겠다. 빨리…… 한시라도 빨리!

필사적으로 머나먼 전방을 내다보았다. 얼마나 지났을까. 순간 놀라 숨을 삼키니 금세 괴로울 정도로 가슴이 쿵쾅거렸다.

섬이야!

갈색과 연녹색이 울창한 섬이 바다 끝에 떠올랐다. 그야말로 홀연히 나타나더니 빠르게 가까워졌다. 제법 큰 섬 같은데, 시코쿠의 일부일까? 벽시계는 7시 50분쯤. 조금 이르지만 아직 꽤 멀리 있는 것 같으니까.

나는 쌍안경을 찾았다. 벽 쪽 상자에서 쌍안경을 꺼내 쓰는 류자키를 본 적이 있었다. 쌍안경을 꺼내 들고 다시 발판 위에 섰다. 렌즈 안에는 바다만 비쳤다. 조급한 마음에 초점을 맞추는 것을 잊었나. 방향을 확인하기 위해 쌍안경을 내리고 맨눈으로 앞을 본 순간 나는 다시 한번 숨을 삼켰다.

섬이 없다.

사라져버렸어!

방금 그렇게 똑똑히 보였는데……. 아무리 눈을 비벼도 파도 너머에는 기나긴 수평선이 가로놓여 있을 뿐이다. 신기루였을까?

"아아……."

하다못해 다른 배라도 지나가주면 좋으련만. 순찰정은 왜 오지 않을까? 아아, 그것도 거짓말이었던 거야. 류자키는 어디에도 연락하지 않은 거야!

요트는 파도를 가르며 나아간다. 규칙적인 엔진 소리만 울릴 뿐 배 안은 고요해졌다. 류자키는 정말로 무전기를 고치고 있을까?

수평선 위에 적란운 같은 구름이 피어올랐다. 구름은 순식간에 형태를 바꾼다. 문득 보니 공중에 거대한 빌딩이 우뚝 솟아 있었다. 빌딩 창문에서 연기가 뿜어져 나온다. 그렇게 생각하는 틈에 연기는 붉은 불길로 바뀌고 순식간에 창틀을 기어 나오며 번져갔다. 아비규환이 일어나고 창문으로 사람이 떨어진다. 검은 덩어리가 하나…… 둘…….

아래에 서 있는 아버지가 뭐라고 외친다. 큰 확성기를 들고…….

—골동품과 수입 가구를 먼저 날라, 어서! 사장 명령이야!

아빠, 그만해!

나는 양손으로 귀를 막고 머리를 키에 비볐다.

한참 만에 고개를 들었을 때 환영은 사라져 있었다. 나는 울면서 발판을 내려왔다. 도저히 당직을 설 수가 없다. 선장실 문을 두드렸다. 대답이 없다. 가지카자와는 깊이 잠든 모양이다.

문고리를 돌리자 문이 열렸다.

"어……?"

모포를 개놓은 침대 위에는 아무도 없었다. 시트에는 잔 흔적이 있다.

"선생님……. 가지카자와 선생님……."

욕실에서도 대답이 없다. 응접실이나 조리실에라도 간 게 아닐까. 목이 바싹 말랐다. 응접실에도 사람은 없었다. 엽총은 카운터에 그대로 있다. 나는 식당을 가로질러 조리실로 들어갔다. 냉장고를 열려던 차에 왼편 안쪽이 눈에 들어왔다.

오븐과 전자레인지 모서리에 머리가 끼인 것 같은 모습으로 가지카자와가 쓰러져 있었다. 재킷과 바지를 입은 몸이 새우처럼 구부러졌고, 눈을 감은 옆얼굴은 창백했지만 이렇다 할 상처는 없어 보였다. 나는 가지카자와 옆에 웅크리고 앉았다.

"선생님……. 선생님……."

이유는 알 수 없지만 그의 몸을 흔들면서도 죽었겠거니 생각했다.

아니, 이유는 있다. 조금 전 지나가며 흘끔 보았을 때, 판 위의 동물 인형은 두 개뿐이었다.

005

☆☆☆

뒤에서 나는 발소리에 흠칫 뒤돌아보았다. 류자키가 눈을 부릅뜨고 서 있었다.

"선생님……. 어떻게 된 거죠?"

뒷말은 내게 묻는 말이었다.

"모르겠어요. 지금 이리 와보니……."

류자키는 재빨리 조리실을 둘러보더니 나를 밀치고 몸을 굽혔다. 가지카자와의 이름을 몇 번인가 부르더니 옆으로 누워 있던 몸을 바로 누였다. 손으로 볼을 때려도 반응이 없자 손목의 맥을 짚었다. 가지카자와의 오른손 검지 끝이 하얗게 조금 부풀어 있었다. 잘 보니 도넛 모양으로 하얗게 부은 상처는 심한 화상을 입은 것처럼 보였다. 류자키는 마지막으로 가지카자와의 재킷을 열고 왼쪽 가슴에 자신의 귀를 댔다.

"심장이 멎었어……."

그 말에 나는 정신없이 류자키와 똑같이 행동했다. 가지카자와까지 죽어버리면 어떡하지! 아니, 아직 살아 있을지도 모른다. 직접 확인해야 한다. 이제 의사는 없다. 오른쪽 손목에서 맥박은 느껴지지 않았다. 심장 부근에 귀를 댔다. 아무리 기다려도 심장 소리는 들리지 않았다. 나는 얼빠진 표정으로 얼굴을 떼었다. 조금 전 류자키가 가지카자와를 바로 누일 때 재킷 안주머니에서 명함첩 같은 것이 빠져나와 바닥에 떨어져 있다. 무심코 주워 열어보았다.

한쪽에 사진이 끼워져 있었다. 가지카자와가 그보다 조금 젊어 보이는 여자의 어깨를 감싸 안고 있다. 사이좋게 웃는 두 사람의 분위기가 부부 같아 보였다.

세련되고 매력적인 여성이다. 이 얼굴을 어디서 봤던가? 문득 그렇게 느꼈지만 또렷한 기억은 없었다. 착각인가.

—세상에서 가장 사랑하는 여인, 내 아내를 돌려줘. 왜 당신을 다시 이 팔에 안을 수 없는 거요!

가지카자와의 비통한 외침이 귓가에 생생하게 되살아났다. 가지카자와는 아내를 정말 사랑해서 함께 찍은 사진을 늘 몸에 지니고 다녔던 거겠지! 가슴이 죄어왔다. 곧이어 이상하게 몸이 떨려왔다. 나는 류자키를 쏘아보았다.

"역시 당신이었어. 끝내 선생님을 죽이고 목적을 이룬 거야!"

류자키는 깜짝 놀라 숨을 삼키더니 억누른 목소리로 말했다.

"그랬군. 믿기지 않지만 가장 젊은 여자인 네가 범인이라니."

"무슨 말이야! 아직도 그런 소리를……. 선생님을 어떻게 죽였지?"

"시치미도 정도껏 떼시지. 나도 상상은 가. 아마 감전사겠지. 이 손가락 화상……. 흉기는 저거로군."

류자키는 전자레인지 위쪽 벽을 가리켰다. 콘센트에 꽂혀 있는 코드의 피복이 벗겨져 구리선이 드러나 있었다.

"여기에는 이백 볼트의 전류가 흐르고 있다. 선창에 있는 변압기로 높여서 쓰고 있거든. 아까 전원 하나를 끊었지만 이것과는 관계없어. 그러니까 구리선을 젖은 손으로 만지면 감전사하겠지. 요트에 대해 하나도 모르는 척하고는 사실은 빠삭하게 알고 있었군. 이런 준비를 해놓고 진짜 기계치인 선생님을 데려와 저기에 손을 대게 해 죽인 거야."

"웃기지 마! 살인마 주제에 뭐라는 거야!"

"선생님도 기계를 잘 아는 사람이었다면 자살이라고 볼 수도 있었겠지. 너무 두려운 나머지 맛이 가서 살해당하기 전에 스스로 목숨을 끊은 거라고. 하지만 이렇게 돌아가신 이상 선생님은 범인이 아니니까, 기계치도 거짓말이 아니었던 거다. 스스로 이런 방법을 골랐다고 볼 수 없어. 그러니까……."

"맞아. 절대로 자살이 아냐. 가지카자와 씨는 내게 똑똑히 말했는걸. 나는 끝까지 희망을 버리지 않겠다, 절대 스스로 목숨을 끊지도 않을 것이다, 그러니까 만약 내가 죽는다면, 그건…… 그건……."

갑자기 목소리가 나오지 않았다. 얼어붙을 듯한 공포에 입이 다물어졌다. 류자키는 자리에서 일어나 선반을 열고 개어놓은 하얀 천을 꺼냈다. 빳빳한 식탁보를 펼쳐 가지카자와의 얼굴에서 복사뼈까지 덮었다.

"네놈은 어서 네 방으로 가."

류자키의 말투가 거칠어지고, 야성적인 얼굴은 불량스러운 웃음으로 일그러졌다. 한껏 경멸을 담은 비웃음 같았다.

"네놈을 이 손으로 처리하는 것쯤이야 식은 죽 먹기다. 하지만 앞으로 한 시간 남짓이면 무로토 곶에 도착해. 해상보안청 수사관이 샅샅이 조사해주겠지. 다섯 사람이나 해치운 살인광은 무슨 일이 있어도 사형을 면하지 못할걸. 얼마 남지 않은 자유 시간을 만끽하라고. 어서 일어나!"

나는 일어났다.

"자유라고 해도 방에서 나오는 건 허락하지 않는다. 한 걸음이라도 나왔다가는 그 자리에서 바다로 던져버리겠어. 똑똑히 새겨둬."

류자키가 턱짓했다. 나는 조리실을 나와 그의 시선이 명령하는 대로 복도 문을 열었다. 응접실 카운터에는 엽총이 놓여 있었다. 하지만 지금은 도저히 다가갈 수 없었다. 자꾸 그쪽을 보다 들키면 큰일이었다.

류자키에게 내몰려 계단을 내려갔다. 하갑판 복도에는 역겨운 냄새가 감돌았다. 어제 아침 나라이의 방에 들어갔을 때 똑같은 냄새를 맡았다. 시체가 부패하기 시작해 나는 썩은 내가 아닐까. 숨을 참고 4호실로 뛰어들어가자마자 문을 닫고 잠갔다.

한동안 문틈으로 귀를 대고 있자니 젖은 카펫을 밟는 발소리가 희미하게 들렸다. 발소리는 멀어지는 것 같았다.

나는 침대 위로 몸을 던졌다. 절망이, 난생처음 맛본 주체할 수 없는 절망감이 몸속 밑바닥부터 스산하게 끓어올랐다. 몸은 계속 가늘게 떨렸지만 머리로는 화가 치밀었다. 그것은 아직 내 의식 일부가 필사적으로 활로를 찾고 있는 증거이기도 했다.

어떻게 안 될까? 어쩌면 좋지?

역시 엽총이 머릿속에 떠오른다. 가지카자와가 남긴 말은 그의 죽음으로 진실임이 증명되었다.

—여차할 때 그게 우리의 생명줄이 되어주기를 기도할 뿐입니다.

어떻게든 총을 손에 넣어야 해!

류자키는 앞으로 한 시간 남짓이면 무로토 곶에 도착한다고 했다. 하지만 절대 도착할 리 없다. 시체 다섯 구와 류자키와 나를 태운 인디아나호가 이대로 입항하면 가장 곤란한 사람은 그였다. 잊어서는 안 된다. 두 사람 중 내가 무고하다면 류자키가 범인이라는 소리다. 류자키는 내게 죄를 뒤집어씌울 요량인지도 모르지만, 해상보안청 수사관이 진상을 낱낱이 밝혀주리라. 아니, 아무리 생각해도 류자키가 더 불리하다. 류자키는 그런 사태가 되기 전에 나를 죽이고 무시무시한 범죄를 어떻게든 은폐할 속셈이 틀림없다.

—류자키는 끝까지 해내려고 할 거예요. 버거운 상대라고요.

가지카자와의 목소리가 또다시 귓가에 속삭인다.

지금 이 방은 안쪽에서 문을 잠갔다. 문 열쇠도 내 주머니에 있다. 그러나 안전하다고 장담할 수는 없다. 류자키가 보조 열쇠를 준비했는지도 모르고 마음만 먹으면 문을 부수고 침입할 수도 있겠지. 배를 몰고 있을 때가 기회다.

몸을 일으켜 둥근 창문 바깥을 내다보았다. 푸른 바다가 빛 입자를 띤 채 움직이고 있으니 배는 분명히 나아가고 있는 것이다.

류자키는 당직을 서던 나를 선실에 가두었다. 그러면 자신이 조타실에 있는 것일까? 무전은 벌써 고쳤나? 고쳤는지 아닌지는 모르겠지만, 아직 고치지 않았더라도 류자키는 수리를 중단하고 당직을 서고 있지 않을까? 방금 겁을 준 내가 바로 방을 나올 줄은 생각도 못 하겠지. 지금 당장 움직이자. 총만 손에 넣으면 된다!

살금살금 문으로 다시 다가갔다. 세심하게 주의를 기울이며 문을 살짝 열었다. 무릎이 떨렸지만 발을 힘껏 디뎌 복도로 나갔다. 한 걸음, 두 걸음……. 선창에서 전해지는 엔진 울림을 느끼며 절대로 발소리가 나지 않도록 걸어갔다.

겨우겨우 계단에 이르러 첫 번째 단에 발부리를 걸쳤을 때였다. 느닷없이 엔진 소리가 멎었다. 착각인가? 하지만 아무리 귀를 기울여도 들리지 않았다. 무슨 일이 일어났지? 아아……. 절대 좋은 일은 아닐 거야. 분명히 사태가 훨씬 안 좋아진 거야.

나는 얼어붙었다. 배는 멈춘 것 같았다. 얼마나 떨고 있었을까. 계단 위에서 인기척을 느끼고 허둥지둥 방으로 도망쳤다.

발소리는 기관실로 내려간 것 같았다. 나는 온몸으로 소리를 들으며 잠근 문 안쪽에 섰다.

또 몇 분, 어쩌면 몇십 분이 지났을 무렵 젖은 카펫을 밟는 발소리가 다가와 문밖에서 멈추었다. 탕 하고 노크 한 번.

"네."

"엔진이 멈춰버렸다."

류자키가 호통치듯 말했다.

“갑자기 쿵 하고 멈춰서 봤더니 연료 게이지가 0을 가리키고 있더군. 설마 하고 선창의 탱크를 살펴보니 아니나 다를까 연료 탱크가 텅텅 비어 있었어.”

“왜죠?”

“모르겠군. 출항 전에 아즈마가 가득채웠다고 했어. 게이지에도 그렇게 표시되어 있었고. 가득 채웠다면 오키나와까지 충분히 버텨야 하는데……. 도저히 모르겠다.”

“중간에 샌 거 아니에요?”

“샐 리가 없고 그런 흔적도 없어.”

“…….”

“이런 논쟁은 해봤자 입만 아프지. 자력으로 움직이지 못하니까 이제 구조를 요청할 수밖에 없다. 서둘러 무전을 수리하지. 조금 전에도 고치려고 했지만 아직 어디서 물이 샜는지 찾지 못했다.”

“시간이 걸리나요?”

“전기 계통에는 어두운 편이라 언제가 될지 모르겠군. 생각보다 금세 고칠지도 모르고 하루나 이틀이 걸릴지도 몰라. 그래서 네게 해둘 말이 있다.”

그의 말투는 아까 ‘네놈’이라고 했을 때보다 차분했다.

“방에서 한 발자국도 나오지 말라고 했지만 화장실만은 허락하지. 욕실은 필요에 따라 쓰도록. 단 그것만이야. 식사는 내가 날라

다 주지. 위로 올라오거나 어슬렁거리면 그 자리에서 바다로 던져 버리겠다. 절대 공갈이 아니야."

할 말만 하고 류자키는 간 것 같다.

나는 침대에 앉았다. 엔진 소리가 사라진 배 안은 텅 빈 고요함에 감싸였다. 잔잔한 파도가 배를 때리는 소리가 잠을 부르는 것처럼 울렸다. 둥근 창문 밖 바다는 완전히 잔잔해져 눈부신 햇살을 반사했다.

압도적인 절망이 나를 찌부러뜨리려는 듯 사방에서 덮쳐왔다. 류자키는 곧 나를 죽일 셈이다. 육지와 연락이 끊긴데다 더이상 항해도 불가능하다. 진실이 어떻든 외부와 단절된 외딴섬 같은 요트에는 방마다 시신이 누워 있고, 역겨운 썩은 내와 죽은 자의 원혼으로 가득한 이 배에서 마지막 희생양이 된 내 시신 또한 아무렇게나 그들 안에 더해지겠지.

왜 이렇게 되어버렸을까? 내가 뭘 잘못했어?

"아빠……."

매달리듯 아버지의 얼굴을 떠올렸다. 하지만 어째서인지 이전처럼 내게 힘을 주거나 나를 안심시켜주지 않았다. 도리어 아버지의 얼굴은 이상하게 굳어서 추하게 보였다. 불길을 내뿜는 창문으로 사람들이 떨어지는 호텔 앞에서 확성기를 들고 외쳤을 때의 얼굴이다.

—골동품을 먼저 날라. 사장 명령이야!

그 불행한 사고는 투숙하던 아이가 성냥으로 한 불장난이 원인이었다. 백 퍼센트 타인의 부주의로 발생한 사고니 아빠도 피해자 중 한 명이잖아?

하지만 와키무라는 나한테까지 몇 번이나 끈덕지게 말했다.

—빨리 방화 설비를 갖춰야 해. 스프링클러도 방화문도 없다니 말이 안 되잖아. 이대로는 안 돼. 분명 큰일이 날 거야. 너도 아버지를 설득해줘.

만약. 그래, 만약 와키무라가 회사에 남아 있었다면 불행한 사고는 막을 수 있었을지도 몰라.

나는 멍하니 허공을 응시했다. 비로소 눈앞에 부드럽게 미소 짓는 와키무라 유이치의 얼굴이 떠올라 울음이 터지고 말았다.

"미안해요, 와키무라 씨……. 용서해줘요……."

침대에 엎드려 몸부림치다가 어떤 사실을 깨달았다. 고개를 들었다. 나는 와키무라의 죽음과 인과관계가 옅다고 생각했었다. 그저 그가 해고되는 원인을 제공했을 뿐이지 산사태에 휘말려 죽은 건 개인의 운명이 아니겠느냐고. 하지만 와키무라의 죽음이 다가 아니었다. 와키무라가 호텔을 떠났기 때문에 무시무시한 사고가 일어나고 몇십 명이 목숨을 잃게 되었다면 나는 그들의 죽음에도 책임을 져야 한다. 어쩌면 내가 이 배에 초대받은 일곱 사람, 아니 범인을 빼고 여섯 사람 중에서 가장 죄 많은 사람이었는지도 모른다.

우두커니 창 너머를 바라보던 눈이 깜짝 놀라 깜빡였다. 금세 초점이 돌아왔다. 수면에 떠오른 검은 그림자는 배인가?

맞아, 틀림없어. 유조선이고, 꽤 가깝다. 저 배에 신호를 보내는 거야!

침대를 내려와 방을 뛰쳐나갔다. 머뭇거릴 틈은 없다. 류자키에게 발각될지도 모르는 도박이다. 먼저 신호를 보내면 내가 이기는 거야. 살아남을 마지막 기회야!

최상층 갑판의 빨간 상자 안에 든 빨간 보관함. 마음속으로 되풀이하면서 복도를 달리고 계단을 올라가 좌현 갑판으로 나갔다. 선수 갑판의 사다리를 타고 최상층 갑판으로 올라간다. 빨간 상자는 금세 눈에 띄었다. 뚜껑을 열자 원통형의 붉은 플라스틱 보관함도 하나뿐이었다. 틀릴 리 없다. 플라스틱 보관함을 끌어안고 사다리를 내려와 유조선이 보이는 우현 갑판으로 달려갔다. 보관함 뚜껑을 연다. 가지카자와가 말한 대로 발연통임 직한 것이 여섯 개쯤 들어 있다. 하나를 빼내려할 때였다.

"잠깐!"

날카로운 목소리와 함께 류자키가 달려들었다.

"내가 하지. 네가 하기는 힘들어."

말하자마자 류자키의 손이 보관함을 낚아챘다. 난간 위에서 발연통을 빼내려다 말고 양손의 손가락을 펼쳤다. 보관함은 바다에 풍덩 빠졌다.

"이런, 손이 미끄러졌군."

"거짓말!"

다음 순간 나는 몸을 돌렸다. 응접실로 달려가, 카운터 위의 엽총을 집었다. 바싹 쫓아오는 류자키에게서 재빨리 물러나 총을 겨누었다. 안전장치를 풀고 방아쇠에 손을 걸쳤다. 쏘는 법은 어제 그가 알려주었다.

"움직이지 마. 움직이면 쏘겠어. 이건 빈총이 아니야. 의사가 탄환을 장전해두었어."

류자키가 우뚝 섰다.

"역시…… 역시 당신이었어. 난 여전히 의심을 품고 있었어. 선장을 믿고 싶었어. 하지만 지금 당신은 일부러 발연통을 버렸지. 똑똑히 봤어. 이번에야말로 틀림없어. 당신이 살인범이야."

"아, 아니…… 조금 전에는 정말로 손이 미끄러져서……."

나는 검은 셔츠를 입은 다부진 가슴을 똑바로 조준했다.

"이제 변명은 통하지 않아. 동기는 뭐였지? 의사에게 복수하고 싶었어? 다른 다섯 사람을 끌어들여 계획대로 나까지 죽이고 나면 어쩔 셈이었지? 어차피 당신은 죽어. 포기하고 얘기해. 나는 진상을 알고 싶어."

"난 아무것도 몰라."

양손을 늘어뜨린 류자키는 어쩔 줄 모르는 아이처럼 몸을 흔들었다.

"아니, 지금 아는 건 네가 범인이라는 사실뿐이야. 네가 이겼다.

마지막으로 나까지 해치우고 시체는 전부 바다에 버릴 작정인가? 어떻게든 잘 처리하겠지. 그런데 네 목적은 대체 뭐지?"

두꺼운 눈썹을 찡그리며 류자키는 한결같은 눈빛으로 나를 들여다보았다.

"부탁이다. 죽이기 전에 이것만이라도 알려줘. 이런 짓을 한다고 무슨 의미가 있지?"

심판

“움직이지 마. 움직이면 쏘겠어.”

나는 되풀이하며 류자키의 가슴을 똑바로 조준했다. 잠깐이라도 방심해서는 안 된다!

“자, 어서 말해. 다섯 사람이나 죽인 진짜 동기는 뭐지? 무대장치도 공들여 준비하고 모두의 과거까지 조사했지. 아, 그래. 당신 혼자만 죄가 없었구나.”

“……?”

“크리스티의 『그리고 아무도 없었다』에서 과거에 아무 잘못도 저지르지 않았던 사람은 섬에 모인 열 명 중 단 한 명뿐이었어. 그렇기에 그자가 틀림없는 범인이라고 씌어 있었고 소설과 마찬가지로 당신도 과거의 죄를 고발당한 척하고 실제로는…….”

“당치도 않아. 나 역시 악행을 저질렀다고!”

류자키가 펄쩍 뛰며 소리쳤다.

“나는 두 사람이나 죽였다. 테이프 속 남자가 말했듯이 살인자라고. 믿어줘!”

“당신 말 따위 못 믿어.”

“사실이다. 테이프에서는 이렇게 말했지. 류자키 시로, 자네는 1970년 5월, 도다 히로오와 후세 구니야스 두 사람을 죽게 했다. 두 사람은 내 도선과 충돌해 침몰한 보트에 탄 남자들이었지.”

“…….”

“나는 프로 요트 항해사가 되기 전에 도선의 선장을 했었다. 앞바다의 섬까지 낚시꾼을 실어다주고 시간이 되면 다시 맞으러 가는 배지. 그때도 십오륙 톤짜리 배로 젊은 동료와 둘이서 손님을 내려주고 돌아가는 길이었어. 가나자와 팔경八景의 배들이 많은 연안이라 당직을 서야 하지만 익숙한 코스라 별거 아니라고 생각하고 선실에서 술을 마셨다. 그때 쿵 하고 충돌했지. 갑판으로 튀어 나가 보니 우리 배의 절반도 되지 않는 오 톤짜리 레저 보트가 뒤집혀 두 남자가 바다에 빠졌더군. 한 사람은 다친 것 같았고 다른 한 사람도 수영을 잘하지 못하는지 두 사람 다 눈 깜짝할 사이에 파도 속으로 사라져버렸어. 보트도 순식간에 침몰했지.”

말을 끊으면 총을 쏘겠다 싶었는지 류자키는 쫓기듯 빠른 말투로 이야기를 이어갔다.

"다행히 주위에 다른 배가 없었지. 목격자가 없었다 이 말이야. 해상보안청에서 조사받을 때 나는 제대로 당직을 섰다고 대답했다. 상대 배는 오른쪽에서 접근해왔고, 나는 우측통행이 원칙인 해상충돌 예방법에 따라 배를 오른쪽으로 돌려 상대 선미 쪽으로 피하려 했는데, 상대 배가 무슨 생각인지 왼쪽으로 키를 틀어 정면으로 부딪쳐버렸다, 예기치 못한 사고에 상대는 제대로 망도 보지 않다가 뒤늦게 알아채 허둥지둥했던 것 같다고 말이야."

"……."

"두 사람은 익사체로 발견됐다. 작은 레저 보트 정도는 침몰하면 가라앉은 채 내버려두지. 일부러 인양까지 해서 조사하는 법은 없어. 그래서 전부 내 증언대로 정리됐지. 당연히 동료에게도 입단속을 단단히 시켰어. 아마 그 녀석이 입방정을 떨어 외부에 새어 나갔겠지. 그것 말고는 생각할 수 없다."

"대충 아귀가 맞는 이야기를 준비해놓았네."

"거짓말이 아냐. 진짜로 나도 고발당했다고. 믿어줘!"

같은 말을 되풀이하고서 류자키는 갑자기 열없이 기침했다. 자신이 과거에 저지른 죄를 믿어달라는 부탁이 얼마나 기이한지 깨달았거나 아니면……. 한순간 류자키는 정말로 나를 범인이라 생각하는 듯한 표정을 지었다. '재판관'을 향해 과거의 살인을 인정하면 사형을 청하는 것과 같지 않은가?

“아냐, 아니야.”

이번에는 정신없이 고개를 가로저었다.

“어쨌거나 나는 범인이 아니고, 네게 위해를 가할 마음도 없다. 이것만은 절대로…….”

류자키가 앞으로 다가와서 나는 뒤로 물러났다. 이번에야말로 무슨 말을 한다 한들 속을까 봐!

더이상 앞으로 다가오는 것은 위험하다고 깨달은 류자키는 뒤로 물러나기 시작했다. 가만히 총구를 바라보며 한 걸음씩 물러난다. 나는 그만큼 앞으로 나아갔다.

“멈춰! 쏘겠어.”

“잠깐. 내가 범인이 아니라는, 그래서 네게 적의도 없다는 증거를 보여주지. 선장실에 있다. 그걸 보면 알 거야. 부탁이야!”

류자키는 말이 끝나자마자 몸을 돌려 응접실 문을 열고 복도로 뛰쳐나갔다. 나는 필사적으로 쫓았다. 선장실로 달려간 류자키는 책상 앞까지 가서 고개를 돌렸다. 나는 문 옆에서 총을 겨누었다.

“내가 결백한 증거를 이제부터 보여주지. 하지만 그전에 내게도 하고 싶은 말이 있다.”

류자키의 태도가 갑자기 바뀌었다. 자포자기했는지 눈이 희번덕거리며 이상하게 빛나고 두꺼운 입술에 험악한 미소가 떠올랐다.

“나는 네 과거의 범죄 따위 모른다. 테이프에서는 누가 죽는 데 원인을 제공했다고 했던 것 같은데, 그게 진짜인지 거짓인지는 몰

라. 하지만 네가 누구인지는 알지."

철렁한 내 가슴속에 파문이 퍼졌다.

"당직 설 때 구제 씨가 가르쳐줬지. 그때부터 나는 너를 반쯤 의심하고 반은 설마 했다. 이제야 납득했어."

류자키는 총구를 똑바로 바라보았다.

"이렇게 단둘만 살아남은 상태에서 나는 내 무고함을 알고 있어. 그렇다면 범인은 너밖에 없지. 이제야 납득이 가."

"뭐라고……?"

"오케야 하루카. 너 오케야 세이키의 외동딸이지? 도쿄 아오야마에 있는 호텔 코스모폴리탄의 사장. 작년 칠월 화재로 투숙객이 서른 명이나 불타 죽은 말도 안 되는 결함투성이 호텔 말이다. 구제 씨는 주간지에서 오케야 세이키와 네가 찍힌 〈부녀의 풍경〉이란 사진을 본 적이 있다고 했지."

"……."

"물론 사진은 화재 전에 실렸겠지. 화재 사건 이후에는 오케야의 극악무도함을 폭로하는 기사뿐이었으니까. 나도 열심히 읽었다. 뱃사람은 그런 사고에 민감한데 알면 알수록 참혹한 일이라 남 일 같지 않은 분노가 끓어올랐거든."

류자키의 표정에 차가운 경멸의 빛이 더해졌다.

"지금도 대강 기억해. 화재는 칠월 중순 미명에 발생했지. 8층인지 9층 객실에서 시작된 불길이 눈 깜짝할 새에 번져 미처 도망치지 못한 숙박객이 서른 명이나 불타 죽었다. 연기에 휘말리거나 불덩이가 된 사람, 불길에 쫓겨 창문으로 몸을 던진 사람. 그야말로 생지옥이었겠지. 모든 게 오케야 탓이다."

"객실에 머물던 아이의 장난으로 난 불이었어."

나는 떨리는 목소리로 간신히 그 말만 되받아쳤다.

"직접적인 원인이 뭐든 그만큼 많은 희생자가 나온 이유는 호텔이 형편없었기 때문이다. 처음부터 부실 공사에, 보이지 않는 곳은 합판으로 가득한 위법 건축물이었던데다 방재 설비는 없는 거나 마찬가지였고, 소방청에서 여러 차례 개선을 명령했지만 무시했지. 스프링클러도 방화 구획도 없거니와 방화문과 화재경보기조차 제대로 달려 있지 않았다더군. 아, 생각났다. 불이 났을 때 숙박객에게 피난 권고는커녕 관내 방송조차 하지 않았다지. 야간 근무 종업원이 극단적으로 적었으니까. 오케야가 경비를 줄이기 위해 몇 번이나 직원을 대량 해고했고, 얼마 남지 않은 직원은 정신까지 피폐해졌다고 신문에 씌어 있었다고. 전부 네놈 아버지가 상식 밖의 구두쇠에 탐욕스러운 황금만능주의자라서 나온 결과다."

류자키는 나를 또 '네놈'이라고 부르며 괘씸한 듯 이를 드러냈다.

"게다가 말이야. 보고를 듣고 달려온 오케야는 숙박객이 잇달아 창문에서 뛰어내려 죽어가는 화재 현장에서 골동품을 먼저 옮기라고 호통쳤다며? 그게 사장의 지상명령이었어!"

"그만해……. 그만하지 않으면 쏘겠어……."

"그 뒤에도 유족에게 제대로 사죄하러 가지 않고, 일천억 엔이나 되는 자산을 가졌으면서 위자료를 깎을 궁리만 하고 있지. 급기야 자기도 피해자라고 큰소리치며 꾀병으로 입원하거나 애인 집에 틀어박혀 희희낙락하고 있는 거야."

"아니, 아빠는 진짜 편찮으셔서……."

"이쯤 되면 오케야 세이키는 인간이 아냐. 인간의 탈을 쓴 괴물이라고 적힌 주간지도 있었지. 네놈은 그 녀석의 딸이야. 더는 대량 살인의 동기나 목적은 묻지 않겠다. 어차피 네놈이 하는 말을 내가 이해할 수 있을 리 없으니까."

"나는 범인이 아냐. 당신이야말로 그만 남자답게 인정하시지?"

"몇 번이나 말했지만 나는 결백해. 너도 알 만큼 알잖아. 그러니 결백한 증거를 보여줘도 의미가 없겠지. 하지만 역시 한 번은 봤으면 좋겠군."

류자키의 표정에서 안도한 듯한 기묘한 평온함이 느껴졌다. 두꺼운 눈썹을 살짝 찡그리고 눈을 내리깔더니 책상 서랍을 만졌다.

"이걸 보면 내가 범인이 아니고 네게 위해를 가할 의도도 없다는 걸 알겠지. 그리고 이후의 판단은 이제 네 마음에 맡기는 수밖에 없어."

류자키는 서랍을 열었다. 오른손으로 검은 물건을 꺼낸다. 갑자기 그 손을 내게 뻗었다.

검은 물체의 형태가 망막에 상을 맺은 순간, 사고보다 본능이

빨리 움직였다. 손가락이 반사적으로 방아쇠를 당기자 총성이 울려 퍼졌다. "앗" 하는 소리와 함께 류자키가 오른손에서 검은 물건을 떨어뜨렸다. 왼손으로 가슴을 누른 류자키는 천천히 무릎을 꿇고 몇 초인가 정지해 있더니 무너지듯 앞으로 쓰러졌다. 엎드린 그의 가슴 부근에서 흘러나온 피가 카펫에 흡수되며 서서히 번져간다.

쓰러진 류자키는 꿈쩍도 하지 않았다. 나는 아직 총을 겨눈 채 우두커니 서 있었다. 총성의 여운이 귓가에서 사라지고 얼마나 지났을까. 나는 슬며시 총을 바닥으로 떨어뜨렸다. 탄환은 한 개뿐이라던 가지카자와의 말이 머릿속에 떠올랐다. 빈총을 끌어안고 있어도 의미가 없다. 게다가 더는 총이 필요 없겠지.

쭈그린 채 류자키 곁으로 기어갔다. 그의 머리 위로 오른팔이 구부정하게 널브러져 있다. 왼팔은 가슴 아래에 꺾여 있었다. 나는 조심조심 그의 오른쪽 손목을 만졌다. 맥은 느껴지지 않는다. 사실은 심장에도 귀를 대고 싶지만 류자키를 뒤집을 용기도 없고 내 힘으로 할 수 있을지 의문이었다. 카펫을 물들인 어마어마한 피를 보면 류자키는 틀림없이 숨이 끊어졌겠지.

발치에 구르는 검은 물체는 싸구려 플라스틱 장난감 총이었다.

"아아……."

한숨을 푹 쉬고 그 자리에 엉덩방아를 찧었다.

난생처음 사람을 죽이고 말았어. 하지만 하는 수 없었어. 류자키가 교묘하게 숨기고 있던 이 권총이 장난감이더라도 그는 언제든

힘으로 나를 쓰러뜨릴 수 있었어. 사실 그럴 작정이었겠지. 그렇다면 정당방위 아냐? 맞아, 류자키는 이미 다섯 사람이나 제물로 삼은 살인범이니까 여차하면 어떤 말도 통할 거야. 싸움은 끝났다. 이제 위험은 없다. 내가 이겼어.

온몸의 힘이 빠져 나는 오랫동안 무릎 사이에 얼굴을 묻은 채 웅크리고 있었다.

마침내 선장실을 나와 응접실로 들어갔다. 응접실에는 한낮의 햇빛이 가득했다. 선명한 푸른빛 해수면이 강렬한 햇살을 반사했다. 나는 머릿속이 텅 빈 채 별 목적도 없이 식당으로 걸어갔다.

게임용 탁자 안쪽이 시야에 들어왔다. 장식 선반 위의 둥근 금속판에는 동물 인형 두 개가 남아 있었다. 소와 토끼다. 류자키는 나를 죽이고 토끼를 없앨 작정이었겠지. 두 인형을 손에 들고 갑판으로 나왔다. 바다를 향해 소 인형을 있는 힘껏 내던졌다.

마지막에 남은 토끼를 손바닥 안에서 살짝 쓰다듬고 나서 윈드브레이커 주머니에 넣었다.

002

☆☆☆

망망대해가 끝없이 펼쳐져 있다. 끊임없는 너울이 아득히 먼 저편 수평선까지 이어졌다. 수평선은 아주 원만한 곡선을 그리며 이

백 도 넘게 휘어져 보였다. 지구는 정말로 둥글구나. 엉뚱한 사실을 실감했다. 하늘은 완전히 활짝 개어 여기저기 조금씩 남아 있는 흰 구름이 전부였다. 태양은 제법 높이 떠올라 물결 사이로 빛 입자를 흩뿌렸다. 배는 흔들흔들 흔들렸다. 흔들림에 따라 반짝이는 입자 무리 역시 위아래로 천천히 움직이지만 나아가지는 않는다. 배가 멈추어 있는 탓이다.

그래……. 이대로는 언제까지고 멈춰 있을 것이다. 류자키는 앞으로 한 시간 남짓만 더 가면 무로토 곶에 도착할 위치라고 했다. 어떻게든 입항할 수 없을까, 어딘가에 연락해 맞으러 와달라고 해야 한다.

갑자기 다시 가슴이 요동쳤다. 이 배에는 이제 아무도 없다. 나는 외톨이다. 뭍으로 돌아가지 못하면 아직 살았다고 할 수 없어!

갑판으로 달려갔다. 엔진이 멈춘 조타실은 적막하기 그지없었다. 연료가 없다고 했는데……? 연료 게이지를 눈으로 찾았다. 키 오른쪽 시동키 옆에 있었다. 지독한 기계치인 나라도 자동차는 몰 줄 아니까 눈금 정도는 읽을 수 있다. 바늘은 역시 0을 가리켰다. 게이지가 0이라도 자동차는 움직일 때가 있다. 다음으로 시동 키를 돌려보았다. 몇 번이나 해보았지만 시동이 걸리기는커녕 아무 반응도 없었다.

무전은 고쳤을까? 아까까지 류자키가 선창의 기관실에서 무전을 수리하고 있었을 것이다. 뒤돌아 배전반 옆에 달린 무전기 수화기를 들었다. 고장나지 않았을 때에는 수화기를 들기만 하면 뚜 하는 수신음이 나왔지만, 지금은 아무것도 들리지 않았다. 류자키의 행동을 떠올리며 곳곳의 스위치를 만지고 수화기 가운데에 있는 버튼을 눌러보았다. 야속하게도 기계는 침묵했다. 역시 아직 고치지 못한 것이다. 그러면…… 이제 다른 배에 구조를 구하는 길밖에 없다.

—슬슬 본선 항로에 들어갈 테니 소형 화물선들이 지나갈 거예요. 당직을 서지 않으면 위험합니다.

또다시 류자키의 말이 머릿속에 떠올랐다.

아까 유조선이 옆을 지나갔으니 분명히 또 올 거야.

스스로 격려하듯 타일렀다.

그건 그렇고 배는 지금 정확히 어디에 있을까? 위성항법 장치 숫자와 항해도를 비교해보면 그 정도는 나도 알 수 있을 것이다. 위성항법 장치를 돌아본 나는 화들짝 놀랐다. 이전에는 키 오른쪽 위에 있는 디지털 화면에 북위와 동경이 표시되어 있었는데, 지금은 화면이 까맣고 숫자가 사라졌다. 류자키가 이번에는 무전만 고장났다고 했는데?

또 한 번 예리한 충격이 엄습했다. 여태껏 아무렇지도 않게 류자키의 이야기를 전제로 생각하고 있었다. 하지만 류자키의 말이 사실이라고 어떻게 믿지? 오히려 전부 거짓이었을 가능성이 크지 않나? 생각해보니 배가 지금 어디에 있는지 알 수 없었다. 무로토 곳 근해는커녕 태평양 한가운데를 표류하고 있는지도 모른다. 심장이 얼어붙는 것 같았다. 이번에는 가지카자와의 목소리가 귓가에 되살아났다.

—진짜 너무나 간단한 문제예요. 선장이라면, 그리고 선장만이 출항 전이고 이후고 어떤 장치든 자유롭게 설치할 수 있었어요.

모든 것이 류자키의 계획대로 진행되었다면 잇달아 발생한 고장과 화재, 온갖 문제, 아마도 폭풍우를 제외하고는 모두 그 계획 안에 있었던 일이리라. 순조롭게 사람들을 죽이고 그것을 해상보안청에 정직하게 보고했을 리가 없다. 그래, 무전 통화도 우리에게 들려주기 위한 속임수 아니었을까? 그렇다면 육지에는 아무 이상도 전해지지 않았을 테니 구조도 올 리 없다. 인디아나호는 망망대해를 정처 없이 떠돌고 있는 것이다. 시신 여섯 구와 홀로 살아 있는 나만 태우고……?

눈앞이 캄캄해져 쓰러질 뻔했다. 키를 붙잡고 간신히 몸을 지탱했다.

절망해서는 안 돼!

필사적으로 다시 자신을 타일렀다. 지금이야말로 절망했다가는 끝장이야. 류자키의 말이 전부 거짓이었다고 단정지을 것도 없잖아. 육지 가까이 와 있을지도 몰라. 위성항법 장치나 무전기 고장도 기관실 기계를 건드리다 보면 생각보다 간단히 고쳐질지도 모른다. 도저히 그럴 마음은 들지 않지만 한번 해보자.

복도로 나와 계단을 내려갔다. 하갑판에 내려가니 악취가 코를 찔렀다. 썩은 내가 정말로 심각해졌다. 서둘러 해치를 통해 선창으로 내려갔다.

기관실에는 형광등이 밝혀져 있었다. 흘수 아래라 햇빛은 들지 않는다. 커다란 기계가 꽉 들어차고 파이프가 복잡하게 얽혀 조금 드러난 바닥에는 울퉁불퉁한 알루미늄 합금이 깔려 있다. 바닥 위에 작은 펜치와 드라이버, '회로계'라 적힌 도구, 기름때 묻은 목장갑이 어지럽게 널브러져 있었다. 아주 작은 펜치와 드라이버는 흉기를 몰수한 뒤 버리지 않고 남겨둔 물건이었다. 도구가 충분하지 않아 수리하기도 어렵지 않았을까? 범인인 류자키가 필요한 도구를 절대로 눈에 띄지 않는 곳에 숨겨뒀으면 편했으련만.

지금까지 있던 고장이 전부 위장이었다 하더라도 뜻하지 않은 사고도 있는 법이다. 실제로 저기압에 휘말리기도 했다. 급하게 벗어 던진 듯한 목장갑을 내려다보고 있자니 문득 의심이 스쳤다. 정말로 류자키가 범인이었을까?

—부탁이다. 죽이기 전에 이것만이라도 알려줘. 이런 짓을 한다고 무슨 의미가 있지?

한결같았던 그의 눈빛이 떠오른다. 나를 빼고 마지막으로 살아남은 류자키가 범인이 아니라면, 어떻게 된 일이지?

먼저 죽은 다섯 사람이 자살을 한 건가? 남겨진 류자키도 내게 총을 맞으려고 일부러 도발했나? 한 사람의 살인광이 아니라 여섯 사람의 자살광이 자살하거나 서로 죽여서 쓰러져가고, 나는 어쩌다 증인으로 선택받기라도 한 것일까? 하지만 그런 짓을 하는 게, 그거야말로 무슨 의미가 있다는 거야?

모르겠어…….

나는 기관실 배전반과 눈에 띄는 이런저런 기계를 조작해보고는 조타실로 올라가 무전을 들기도 하고 시동 키도 돌려보았다. 네 번이나 반복했지만 모두 허탕이었다. 예전부터 내가 눈대중으로 기계를 만져서 잘된 적이 단 한 번도 없었다. 지칠 대로 지쳐 응접실로 되돌아왔다.

이제는 가까이 지나가는 배에 구조를 요청하는 수밖에 없다. 발연통은 더이상 없으니 흰 천이라도 흔들어야지.

조타실에서 쌍안경을 들고 왔다. 식당에서 식탁보와 의자를 챙겨 우현 갑판으로 나갔다. 의자에 앉아 쌍안경으로 이쪽저쪽 내다보았다. 뭍은 보이지 않는다. 아득히 멀리 배일지 모르는 잿빛 점만 하나 보였지만 다가올 낌새도 없었다.

때때로 물고기가 튀어 올랐다. 까마귀도 아닌 검은 새가 이따금 머리 위를 선회한다. 아득한 상공을 작은 비행기 그림자가 가로지르기도 했다. 그리고 바다와 하늘만이 펼쳐져 있었다. 너무 찬란해서 눈이 따가웠다. 한여름 같은 햇볕을 계속 내리쬤더니 몸이 말라붙어버릴 것만 같았다.

쌍안경만 들고 응접실로 돌아갔다. 소파에 앉아 맥없이 뒤로 기댄 채 눈을 감았을 때 조리실에서 덜컹하는 소리가 들렸다.

003

☆☆☆

움찔, 몸이 움츠러들었다.

이 소리는? 누가 있나? 설마!

귀를 기울였지만 아무것도 들리지 않았다. 배 안은 공허한 고요함에 감싸여 배를 때리는 파도 소리만이 평화롭게 들려왔다.

설마. 이 배에는 나 말고 아무도 없다.

정말로 그렇게 단정지을 수 있을까?

숨을 삼키고 몸을 일으켰다.

누군가 아직 살아 있지는 않을까?

여섯 사람의 죽음이 자살이 아니고 류자키가 범인도 아니었다면, 먼저 죽었다고 여긴 누군가가 사실은 죽지 않고 남몰래 차례차례 살인을 저지른 것은 아닐까?

범인은 마지막에 류자키와 나 둘 중 누가 살아남아도 상관없었을 것이다. 크리스티의 소설을 본떠 남은 한 사람을 해치우고 나서, 범인 또한 스스로 목숨을 끊어 세상 사람들에게 영원히 풀리지 않는 수수께끼를 제공할 속셈이었나?

그러면 가지카자와가 가장 수상쩍다. 의사인 그를 속이고 죽은 척하기란 지극히 어려울 테니 말이다. 하지만 가지카자와의 심장은 분명히 멎은 것 같았다. 내가 직접 가지카자와의 왼쪽 가슴에 한참 귀를 대고 있었다.

살아 있는 사람이 있다면 역시 그보다 먼저 죽은 네 명 중 하나겠지. 의사도 너무 놀라서 속은 것이다.

누군가 죽지 않고 숨어 있다……?

온몸의 털이 곤두섰다. 놈은 기회를 엿보다 나타나서 나를 죽일 작정이다. 아마도 밤을 기다렸다가?

아니, 밤이라는 보증은 없다. 언제 어느 때 덮치러 올지 모른다.

하루카. 용기를 내. 마지막 용기를.

떨리는 어금니를 앙다물었다.

적이 공격하기 전에 선수를 칠 것. 살길은 그것밖에 없다. 용기를, 모든 용기를!

줄곧 귀를 기울였지만 그 뒤 수상한 소리는 들리지 않았다. 소파에서 일어나 카운터로 다가갔다. 그 위에는 처리한 뒤 남기기로 한 것 중에 요리용 칼 한 자루와 가지카자와의 왕진 가방이 놓여 있었다. 하지만 가방 안에 메스는 한 자루도 없다. 전부 바다에 버렸다. 그러면 무기가 될 만한 물건은 잘 들지 않는 칼 한 자루뿐이라는 소리다. 그래도 사라지지 않고 여기에 있어서 나는 한숨 놓았다. 칼을 오른쪽 주머니에 넣었다. 발소리를 죽이고 조리실로 다가갔다. 그 뒤로 소리는 들리지 않았지만 심장은 부서질 것처럼 쿵쾅거렸다.

슬쩍 얼굴을 들이밀고 왼쪽을 보았다. 오븐과 전자레인지 모서리에 머리가 끼인 것 같은 모습으로 쓰러진 가지카자와에게 머리부터 복사뼈까지 빳빳이 다린 식탁보를 덮어놓았다. 오늘 아침과 같은 모습이다. 특별히 이상한 점은 없다. 아까 소리는 바람 탓이거나 우연히 났겠지.

나는 큰마음 먹고 의사 옆에 몸을 구부렸다. 식탁보 끝을 살짝 들어올렸다. 눈을 감은 가지카자와의 창백한 얼굴을 확인하자마자 다시 천을 덮었다. 나는 오늘 아침 직접 그의 맥을 짚고 왼쪽 가슴에 귀를 댔다. 하지만 맥박도 고동도 느껴지지 않았다. 가지카자와의 죽음은 의심할 여지가 없다.

그 점은 류자키도 마찬가지다. 이 손으로 총을 쐈고 류자키는 엄청난 피를 가슴에서 흘렸다. 내가 직접 맥도 짚었다. 다시 떠올리며 선장실 문 앞까지 갔다. 위쪽 창문으로 안을 들여다보았다.

류자키 역시 조금 전과 다름없는 모습으로 엎드린 채 쓰러져 있었다. 피 얼룩이 카펫을 물들였다.

계단으로 향했다. 자, 이제부터가 진짜다.

온몸을 떨면서 필사적으로 걸음을 내디뎌 계단을 내려갔다. 하갑판에는 송장 썩은 내와 고요함이 가득했다. 주머니에서 칼을 꺼내 오른손에 쥐었다. 오너룸 문을 슬쩍 연다. 샹들리에를 켠다.

거실 오른쪽 구석에 있는 L 자형 소파에 누인 구제 모습이 눈에 비쳤다. 옅은 분홍색의 커다란 목욕 수건이 상반신에 덮여 있다. 바지를 입고 운동화를 신은 양다리는 쭉 뻗어 있지만 연보라색 윈드브레이커를 입은 왼손이 당장에라도 소파에서 떨어질 것 같이 아슬하게 놓여 있었다.

오른손으로 칼을 쥐고 왼손을 구제의 왼쪽 손목에 댔다. 동시에 펄쩍 뛸 뻔했다. 얼음처럼 차가웠다. 어머니가 병으로 돌아가신 초등학교 2학년 때 관에 넣기 전에 만진 유체 역시 너무 차가워서 돌 같았던 것이 생생히 떠올랐다. 얼음 같은 손목에 맥이 느껴질 리 없었다.

불을 끄고 방을 나왔다.

계단 옆 1호실 문을 열었다. 고기가 썩는 듯한 견딜 수 없는 악취가 훅 풍겼다. 썩은 내는 복도에도 감돌았지만 이 방은 특히 심했다. 처음에 나라이가 죽고 벌써 사흘이나 지났다.

침대 위의 모포가 사람 실루엣을 그렸다. 침대로 다가가면 갈수록 악취를 견디기 어려웠다.

도저히 모포를 걷어볼 마음이 생기지 않았다. 간신히 아래로 밀어넣은 손이 나라이의 손가락에 살짝 닿았다. 역시나 구제 못지않게 차가웠던 것만으로 나라이의 죽음을 확인했다. 이 지독한 냄새를 맡는다면 누구든 그렇게 할 것이다!

나는 욕지기를 참으며 복도로 뛰쳐나갔다.

아직도 후유카와와 아즈마가 남아 있다. 이미 그들의 죽음도 의심할 여지없는 사실처럼 여겨졌다. 그러면 또 영문을 알 수 없는 미로에 빠져들고 만다. 좌절해서는 안 된다. 용기를 불러일으켰다. 여기가 생사의 갈림길이다. 만약 누군가 살아 있다면 틈을 봐서 이 칼로……!

6호실로 들어갔다.

이번에는 침대 위 모포를 과감히 걷었다. 똑바로 누인 후유카와는 가슴 위에 양손을 포개고 있다. 후유카와의 얼굴은 사건 직후보다 더 이상한 암녹색으로 변색되어 있었다. 이게 어떻게 산 인간의 낯빛일까! 나는 얼마 보고 있을 수가 없었다. 숨쉬는 기척이 전혀 없음을 확인하고 서둘러 모포를 덮었다.

휘청거리는 다리로 다시 복도로 도망쳐 나왔다. 남은 사람은 아즈마뿐이다. 나는 칼을 고쳐 쥐었다.

하루카, 힘내!

그때 소리가 들렸다. 부스럭하고 뭔가 바닥을 문지르는 듯한 소리. 나는 그 자리에 우뚝 섰다. 소리는 아무래도 막다른 곳에 있는 문 너머에서 새어 나오는 것 같았다. 아즈마가 잠들었을 선원실이다. 나는 빨려들듯 문 옆까지 갔다.

여기도 썩은 내가 진동한다. 소리가 또 들렸다. 불규칙한 소리로 기계음이나 배의 삐걱거림과는 달랐다. 문틈에 귀를 댔다. 뭔가 움직이는 기척이 똑똑히 났다. 숨결조차 느껴지는 것 같은데……?

역시! 누가 이 방에 숨어 있어! 어쩌면 좋지?

그때 반대편에서 문이 조금씩 열리기 시작했다. 문고리를 돌릴 필요도 없이 밀기만 하면 움직이는 문을 누가 살금살금 밀고 있다.

삼 센티미터……. 오 센티미터……. 누가 나온다.

다음 순간 내 정신의 끈이 끊어졌다. 나는 미친듯이 절규하면서 칼을 쳐들고 문을 열었다. 동시에 검은 덩어리가 덤벼들었다. 무턱대고 칼을 휘두르자 그것은 복도 끝으로 달려갔다.

검은 고양이였다. 개로 착각할 정도로 커다란 고양이다. 분명히 출항 전에 아즈마가 보트에 태워 뭍으로 돌려보냈을 텐데. 거대한 검은 고양이는 계단 아래로 달려가 모습을 감추었다.

문이 활짝 열린 선원실에서는 더이상 아무 소리도 들리지 않았지만 그 대신 구역질 나는 썩은 내가 몰아붙이듯 나를 둘러쌌다.

나는 비틀비틀 걸어 내 방으로 들어갔다. 침대 위에 몸을 던지고 울음을 터뜨렸다. 공포와 피로, 고독과 절망……. 모든 감정이 눈물로 녹아내리며 삶을 위한 기운과 의지마저 사라져갔다.

얼마나 울었을까. 고개를 들고 불현듯 생각했다. 일기를 쓰자. 오랫동안 날마다 일기를 썼지만 이번 여행을 하면서는 꼬박꼬박 쓸 수 없었다. 항해 이틀째 화요일 밤까지 쓰지 않았던가. 오늘은 목요일, 벌써 오후인가?

여태껏 많은 일이 일어났다. 후유카와와 구제가 죽고, 폭풍우가 치고, 그러고서 또 가지카자와와 류자키가 죽었다. 기억이 생생할 때 될 수 있는 한 자세히 기록해두자. 도쿄로 돌아가 아버지께 말씀드릴 수 있도록. 초콜릿색 가죽 표지 일기장과 만년필 보관함을 들고 응접실로 올라갔다. 식탁에 앉으면 창문 너머로 바다가 보여서 다른 배가 지나갈 때 알 수 있다. 나는 그곳에서 일기장을 펼치고 펜을 들었다.

써야 할 일이 너무 많고 지쳐 있기도 한 탓인지 좀처럼 진도가 나가지 않았다. 때때로 조리실 냉장고에서 우유를 꺼내 마시고 치즈와 비스킷을 먹었다. 가끔 머나먼 바다 위를 까만 배 그림자가 가로지르기도 했다. 두 번쯤 갑판으로 뛰쳐나가 큰 소리로 부르며 식탁보를 흔들었다. 하지만 배는 금세 멀어졌다.

조금씩 날이 저물고 이윽고 배 안에 어둠이 깔렸다. 등을 켜려 했지만 어느 스위치를 돌려도 불이 켜지지 않는다. 내가 아까 배전반을 만져서 잘못된 걸까? 하지만 이제 아래까지 내려가 살필 기력이 없었다. 완전히 캄캄해지기 전에 선장실 침대에서 모포를 가져왔다. 바닥에 류자키가 누워 있었지만 아무것도 느끼지 못했다. 응접실 소파에 눕자 떨어지는 별똥별이 보였다. 별똥별이 나의 죽음을 예고하는 것만 같았다.

모포를 덮었다.

얼마간 잠들었다가 이마에 차가운 것이 닿는 느낌에 눈을 떴다. 어슴푸레한 별빛 속에서 하얀 물체가 바로 옆에 서 있다. 시선을 들자 하얀 옷을 입은 여자 모습이 보였다. 양쪽으로 늘어뜨린 길고 축축한 머리카락이 내 이마에 닿았다. 여자는 표정 없이 가만히 나를 내려다보았다. 이목구비가 또렷하고 턱이 두드러진 얼굴은 구제 모토코다. 소리를 지르려 했지만 목구멍이 얼어붙고 몸은 가위에 눌린 것처럼 옴짝달싹할 수 없었다. 굳게 눈을 감는 것밖에 하지 못했다. 한참 뒤 눈을 살짝 뜨자 여자 모습은 사라지고 없었다.

구제의 유령이 나타났다…….

그대로 잠들지 못했다. 모포를 푹 뒤집어쓴 채 떨었다. 그러는 동안에도 끄는 듯한 발소리가 곁을 지나가거나 아래에서 여럿이 웃고 떠드는 소리가 들리기도 했다.

실내가 밝아지자 몸을 일으켰다.

하늘은 맑았지만 전날보다 구름이 많고 바람도 조금 세찼다. 다시 비가 오려는 걸까.

응접실 옆 욕실을 썼다.

뭔가 붙잡지 않으면 걷지 못할 정도로 몸의 힘이 빠져나갔다. 마음속에는 익숙하지 않은 허무감이 번지기 시작했다.

냉장고에 있던 오렌지주스와 크래커를 조금 먹었다.

식탁에서 다시 일기를 썼다.

일기를 가지고 도쿄로 돌아갈 날은 오지 않을지도 모른다. 하지만 내가 정확히 기록을 남기기만 한다면 언젠가 누군가 이 수수께끼를 풀어주겠지.

드디어 내가 류자키를 쏘는 대목까지 왔다.

—그만큼 많은 희생자가 나온 이유는 호텔이 형편없었기 때문

이다.

—전부 네놈 아버지가 상식 밖의 구두쇠에 탐욕스러운 황금만능주의자라서 나온 결과다.

—이쯤 되면 인간의 탈을 쓴 괴물이라고…….

류자키의 목소리가 또렷이 되살아났다.

이어서 와키무라 유이치의 힘 있는 목소리도.

—이대로는 안 돼. 분명 큰일이 날 거야. 너도 아버지를 설득해 줘.

남자다운 이마와 의지가 강해 보이는 입술. 나는 그를 사랑했다. 끝내 호텔 방으로 불러 여자인 내가 먼저 몸을 던져 사랑을 구걸했건만 와키무라는 차갑게 밀치고 떠났다!

하지만…… 분명히 당연한 일이었겠지. 난생처음 그렇게 생각했다. 아마도 그가 옳았을 것이다. 아빠, 우리가 졌어요. 그건 우리가 잘못했기 때문이겠죠.

오랜 시간을 들여 일기를 계속 썼다. 간신히 현재 시점까지 다 쓰고 고개를 드니 어느새 하늘은 거의 비구름에 뒤덮였고 세찬 바람이 불어 배가 삐걱거렸다.

그때 이상한 것을 보았다. 시선이 비스듬하게 닿는 응접실 좌현 갑판 쪽 출입구가 열려 있고 갑판에 밧줄이 매달려 있었다. 목을 집어넣을 정도의 고리가 만들어져 있다. 밧줄 아래에 둥근 의자도 놓여 있다.

저건 언제부터 준비되어 있었을까?

여태껏 몰랐다. 조금 전인지도 모른다. 하느님의 심판이 내려진 것이다.

일기장의 새로운 페이지에 적었다.

이제 죽으려 합니다. 저는 와키무라 유이치가 죽는 데 원인을 제공했습니다. 와키무라의 죽음이 다시 서른 명의 목숨을 빼앗는 결과를 불렀습니다. 저는 유죄입니다. 안녕히 계세요.

오케야 하루카

나는 갑판으로 올라가 밧줄을 향해 걸어갔다.

그러다 불쑥 마음이 바뀌어 밧줄을 옆으로 치우고 갑판 가장자리로 나갔다. 하늘은 흐려지기 시작했지만 바다는 아직 아름다운 선명한 푸른빛을 띠고 있었다. 해수면을 들여다보았다. 아버지 얼굴이 비쳤다. 더없이 상냥하게 미소 짓고 있었다. 나에게만은 늘 그랬던 것처럼.

—이 세상에 네가 있는 한, 난 걱정할 필요 없다.

마지막에 들은 아버지 목소리다.

아빠, 저도 곧 그리로 갈게요.

나는 난간을 넘어 따스해 보이는 파도 사이로 뛰어올랐다.

언덕 위 호텔에서

4월 23일 토요일 오전 9시 반, 모터 크루저 인디아나호에서 2182 국제 긴급 무선으로 '메이데이'를 보내왔다. 무전 내용은 인디아나호의 승객 중 젊은 여성 한 명이 행방불명되어 투신했을 가능성이 있으니 바로 수색해달라는 요청이었다. 해상보안청에서 배 위치를 물으니 요론지마 섬 북서 약 십 마일 지점으로 오키나와 제11관구 해상보안본부의 담당 구역이었다. 2150으로 회선을 바꾸도록 지시하고 나하에 있는 본부 통신 센터에서 자세한 사정을 물었다.

"인디아나호는 4월 18일 월요일 15시에 하야마 마리나를 출항해 일주일 예정으로 오키나와를 향해 항해하고 있었습니다."

듬직하고 굵은 남자 목소리가 대답했다.

“금일 23일 토요일 저녁 오키나와 기노완 항에 입항 예정으로, 아주 순조롭게 항해하고 있었으나 오늘 아침 승객 중 한 사람인 이십오 세 여성이 자취를 감춘 것을 알았습니다. 8시 반 아침 식사 때 나타나지 않아 선실 문을 노크했지만 응답하지 않았습니다. 선내를 샅샅이 뒤진 끝에 문의 잠금장치를 억지로 열고 선실로 들어가니 유서인 듯한 휘갈긴 편지만 있고 승객의 모습은 보이지 않았습니다. 그 즉시 배를 멈추고 긴급 연락을 한 겁니다. 이상.”

“지금 위치를 알려주십시오. 이상.”

“북위 27도 15분, 동경 128도 15분. 이상.”

“알겠습니다. 즉시 나하 항공 기지에서 비치크래프트기가 현지로 갈 겁니다. 이십 분 안에 도착할 테니 인디아나호는 자리를 지키고 계십시오. 이상.”

“알겠습니다.”

무전을 끊기 전에 담당관은 만약을 위해 상대방 이름을 물었다. 상대는 ‘선장 다쓰다 사부로’라고 대답했다.

담당관의 예측대로 비치크래프트 200T는 약 이십 분 뒤 현장에 도착했다. 해상의 인디아나호와 연락해 행방불명된 사람을 마지막으로 본 지점과 그 이후 코스 등을 묻고 수색 범위를 설정해 비행하기 시작했다.

비행기와 전후해서 순찰선과 순찰정이 한 척씩 현장으로 서둘러 왔다. 우연히 가까이 있기도 해서 오전 11시까지 두 척이 모여

역할을 나눠 수색에 착수했다. 순찰선은 인디아나호의 코스를 거슬러가며 남북으로 항해하고 순찰정은 더 작게 지그재그를 그리며 바다를 뒤졌다.

수색 활동이 개시되자 인디아나호는 먼저 예정대로 기노완 항으로 가도록 지시받았다. 기노완 시는 나하에서 북쪽 약 십이 킬로미터에 위치했고 항구에는 백이 피트 짜리 대형 크루저인 인디아나호가 입항할 수 있는 유일한 마리나가 있다.

정오 무렵 수색 해역에서 출발한 인디아나호는 순항 속도로 남쪽으로 나아가 이에시마 섬과 오키나와 본도 사이를 지나 오후 5시가 다 돼서 기노완 마리나에 접근했다.

23일 토요일은 전날부터 끼어 있던 비구름이 싹 물러간 덕에 오키나와 지방은 한여름처럼 날이 맑았다. 오후 5시에도 아직 환한 남국의 햇살이 내리쬐고 있었다. 만조 시간이라 등대 바로 바깥쪽에 가로놓인 산호초는 대부분 물 아래에 가라앉아 보이지 않았지만 특유의 파도가 일었다. 그야말로 보석처럼 반짝이는 투명한 푸른빛 바다에 모습을 드러낸 인디아나호는 암초를 피해 항해도에 표시된 항로대로 정확히 나아가 천천히 방파제 안쪽으로 들어왔다.

항구는 아직 개발이 덜 된 분위기로 마리나는 새로 지은 듯했다. 안벽 위에 이 층 건물인 관리 사무소와 그 앞에 요트 열 몇 척이 늘어서 있는 게 다였다. 그리고 짙푸른 야자나무와 고무나무, 다홍빛 히비스커스, 선명한 주황색 에리스리나 등이 흐드러지게 피어

작은 바람에도 산들거렸다.

이윽고 하얀 선체가 부두에 조용히 닿았다. 요트가 멈춘 순간 그곳에는 밝고 아름다운 등신대 풍경화 한 폭이 완성된 것 같았다. 배는 밧줄로 고정되었고 뱃전 사다리가 내려졌다. 사다리를 따라 남녀 여섯 명이 일렬로 내려왔다. 여자는 한 사람뿐이다.

나하 해상보안본부의 구난과救難課 계장과 사무원 두 사람이 안벽에서 기다리고 있었다. 짙푸른 제복이 잘 어울리는 두 사람은 계장인 기마가 서른 남짓, 부하도 스물예닐곱 살의 청년이었다.

"선장님이십니까?"

기마 계장이 가장 처음에 내린 파이프를 문 베레모 남자에게 물으니 남자는 고개를 가로젓고 일행 중에 뒤쪽에서 두 번째 사람을 가리켰다. 듬직한 큰 키에 시커멓게 콧수염을 기른 남자에게 계장은 다시 물었고, 그는 그렇다고 대답했다.

"선장인 다쓰다 사부로입니다."

기마도 자신을 소개했다.

"정황은 통신 센터로부터 대강 들었습니다. 우리는 앞으로 배 안을 살펴보고, 선원과 승객 여러분께 몇 가지 질문을 할 겁니다."

"알겠습니다."

다쓰다가 고개를 끄덕였다.

"오케야 씨는…… 구조됐나요?"

"아뇨, 유감이지만 아직 구조 소식은 들어오지 않았습니다."

"아아……."

다쓰다가 두꺼운 눈썹을 모으고 다른 다섯 사람도 어깨를 축 늘어뜨리고 안타까워하며 한숨을 쉬었다. 두 선원이 기마 일행에게 배를 안내하고, 그사이 승객 네 사람은 관리 사무소 2층 휴게실에서 기다리기로 했다.

사무소 사람이 승객들을 데려가자 나머지 네 사람은 뱃전 사다리를 올라갔다. 또 다른 선원 한 명은 땅딸막한 체구의 스물일고여덟 살 난 남자로 이름은 '니시'라고 했다.

요트 안쪽은 응접실도 조리실도 깨끗하게 정리되어 있었다.

"선실은 하갑판에 있어요."

다쓰다가 앞장서서 계단을 내려갔다. 복도로 내려간 기마는 고기가 썩은 듯한 희미한 악취와 그보다 더 짙은 오드콜로뉴 향기를 맡았다.

"오케야 하루카 씨는 4호실을 썼습니다."

다쓰다가 문을 열었다. 푸른색과 회색 조가비 무늬 벽지를 바른 간소한 실내에도 이렇다 할 특이 사항은 없었다. 다만 책상 가운데에 종이 한 장과 뚜껑을 닫은 만년필이 문진처럼 놓여 있었다.

"잠금장치를 부수고 들어왔을 때 그대로 전혀 손대지 않았습니다."

기마는 만년필로 적은 글을 읽었다.

이제 죽으려 합니다. 저는 와키무라 유이치가 죽는 데 원인을 제공

했습니다. 와키무라의 죽음이 다시 서른 명의 목숨을 빼앗는 결과를

불렀습니다. 저는 유죄입니다. 안녕히 계세요.

오케야 하루카

"이 유서는 일기장을 찢은 종이 같은데, 달리 씌어 있는 건 없었나요?"

"없었습니다. 이것뿐이에요. 소지품은 옷가지와 화장품이 다고 일기장은 없었습니다."

"여기에 적힌 다시 서른 명의 목숨을 빼앗았다는 말이나 자신은 유죄라는 말은 어떤 뜻이죠?"

다쓰다는 잠시 망설이듯 니시를 바라보았다. 니시가 침통한 얼굴로 대답하듯 고개를 작게 끄덕였다.

"사실은…… 조사하면 곧 아시겠지만, 그녀는 오케야 세이키의 외동딸이었습니다. 작년 칠월에 화재로 서른 명의 희생자를 낸 호텔 코스모폴리탄 사장요. 저희 여섯 명은 모두 그 화재로 가족을 잃은 유족회 사람들입니다."

기마는 놀라서 눈을 부릅떴다.

"아시다시피 사건이 있고 아홉 달이나 지났는데 호텔 측과는 보상 교섭도 아직 거의 진행되지 못했어요. 하지만 그것과는 별개로 저희는 비참하게 죽은 가족들을 추도하고 죽은 이들의 명복을 비는

일주일간의 크루즈 여행을 계획했어요. 마침 니시와 제가 함께 요트를 타는 사이기도 했고요."

"그러면 이 요트는요?"

"빌린 배죠. 그런데 계획을 전해 들은 오케야 하루카 씨가 제발 자신도 참가하게 해달라고 부탁하더군요."

"이런 말 하기는 그렇지만 오케야 사장은 여러모로 문제가 있는 사람이에요."

니시가 작은 목소리로 덧붙였다.

"반면에 하루카 씨는 아버지와 정반대로 마음씨가 아주 고운 아가씨였어요. 미안하다, 아버지 대신 자신이 죽음으로 사죄하고 싶다고 입버릇처럼 말했죠. 저희가 오히려 그녀를 위로하기도 했어요."

"맞아요, 그녀는 오케야 세이키의 딸이라는 것만으로도 자신을 용서할 수 없었겠죠. 저희가 더 잘 살폈어야 했어요."

"딱하게 됐어요."

다쓰다와 니시는 하루카의 유서를 향해 묵념하듯 깊이 고개를 떨구었다.

002

☆☆☆

조사는 약 한 시간 만에 끝났다. 여섯 명의 이야기에는 모순된

점이 거의 없었다. 오케야 하루카가 투신자살을 기도한 것은 틀림 없어 보였다. 하지만 그렇게 결론짓기 위해서는 유서의 필적 감정이 필요하기 마련. 해상보안본부에서는 도쿄의 하루카 집에 연락해 그녀의 필적이 남은 물건을 요청했다. 전화를 받은 사람은 하루카의 하나밖에 없는 피붙이인 아버지가 지금 입원해 있으니 사장 비서가 대신 갈 거라고 대답했다.

인디아나호의 여섯 사람은 청취가 끝나고 마리나에서 나하 시보다 훨씬 가까운 북쪽의 기샤바 산 정상에 지은 쉐라톤 호텔에 묵었다. 이번 항해는 일요일 아침 해산 예정이라 호텔은 미리 예약되어 있었다. 그들은 식당에서 간단히 저녁을 먹고 자기 방으로 돌아갔다.

얼마 안 있어 다쓰다와 니시의 스위트룸으로 한 사람, 두 사람 모여들었다. 방 창문으로는 소나무와 고무나무가 우거진 언덕 아래의 동중국해, 기노완 시와 도시 중심을 관통하는 듯한 광대한 미군 기지, 그보다 멀리 나하 시가지의 등불까지 내다볼 수 있었다.

7시를 조금 넘긴, 해가 진 지 얼마 되지 않은 시각이다. 어렴풋이 석양이 감도는 하늘에 샛별이 빛나자 미군 기지의 텔레비전 송신탑의 빨간 램프와 수없이 많은 주황색 불빛이 현란하게 빛났다. 그러고 나서 해안가 민가의 노란 불빛이 여기, 또 저기에서 불을 밝히기 시작했다. 아직 건물이 빽빽하게 들어서지 않은 매립지 부근이리라. 미군 기지 상공에서 쉴 새 없이 초계를 서고 있는 헬리콥터의 검은 그림자는 하늘이 캄캄해질수록 어둠에 묻혀 붉은 불빛밖에 보이지 않았다. 전등 불빛이 가득하지만 왠지 모르게 호젓한 야경을 그들은 한동안 잠자코 지켜보았다.

샴페인을 가져온 보이가 방을 나가자 그들은 탁자에 둘러앉았다.

잔에 샴페인을 따른다. 각자 잔을 들었다.

"그럼…… 건배."

다쓰다가 말하자 일동은 잔을 가볍게 들고 쭉 들이켰다. 무엇을 위해서라는 말은 아무도 입에 올리지 않았다. 굳이 말하자면 공통 목적을 위한 팀플레이를 수행한 뒤의 안도와 사랑하는 이들을 향한 애절한 추모가 뒤섞인 만감을 담은 건배였을까.

"아아. 드디어 마음껏 몸을 뻗을 수 있겠네요. 닷새나 침대에 누워 있었더니 여기저기 어찌나 쑤시던지."

'나라이 요시아키'가 왠지 모르게 숙연해진 분위기를 날려버리듯 나고야 억양을 숨기지 않고 떠들며 팔다리를 굽혔다 폈다 했다.

"제비뽑기에서 1번을 뽑았으니 이의는 없지만 월요일 밤부터 금요일까지 나흘은 진짜 길더군요. 먹을 거라고는 거의 빵과 캔 주스뿐이고. 아, 화요일 밤에 구제 씨가 맥주와 스튜를 가져다줘서 정말 고마웠어요."

"고통으로 일그러져 눈을 하얗게 까뒤집은 나라이 씨의 연기는 일품이었어요."

'구제'의 놀리는 말에 비로소 방안에 가벼운 웃음이 번졌다.

그들은 배 위에서 저마다 소개한 것과는 다른 이름과 직업을 가졌고 사는 곳도 전국 여기저기로 다 달랐다. 본명에 글자를 하나 더하거나 본명에서 연상하기 쉬운 가짜 이름을 쓴 사람부터 전혀 다른 이름을 준비한 사람까지 가지각색이다. 직업도 대부분 본업과 다른 직업을 사칭했다. 만에 하나 오케야 하루카가 승선자의 본명과 직업을 알고 여섯 사람이 모두 '유족회' 멤버임을 눈치채면 그들의 진짜 목적을 꿰뚫을 위험이 있었다. 그것을 방지하기 위해서였다. 해상보안본부의 조사에서는 다들 사실대로 대답했다. 조사하면 금세 알 일이다.

하지만 이렇게 다시 여섯 사람만 모이자 자연히 얼마 전 습관이 되살아났다. 절대로 잘못 부르지 않도록 저마다 몇 번이고 마음을 다잡기도 했고 다들 마음과 달리 이 이상한 '선상극'을 즐기고 있었기 때문이리라.

"옛날부터 그것만 잘했어요. 중학교 문화제 연극에서 한 참살 시체 역 반응이 그렇게 좋았죠. 마지막에 하루카가 모두의 죽음을 확인하러 왔을 때에도 얼음주머니로 손까지 꼼꼼히 차갑게 하고 모포 아래에서 기막힌 얼굴을 하고 있었는데 모포를 걷지 않고 도망쳐버려서 김샜지 뭡니까."

"나라이 씨는 침대 위에서 눈만 까뒤집고 있으면 끝이지만 저는 보존 혈액이란 걸 뒤집어쓸 때 얼마나 소름이 끼쳤는데요."

'아즈마'가 그때를 떠올리고 질색하는 얼굴로 눈을 슴벅거렸다.

'아즈마'는 지방에 사는 회사원이지만 고등학생 때부터 요트에 열을 올려 '류자키'와도 바다에서 만나게 되었다. 스물세 살이나 차이가 나는데도 두 사람은 이상하게 마음이 맞아 서로 굳게 신뢰하는 사이가 되었다. 같은 도시의 중소기업 임원인 '류자키'는 소형 모터 크루저를 소유하고 있어 바다에 나갈 때마다 '아즈마'를 불렀다.

그러다 '류자키'는 '아즈마'가 남몰래 자신의 딸을 좋아하는 걸 눈치챘다. '아즈마'보다 네 살 어린 딸을 넌지시 떠보니 아무래도 딸도 같은 마음인 듯했다. 그리하여 행복한 연인이 탄생했다. 작년 가을로 결혼식 날짜를 잡고 신혼여행은 오키나와로 일주일 크루즈 여행을 하기로 했었다. 결혼식을 두 달 앞둔 작년 칠월, '류자키'의 아내와 딸은 혼수를 장만하러 도쿄에 갔다. 드레스와 가구, 예쁜 식기……. 더없이 행복한 표정으로 떠들며 집을 나선 두 사람의 모습이 지금도 '류자키'의 눈에서 지워지지 않는다.

그날 밤 두 사람은 호텔 코스모폴리탄에 묵었고 '류자키'가 다시 만난 처자식은 불에 타 성별조차 분명치 않은 새카만 유체 두 구로 변해 있었다. 서로 감싸듯 꼭 끌어안은 모습과 시신 한 구의 약지에 끼어 있는 반지로 간신히 신원을 파악했다. '아즈마'가 선물한 루비가 박힌 약혼반지였다.

이번 계획을 맨 처음 꺼낸 사람은 '류자키'였다.

"보존 혈액이 얼마나 입수하기 어려운 물건인데요."

'가지카자와'가 주걱턱을 만지며 쓴웃음을 지었다. 간사이의 개업의인 '가지카자와'만은 직업을 속이지 않았지만 산부인과가 아니라 '항문외과' 간판을 내걸고 있었다.

"혈액은행에 급하게 수혈이 필요하다고 다섯 봉지를 주문해서 받았죠. 다섯 봉지 중에 세 개만 쓰고 진료 기록을 조작해서 두 개를 빼돌렸어요. 비닐봉지에 든 혈액은 냉장고에서 일주일쯤 보관할 수 있어요."

"보존 혈액은 굳지 않더군요."

"아, 항응고제가 들어 있거든요."

"굳지 않은 피라니 기분 나빠요. 계속 뚝뚝 떨어져서……. 아, 그래서 생각났는데 모포에 실어 옮기는 사이 배가 꼬르륵거릴 것 같아서 식은땀이 났어요. 저녁 먹기 전 시간이라."

"아, 그럴 때는 제가 그 자리에서 말했겠죠."

의사가 자신 있게 이야기를 받았다.

"죽은 지 얼마 안 된 시체는 방귀를 뀌거나 배에서 소리가 나기도 한다고요."

"빳빳하게 다린 새 시트를 덮은 거 괜찮았죠?"

'구제'도 생각났다는 듯이 말했다.

"천이 팽팽하니까 숨쉴 때마다 움직이는 가슴을 숨길 수 있죠."

"하지만 침대에는 늘 모포가 있잖아요."

"저는 모포였어요."

'나라이'다.

"빨리 죽다 보니 그놈의 썩은 내 때문에 더 힘들었죠. 그 냄새 진짜 못 참겠더라고요."

"맞아요."

'아즈마'가 '나라이'를 보고 맞장구를 쳤다.

"선창 냉장고와 냉동고에 보관하고 있던 고깃덩어리를 꺼내 썩혀서 안고 있었죠. 아, 당분간 비프스테이크는 먹고 싶지 않아요."

"그러고 보니 이틀째 저녁에 배 안을 둘러보며 지나가던 길에 냉장고를 열어본 하루카가 이렇게 많은 고기를 누가 먹나 하는 표정을 지었지."

'류자키'도 그제야 하얀 이를 드러냈다.

"얼음주머니는 보이지 않는 안쪽에 넣어두는 게 안전했겠어요."

"먼저 죽은 사람일수록 죽은 시간이 길어져 힘들었겠지만, 나중에 죽을수록 죽기가 꽤나 어려워졌어요."

가장 연장자인 '후유카와'가 파이프에 불을 붙이며 기묘하게 감개 깊은 표정으로 끼어들었다.

"어차피 하는 거 다 다른 편이 재미있을까 싶어 욕심을 내는 바람에 말이죠. 교살을 고르기는 했는데 법의학 책을 뒤지니 목을 졸린 시신은 얼굴에 울혈이 나타나는데다 반드시 실금한다고 적혀 있지 뭡니까. 게다가 그 사실이 일반적으로 널리 알려져 있는 모양이더군요. 하는 수 없으니 꼼꼼하게 분장하고 바지에 보리차를 뿌려

위장해야 했다니까요."

"그때 하루카가 후유카와 씨에게 매달려 울었죠."

'구제'가 입술을 살짝 깨물었다.

"음, 나도 숨쉬는 걸 들킬까 당황했죠."

"그 무렵부터 하루카도 마음이 약해졌던 것 같더군요."

'류자키'가 목소리를 낮추었다. 잠시 침묵이 흘렀다.

"저도 나름대로 궁리했어요."

'구제'가 출항 전보다 많이 여윈 볼을 만졌다.

"물속에서 눈을 뜨고 얼마나 숨을 참을 수 있을지 집 욕조에서 엄청 연습했어요. 그래도 막상 진짜로 할 때에는 힘들더라고요. 아들만 생각했죠."

'구제'는 호텔 화재로 휠체어를 탄 아들을 잃었다. 핸디캡을 극복하고 국립대를 졸업해 사법고시에 도전했다. 오월 시험에 합격해 칠월의 논문 시험을 치르기 위해 상경한 밤이었다. 복도에서 덮친 불기운에 퇴로가 막힌 구제의 아들은 양쪽에서 밀어닥치는 불길을 피해 창문에 매달렸다. 사다리가 닿기 전에 힘이 다해 스물세 살 생애의 막을 내렸다.

"욕조에서 나오니 흠뻑 젖어 얼마나 추웠는지 몰라요. 류자키 씨랑 두 사람이 오너룸에 있는 동안 소파에 누워 재채기를 참느라 진땀 뺐어요. 하루카가 시체를 살피러 오기 전에 또 얼음주머니로 얼굴과 손발을 차갑게 해야 했잖아요. 이건 다들 똑같이 고생하셨겠지만……. 아, 아직 감기가 다 낫지 않았어요."

구제는 양팔을 끌어안고 콧물을 훌쩍였다.

"음, 익사에 비하면 저는 꽤 편했는지도 모르겠군요."

안경을 밀어올린 '가지카자와'가 딴전 부리는 목소리로 말했다.

"감전사도 제법 괜찮은 아이디어였죠? 조리실에서 쓰러진 덕에 먹을 건 충분했어요."

"그건 그렇고 선생, 심장이 오른쪽에 있다는 건 이런 때는 특전이나 마찬가지더군요."

'후유카와'가 파이프의 연기를 뿜으며 쓴웃음을 지었다.

"맞아요. 저는 선천적으로 전내장 역위증이라 장기가 전부 좌우 반대로 붙어 있어요. 심장이 오른쪽에 있는 대신 간과 맹장은 왼쪽에 있죠."

"그런 사람이 몇만 명인지 몇십만 명 중에 한 명 있다고 이야기는 들었지만 실제로는 확률이 어느 정도인가요?"

"정확한 통계는 따로 나오지 않았어요. 미숙아 사망 예도 적지 않고요. 하나나 두 장기만 위치가 다른 부분 역위증도 있어요. 어쨌거나 제 왼쪽 가슴에 귀를 대도 고동은 들리지 않죠."

어깻죽지를 꽉 동여매면 손목 맥박은 누구든 없앨 수 있다.

"선생님 주머니에서 명함첩이 나왔을 때는 조마조마했어요. 사모님 사진이 들어 있었죠?"

'류자키'가 물었다.

"네……. 하루카가 손에 들고 본 것 같더군요."

차가운 인상의 옆얼굴이 갑자기 침울해졌다.

"당시 신문에 아내 사진도 실렸죠. 불타 죽은 서른 명 중 한 명으로요. 혹시라도 하루카가 알아챌까 싶어 심장이 어찌나 뛰던지."

"오른쪽 심장이 말이죠."

'나라이'가 말허리를 잘랐다.

"연습이라면 저도 많이 했어요."

'류자키'가 먼 야경을 내다보며 말한다.

"막상 하루카와 응접실에서 대치했을 때는 어떻게든 선장실까지 유도하느라 필사적이었지만 말이죠. 응접실 한가운데서 총에 맞아 죽었다가는 화장실도 못 가잖아요."

'류자키'는 미소 한번 짓지 않고 그저 수줍어하며 수염을 쓸었다.

"선장실까지 도망쳐 왔을 때에는 한숨 돌렸어요. 총에 맞아 쓰러졌던 모습은 모두에게 보여주고 싶다니까요. 자연스러우면서 멋지게 할 작정으로 〈셰인〉과 〈하이 눈〉 비디오를 세 번이나 보고 연구했단 말입니다."

말할 필요도 없이 엽총에 실탄은 장전되어 있지 않았다. 시중에서 파는 탄환의 납과 코르크 부분을 제거하고 대신 골판지로 화약 마개를 만들었다. 이것을 총에 장전해 발사하면 실탄과 다름없는 충격과 소리가 난다.

하루카가 방아쇠를 당긴 순간 '류자키'는 왼쪽 가슴을 누르고 쓰러졌다. 바닥에 쓰러지는 순간 검은 셔츠 안쪽에 붙여놓은 보존 혈액의 비닐 봉지가 찢어져 피가 흘러나오게 되어 있었다.

"아, 어찌되었든 '죽은 척'도 멍석을 깔아놓으니 만만치가 않네요."

'후유카와'의 기묘한 감탄에 모두들 고개를 끄덕였다.

"죽은 척은 어느 총리의 특기•였던 것 같은데."

"그래도 시체를 앞에 두었을 때에는 상대방도 공포에 휩쓸리잖아요. 저는 오히려 가짜 무전이 들키지 않을지 처음부터 그게 제일 걱정이었어요."

'아즈마'다.

해상보안청으로 한 무전 연락은 처음부터 하루카에게 들려주기 위한 연기였다. '류자키'가 발신 스위치를 누르는 척하고 떠든다. 다 떠들고 나서 '이상'이라고 하면 반대쪽에 서서 당직을 서던 '아즈마'나 '후유카와'가 계측기 그늘에 숨겨둔 녹음기 스위치를 눌러 준비된 응답을 스피커로 내보낸다. 하기야 무전 연락을 듣기 위해 모두 조타실로 쳐들어간 건 처음 두 번 정도고, 나중에는 '류자키'에게 일임하는 형태가 되었지만 말이다.

"하루카는 정말로 상당한 기계치인 모양이라 여러모로 작업하기 쉬웠어."

'류자키'는 '아즈마'와 눈길을 주고받았다.

• **죽은 척은 어느 총리의 특기** _ 1986년 일본 나카소네 야스히로 총리의 '죽은 척 해산'을 가리킨다. 임시 국회를 해산하지 않을 것처럼 위장했다가 국회 회기가 끝나자마자 갑자기 해산을 선포한 사건.

"맞아요. 하루카가 홀로 남고 나서도 시동이 걸리지 않게 해두었는데 그 부분이 간파될 염려도 거의 없었고 말이죠."

조타실 연료 게이지는 코드를 뽑아 0을 가리키도록 해두었다. 시동 모터 아래 플라이휠의 압력을 빼 열쇠를 돌려도 시동이 걸리지 않게 손보았다. 사실 연료는 충분했다.

"저는 다른 배가 옆을 지나가는 게 가장 걱정됐어요. 다들 알다시피 요트가 엔진 고장으로 멈춰 있었던 건 무로토 곶까지 한 시간 남은 지점이 아니었죠. 아시즈리 곶 남서 육십 마일 해상이었어요. 도쿄-오키나와 페리 코스보다는 안쪽이면서 배가 가장 지나가지 않는 곳을 고른다고 골랐는데 실제로 유조선이 한 번 접근했죠. 하마터면 발연통을 피울 뻔했다니까요. 아슬아슬하게 빼앗아 바다에 버렸지만 방법이 너무 노골적이라 결국 하루카에게 결정적인 의심을 사고 말았죠."

"아, 발연통 말인데요."

'가지카자와'는 이제 간사이 사투리를 숨기려고 하지도 않았다.

"하루카에게 발연통을 가르쳐준 사람은 저예요. 일부러 틀리게 가르쳐줬죠. 보관함에서 발연통을 꺼내 흔들기만 하면 불이 붙는다고요. 사실은 비치된 성냥 같은 것을 그어야 하죠? 그러니까 내버려두어도 하루카는 발연통을 피우지 못했을 겁니다."

"뭡니까, 미리 말을 해줬으면……."

"미처 얘기를 못 해서 미안합니다."

"하지만 그 상황까지 갔으니 어차피 마지막에 남은 사람이 의심받는 건 어쩔 수 없지 않을까요?"

'아즈마'가 끼어들었다.

"하루카는 끝내 진상을 꿰뚫지 못했어요. 죽음의 배에 홀로 남겨져 정신착란으로 바다에 몸을 던졌죠. 진짜 유서까지 남겨놓고요."

"제법 훌륭한 유서였어요."

'구제'가 숙연하게 중얼거렸다.

"맞아요. 마지막에 다행히 유서를 써주었더군요. 그러지 않았으면 여태까지 고생이 반쯤 물거품이 될 뻔했어요."

'나라이'도 안도한 듯 어깨의 힘을 빼고 팔다리를 다시 쭉 뻗었다.

모든 계획이 하나의 목적을 위해 세워졌다. 공통의 의도가 여섯 사람을 하나로 묶었다. 목적은 오케야 하루카를 자살로 내모는 것. 할 수 있다면 자필 유서를 남기고 죽기를 바랐다. 많은 사람이 읽은 애거사 크리스티의 명작을 본뜬 설정은 당연히 하루카를 자살로 이끌기 위한 강한 암시 효과를 노린 것이다. 소설의 결말에서도 보이지 않는 범인의 손으로 준비된 밧줄에 젊은 아가씨가 목을 맨다. 만약 하루카가 끝까지 스스로 목숨을 끊지 않으면 여섯 사람이 우격다짐으로 그녀를 목매달고 자살했다고 증언하는 수밖에 없다고 합의했다. 그 경우 여섯 사람이 모두 '유족회' 멤버인 만큼 미심쩍은 의혹은 피할 수 없었으리라. 그렇다고 수사본부에서 하루카의 죽음을 살인이라 단정할 증거는 얻을 수 없을 것이다.

"다만 하루카는 끝내 목매지 않았죠. 모처럼 준비해줬더니만. 아마 요즘 젊은 여자는 목을 매는 것보다 바다에 뛰어드는 편이 멋지다고 생각하는 거예요. 아니…… 어쩌면 이것도 그 계집애의 운명일지도 모르겠군요."

'나라이'의 낮은 말소리 역시 스스로는 의식하지 못한 기묘한 암시에 빠진 듯했다.

"수단은 다음 문제예요. 어쨌든 잘도 속아서 죽어줬습니다."

'후유카와'가 입매를 다졌다.

"오케야나 그 딸 같은 인간 때문에 우리 손을 더럽히는 것도 불쾌합니다!"

"마지막에 그 계집애가 속은 것은 우리의 깊은 슬픔 때문 아니었을까요."

'구제'가 곱씹듯 말했다.

"늘 우리의 눈꺼풀 안쪽에는 눈물로 이룬 호수가 있으니까요."

여섯 사람은 저마다 아내와 애인, 아들과 딸, 하나뿐인 손자, 이 세상에 둘도 없는 가장 사랑하는 이들을 호텔 화재로 잃었다. 더군다나 희생자들은 상상도 못할 공포와 고통 끝에 생을 마감했다. '구제'의 한마디에 그들은 이내 망자를 떠올렸다. 여섯 사람은 가슴이 찢어지는 슬픔에 고개를 숙이고 다들 눈에서 뜨거운 눈물을 뚝뚝 떨구었다.

"이걸로 죽은 이들의 영혼도 조금은 위로가 되었겠죠."

'류자키'가 쉰 목소리로 중얼거렸다. 무거운 침묵이 가득했다.

"그럴까요. 죽은 이들이 정말로 기뻐해줄까요?"

의외로 '구제'가 눈물을 닦고 허공을 응시했다.

"이제 와 저는 자신이 없어요. 직접 손을 쓰지 않았더라도 역시 우리가 오케야 하루카를 죽였어요. 아무리 큰 죄악에 대한 보복이라 해도 신이 아닌 우리가 복수로 사람을 죽인 것을 용서받을 수 있을까요?"

"우리는 도중에 몇 번인가 모든 것을 신의 의지에 맡겼죠."

'후유카와'가 동요를 억누른 표정으로 대답했다.

"배가 풍랑을 만나 당장에라도 뒤집힐 각오를 해야 했어요. 하루카가 마지막으로 남은 뒤에도 다른 배가 가까이 지나가 하루카가 흔드는 하얀 천을 보았다면 모든 것이 좌절될 뻔했죠. 하지만 신은 언제나 우리 편이셨습니다. 그렇게 믿읍시다."

"이것 말고는 달리 방법이 없었잖습니까."

'가지카자와'는 결연히 되받아쳤다.

"오케야 세이키에게 회개 의지 따위는 눈곱만큼도 없어요. 당국은 아직 수사중이라지만 나중에 업무상과실치사상죄를 묻는다 해도 어차피 최고 재판까지 지겹도록 싸운 끝에 이삼 년 금고형을 받겠죠. 그딴 게 무슨 벌입니까. 게다가 뒤로 일천억 엔이나 되는 자산을 가진 남자가 위자료 몇 푼쯤으로 눈이나 깜짝하겠어요? 속으로 빨간 혀를 날름 내밀고 또 태연한 얼굴로 사람들 사이에서 설치다가 다시 희생자를 만들지 않는다고 누가 말할 수 있죠?"

"맞아요. 정말로 이 길밖에는 없었습니다."

'류자키'가 뱃속에서 짜낸 목소리로 맞장구를 쳤다.

"놈이 외동딸 하루카만은 자신의 목숨과 바꿔도 아깝지 않을 정도로 예뻐한 모양이더군요. 다른 사람은 몰라도 자신과 똑같은 딸 성격을 잘 아는 놈은 충분히 상상할 수 있겠죠. 교만한 계집애가 스스로 목숨을 끊을 때까지 얼마나 끔찍한 고통을 맛보았을지 말입니다. 놈에게 뼛속까지 일깨워주기 위해서는 우리와 똑같은 일을 당하게 하는 수밖에 없어요. 그거야말로 직접 놈의 목숨을 빼앗는 것보다 훨씬 효과적으로 복수하는 길이에요."

"저도 의심하지 않았어요. 하지만…… 이제는 모르겠어요."

'구제'는 기도하듯 눈을 감았다.

"성경에는 이렇게 씌어 있어요. 악으로 악을 갚지 마라. 내 사랑하는 자들아, 너희가 친히 원수를 갚지 말고 하나님의 진노하심에 맡기라……. 우리는 정말로 복수할 자격을 부여받은 걸까요?"

003

☆☆☆

그로부터 열두 시간쯤 지난 4월 24일 일요일 오전 10시.

미야기 현 남단의 도이 곶 북쪽에 있는 해안가에 유목과 함께 떠내려온 한 젊은 여자를 드라이브하러 온 학생들이 발견했다. 그들의 제보로 여성은 니치난 시의 병원으로 옮겨져 치료를 받았다.

여자는 이내 의식을 되찾았다. 니치난 서 경찰관의 질문에 자신을 '오케야 하루카'라고 밝히며 크루저에서 바다로 몸을 던졌다고 고백했다. 자살할 작정이었지만 무의식적으로 물살을 가르던 중 유목에 손이 닿았고, 유목을 붙잡고 몇 시간인가 표류하다 정신을 잃었다고 했다.

토요일 아침 텔레비전과 신문으로 해상보안청에 호화 요트 인디아나호에서 젊은 여자가 투신했다는 무전이 들어왔다는 내용이 보도된 뒤였다. 이름도 일치했으므로 경찰은 그녀가 틀림없다고 판단했다. 어느 부근 해역에서 그녀가 투신했는지는 분명치 않지만, 발견되었을 때 상태로 미루어 정신없이 유목 위로 기어올라가 본능적인 삶의 의지로 윈드브레이커 끈을 유목에 감은 모양이었다. 그대로 구로시오 해류를 타고 도이 곶으로 밀려온 것이리라. 젊음이 한몫했겠지만 살아 있는 게 기적이었다. 경찰은 우선 나하의 해상보안본부에 급히 연락했다.

연락이 닿기 불과 몇 분 전, 도쿄 도라노몬의 병원에서 한 남자가 숨을 거두었다. 원래 입원할 정도로 중증은 아니었지만 심장병과 고혈압 진단을 받고 개인실에서 지내던 환자였다. 다른 이름으로 입원했지만 본명은 오케야 세이키, 육십삼 세. 전날인 토요일 아침, 오케야는 외동딸이 요트에서 투신해 행방을 알 수 없다는 연락을 받은 뒤 마치 다른 사람이 된 것처럼 몸도 마음도 쇠약해졌다. 일요일 오전 10시쯤 심근경색 발작이 찾아와 고통 끝에 숨이 끊어졌다.

이렇게 한 인물이 퇴장했다. 그토록 처참해 보이던 일련의 사건은 이러한 형태로 하나의 결말을 맞이했다.

작 가
정 보

나쓰키 시즈코
夏樹靜子

나쓰키 시즈코는 1938년 도쿄에서 태어났다. 고등학교 시절에 영미 황금기 추리소설을 독파하며 작품 세계를 구축했다. 게이오 대학 영문학과에 재학중이던 1960년에 이가라시 시즈코라는 이름으로 쓴 「엇갈린 죽음すれ違った死」이 에도가와 란포 상 최종 후보에 오르면서 데뷔했다. 1963년 대학 졸업 후 곧장 결혼하여 공백기를 가졌으나, 1969년 발표한 『천사가 사라져간다天使が消えていく』가 란포 상 최종 후보에 다시 오르며 화려하게 재기했다. 그때부터 본격적으로 활동을 시작해 데뷔 후 오십 년이 지난 현재에 이르기까지 황금기 미스터리를 연상시키는 훌륭한 작품들을 다수 발표하여 '일본의 애거사 크리스티'라 여겨지고 있다.

일본의 애거사 크리스티

나쓰키 시즈코의 작품은 대부분 여성이 주인공이거나 작중에서 중요한 역할로 그려진다. 그녀의 작풍이 엘러리 퀸을 비롯한 고전 영미 작가들의 영향을 받았음에도 불구하고, 끊임없이 여성을 중심으로 한 작품을 집필했다는 것은 주목할 만한 사실이다. 나쓰키의 여성 인물은 기자(『증발蒸發』(1972)), 변호사('아사부키 리야코' 시리즈), 검사('가스미 유코' 시리즈) 등 전문직에 종사하고 있으며 이십 대 후반의 젊고 아름다운 여성이다. 이들은 자신이 원하는 것을 분명히 알고 있으며 그것을 위해선 수단과 방법을 가리지 않는다.

이 설정은 상류사회, 치정이라는 코드와 함께 끊임없이 변주된다. 도쿄 유수의 호텔을 몇 채나 소유한 집안의 외동딸인 하루카(『그리고 누군가 없어졌다』)는 호텔 지배인인 유부남의 사랑을 갈구하고, 유능한 신문기자인 아키코(『천사가 사라져간다』)는 불륜으로 인해 태어난 아이를 구하기 위해 동분서주하며, 호텔 경영자의 딸인 음악가 미도리(『제3의 여인』, 추지나 옮김, 손안의책, 2012)는 불륜 상대를 살해했다는 혐의를 받고 절망한다. 그러나 나쓰키는 자극적인 소재로 명성을 얻은 것이 아니다. 그녀는 탄탄한 플롯과 절묘하게 설치된 트릭으로 추리소설 작가로서의 진가를 보여준다. 그녀의 장기는 무엇보다도 섬세하고 인간적인 심리 묘사이다. 아름답고 부유한 인물로 독자의 판타지를 자극한 후에 읽는 이의 마음을 움직이게 하는 묘사로 판타지와 공감 두 마리 토끼를 모두 잡은 것이다. 또한 장·단편을 가리지 않고 수많은 작품을 발표하면서도 언제나 놀라운 결말을 제시하고 있다. 이 때문에 나쓰키 시즈코를 가리켜 '일본의 애거사 크리스티'라고 부르기도 한다. 작품성과 대중성을 모두 획득한 그녀의 작품은 책이라는 매체를 뛰어넘어 드라마와 영화를 넘나들며 인기를 끌고 있다.

영상화의 여왕

나쓰키 시즈코는 1960년에 발표한 단편 「엇갈린 죽음」이 에도가와 란포상 최종 후보에 오른 것을 계기로 방송 작가를 시작하게 된다. 일본의 지상파 방송국 NHK의 추리 퀴즈쇼 〈나만이 알고 있다私だけが知っている〉의 메인 작가로 삼 년간 삼십여 편에 달하는 각본을 집필했다. 매주 일요일 방영되던 이 프로그램은 오 년이 넘도록 인기리에 방송되었다. 프로그램의 메인 작가진을 거쳐간 사람들 중엔 일본 본격 추리소설의 거장 아유카와 데쓰야 외에도 사사자와 사호, 쓰치야 다카오 등이 있다.

공백을 깨고 발표한 『천사가 사라져간다』는 나쓰키 시즈코를 란포 상 최종 후보에 다시 올려준 작품이기도 하지만 일본 드라마에서도 기념할 만한 기록을 가진 작품이다. 1973년 8월 텔레비전 드라마로 각색되어 한 달간 방송되었고, 1978년에는 여성 법조인이 활약하는 '아사부키 리야코' 시리즈의 에피소드로 방영되었다. 1982년 다시 한번 드라마로 제작되었고, 2010년 〈나쓰키 시즈코 작가 생활 40주년 기념작夏樹静子作家生活40周年記念作〉이라는 프로그램으로 또다시 방영될 정도로 꾸준한 사랑을 받고 있다.

세계적인 명성

나쓰키 시즈코는 일본에서는 물론 해외에서도 인정받고 있는 작가다. 기내에서의 실종을 다룬『증발』(1972)은 제26회 일본 추리작가협회상을 수상한 후에 1998년 베이징 탐정추리문예협회의 번역 작품상을 추가 수상했다. 또한 엘러리 퀸과의 사숙을 인연으로 퀸의 승인을 받고 출간한 것으로 유명한『W의 비극』역시 2001년에 이 상을 받았다. 파리에서 나눈 짧은 사랑과 교환 살인을 그린『제3의 여인』은 프랑스어로 번역되어 1989년 제53회 프랑스 모험소설 대상의 영광을 누렸다.

또한 나쓰키 시즈코는 1981년 6월 스웨덴 스톡홀름에서 열린 제3회 세계 추리작가회의에 이어 1988년 5월 미국 뉴욕에서 열린 네 번째 회의에 초청받았다. 이때의 내용을 일본 추리작가회의에 투고하는 등 일본 추리소설의 발전에도 힘썼다. 이 점을 인정받아 2006년 제10회 일본 미스터리문학 대상을 수상했다.

이외에도 1991년 미국에서 간행된『20세기 추리소설 작가 사전Twentieth-Century Crime and Mystery Writers』에 마쓰모토 세이초, 마사코 도가와와 함께 그녀의 이름이 등재되었다.

/

나쓰키 시즈코의 주요 작품 목록

아사부키 리야코 시리즈

星の證言(1977)

花の證言(1981)

霧の證言(1987)

贈る證言(2000)

가스미 유코 시리즈

螺旋階段をおりる男(1985)

夜更けの祝電(2000)

風極の岬(2004)

그 외

天使が消えていく(1970)

蒸發—ある愛の終わり(1972)

喪失—ある殺意のゆくえ(1973)

黑白の旅路(1975)

目擊—ある愛のはじまり(1975)

霧氷(1976)

光る崖(1977)

アリバイのない女(1977)

遠い約束(1977)

第三の女(1978)—『제3의 여인』(손안의책, 2012)

遥かな坂(1979)

遠ざかる影(1980)

家路の果て(1981)

Wの悲劇(1982)—『W의 비극』(손안의책, 2011)

碧の墓碑銘(1982)

殺意(1983)

國境の女(1983)

訃報は午後二時に届く(1983)

旅人たちの迷路(1984)

Mの悲劇(1985)

わが郷愁のマリアンヌ(1986)

孤獨のフェアウェイ(1987)

そして誰かいなくなった(1988)—『그리고 누군가 없어졌다』(엘릭시르, 2015, 미스터리 책장 시리즈)

東京驛で消えた(1989)

Cの悲劇(1989)

ダイアモンドヘッドの虹(1990)

霧の向こう側(1992)

白愁のとき(1992)

女優X—伊澤蘭奢の生涯(1993)

人を呑むホテル(1994)

クロイツェル・ソナタ(1995)

茉莉子(1999)

量刑(2001)

見えない貌(2006)

てのひらのメモ(2009)

중단편집

砂の殺意(1974)

77便に何が起きたか(1977)

重婚(1978)

密室航路(1980)

暗い循環(1980)

幻の男(2002)

해 설

●

……두 명의 인디언 소년이 햇볕 속에 앉아 있었네.

한 명이 뜨거운 볕에 쭈글쭈글해져 한 명만 남았네.

한 명의 인디언 소년은 홀로 외로이 남았네.

소년은 밖으로 나가 목을 매어버렸네. 그리고 아무도 없었네.

나쓰키 시즈코의 『그리고 누군가 없어졌다そして誰かいなくなった』는 목표와 설정이 명확한 작품이다. 한국어 제목으로 바꾸면서 유사성이 약간 희석되기는 했으나 일본어로는 애거사 크리스티의 유명 추리소설 『그리고 아무도 없었다そして誰もいなくなった』와 단 한 글자만 다르다. 즉, 『그리고 누군가 없어졌다』는 제목부터 노골적으로 『그리고 아무도 없었다』를 패러디한 작품임을 표방하면서 독자들의 심리를 유도해나간다. 이미 내용에 빠져들기 전부터 독자는 작가와의 심리 게임에 말려들고 있는 셈이다. 이는 『그리고 아무도 없었다』의 기본인 심리 조작이 작품의 외형에서부터 시작되고 있다는 뜻이기도 하다.

『그리고 누군가 없어졌다』의 하이퍼텍스트성

애거사 크리스티의 최고 걸작으로 꼽히는 이 소설은 1939년『열 명의 검둥이 소년Ten Little Niggers』이라는 라임의 제목으로 처음 영국에서 발표되었다. 차후 미국에 출간될 때, 사회적 맥락에서 특정 단어가 민감하게 받아들여질 수 있다는 우려에 따라 노래의 마지막 행인『그리고 아무도 없었다And Then There Were None』라는 제목으로 출간된다. 몇몇 국가와 판본에서는 미국판에서 쓰인 라임에 따라『열 개의 인디언 인형』이라는 제목이 붙여지기도 했으나 미국판 제목인『그리고 아무도 없었다』가 널리 받아들여지고 있다.

『그리고 아무도 없었다』가 출간되기 직전인 1920년대와 1930년대는 소위 추리소설의 황금기로 불린다. 장르의 규칙을 확립한 미스터리 소설들이 이 시기에 쏟아져 나왔으며, 두뇌 게임으로서 퍼즐의 성격도 강조되었다. 하지만 애초에 규칙에 얽매인 소설들은 그 인위적인 성격, 그로 인한 흥미의 제한, 인물의 도구적 행동 등으로 이미 1920년대부터 의문을 사고 있었고, 1930년대 들어서는 시들어가고 있었다. 자연적 흥망성쇠에 2차세계대전이라는 현실의 사건이 결정적인 종지부가 되었다는 것이 지배적인 의견이다. 애거사 크리스티는 다양한 장치를 솜씨 좋게 이용할 수 있는 영리한 작가였지만 이미 20년대에도 미스터리 장르의 계명을 엄격히 따르는 작품을 쓰지도 않았다. 1926년의『애크로이드 살인 사건』이 대표적 예로, 이 소설은 당시에도 공정성과 관련하여 논란을 빚었다.

1939년의『그리고 아무도 없었다』는 황금기의 작품이라고 하기에는 이미 끄트머리에 이르렀으며 장르 규칙을 엄격히 준수하고 있지도 않다. 애거사 크리스티의 주요 탐정인 에르퀼 푸아로가 등장하지도 않는데다 애초에 사건을 해결하는 탐정이라고 할 만한 인물이 등장하지도 않는다. 살인 사건이라고도 명확히 밝혀지지 않고, 초현실적인 분위기마저 풍긴다. 결말에 이르러도 살인자는 결국 잡히거나 처벌받지 않고, 수수께끼는 자백이라는 극히 편리한 장치로 해결된다. 마지막의 추신 부분이 없다면 독자가 살인자를 제대로 추리할 수도 없다. 이 작품은 퍼즐 미스터리라고 하기에는 주어진 퍼즐 조각조차 분명하지 않다. 그럼에도 이 작품이 비평과 대중적 인기라는 면에서 크리스티의 최고 소설이라고 하는 까닭은 이 불분명한 요소들이 추리소설에 없었던 형태를 창조하면서도 장르를 무너뜨리지 않았다는 데 있을 것이다. 『블러디 머더』(김명남 옮김, 을유문화사, 2012)의 줄리언 시먼스는 이 시기의 크리스티에 대해서 이런 표현을 쓰고 있다. "이 시절 크리스티의 작품은 마술사의 손재주와 비슷했다. 그녀는 우리에게 스페이드 에이스의 앞면을 보여준다. 그리고 그것을 뒤집는다. 우리는 카드가 어디에 있는지를 잘 안다. 그런데 어떻게 그것이 다이아몬드 5로 바뀌었지?"(『블러디 머더』, 183쪽). 『그리고 아무도 없었다』가 보여준 놀라움은 이처럼 마술사의 트릭과 유사했다.

위대한 작품은 추종자를 낳기 마련으로, 『그리고 아무도 없었다』를 패러디한 소설과 영화는 적지 않았다. 우리나라에서도 물론이거니와, 퍼즐 미스터리의 전통이 동시다발적으로 계승된 일본에서 고마쓰 사쿄나 모리 히로시 등의 작가가 이미 이 작품의 설정을 유사하게 묘사한 작품을 쓰기도 했다. 1938년생인 나쓰키 시즈코는 고등학교 2학년까지 해외 명작 미스터리 소설들을 두루 섭렵했다고 하며, 게이오 대학 영문학과 재학중에 본명인 이가라시 시즈코라는 이름으로 「엇갈린 죽음」(1960)이라는 소설을 발표해 에도가와 란포 상 후보에까지 오른 작가이다. 성장 배경이나 작품에서 고전 추리소설에 대한 애정이 묻어나는 작가인 만큼 애거사 크리스티에 대한 존경도 남달랐으리라 짐작할 수 있다. 나쓰키 시즈코의 대표작으로는 엘러리 퀸의 X, Y, Z 비극 시리즈에서 영향을 받은 『W의 비극』(추지나 옮김, 손안의책, 2011)이 꼽히는 등, 외국 걸작과 연계되는 새로운 소설의 창작은 그의 작품 세계의 특징이라고 할 수 있다. 『그리고 누군가 없어졌다』가 발표된 1989년에는 일본에서도 아야쓰지 유키토, 아리스가와 아리스 등의 작가들이 주도하는 신본격 추리소설이라는 조류가 강하게 반응을 얻고 있었지만 나쓰키 시즈코는 딱히 같은 계열의 작가로도 분류되지 않았고 신본격의 특징이기도 한 퍼즐의 재미가 강조된 기술적 트릭이라는 측면에 과하게 집착하지 않는 듯 보였다. 『그리고 누군가 없어졌다』의 창작 배경은 이렇게 가깝고 먼 문학적 맥락 속에서 파악된다.

『그리고 누군가 없어졌다』는 지나칠 만큼 극명하게 『그리고 아무도 없었다』와의 연결성을 강조한다. 이는 소설에 등장하는 범죄에 핵심적인 요소기도 하다. 『그리고 아무도 없었다』에서도 주요 인물로 비라라는 젊은 여성이 등장하므로 이미 나쓰키 시즈코의 프레임에 갇힌 독자는 하루카와 비라를 쉽게 동일시하고 그들에게서 같은 운명을 예감한다. 등장인물들 역시 애거사 크리스티 원작에 사로잡혀 행동한다. 작가, 혹은 작중 우노라고 한 정체 모를 범인이 『그리고 아무도 없었다』의 인디언 섬의 사건과 『그리고 누군가 없어졌다』 속 인디아나호의 사건 사이에 평행 관계를 만들자 모두 같은 방식의 전개를 기대하게 된 것이다. 다른 작품을 참조하는 하이퍼텍스트성hypertextuality은 패러디 소설에서는 기본이지만 이 작품에서는 적극적인 속임수 장치로 작용하고 있다.

> 눈길이 자연스레 안쪽 서가와 작은 장식 선반 부근에 쏠렸다. 서가에는 주로 크리스티가 쓴 추리소설이 있었고, 그중에서 읽은 책은…….
>
> 묘안석이 빛나는 손이 『그리고 아무도 없었다』를 뽑는다.
>
> "맞아, 이거야! 이 소설 설정이랑 똑같아요!" (본문 50쪽)

작가는 반복해서 소설 속 사건이 『그리고 아무도 없었다』와 같다는 점을 강조한다. 축음기—카세트테이프에서 흘러나온 범죄 고발, 인디언 인형—출생 연도를 상징하는 동물 인형의 개수, 사람들이 죽어가는 방식, 육지와 연결되지 않는 밀실. 한번 이런 프레임에 매몰되면 명백하게 보이는 차이점은 무시된다. 가령, 인디언 섬과 인디아나호라는 배가 한정된 사람들 사이에서 범죄가 일어나는 일종의 밀실이라는 점만 강조하지 실제로 섬과 배는 같지 않다는 것은 무시한다. 다중 시점을 채택한 『그리고 아무도 없었다』와는 달리 『그리고 누군가 없어졌다』는 하루카라는 젊은 여성의 시점으로 기술된다. 이 점도 하루카와 비라의 외적 유사성으로 인해 간과되기 쉽다. 시점은 추리소설에서는 정당한 기교와 관련된 중요한 장치이므로 이를 통해 범인을 짐작할 수 있는데도 독자는 배 안의 사람들과 같은 방식으로 사건을 바라보고 있다고 오판한다.

판사의 심판 vs. 배심원의 심판

결국 하루카가 자살을 한 후에 『그리고 누군가 없어졌다』는 『그리고 아무도 없었다』와 유사한 방식으로 진실을 공개한다. 여기서 드러나는 사건의 진상에서 독자는 이 작품이 패러디의 원전으로 삼고 있었던 것은 단순히 『그리고 아무도 없었다』가 아니라 『오리엔트 특급 살인』(1934)임을 깨닫는다. 이 소설 내에서 하이퍼텍스트성은 이처럼 중요한 기능을 한다. 먼저, 사건의 프레임을 세우고 작중 인물을 이끌고 가는 주요 동인으로 작동한다. 그와 동시에 배경 지식을 지닌 독자의 심리를 조작한다. 마지막으로는 또 다른 텍스트를 내세워 관점을 전환하고 미스터리를 해결한다. 이는 고전 추리에 대한 오마주이자 동시에 자기 스타일로 바꾸는 변환의 과정을 의미한다.

황금기에 쓰인 『오리엔트 특급 살인』도 용의자가 제한되는 클로즈드 서클의 대표적인 작품이고 동시에 복수 범인이라는 전범을 세운 소설이다. 『그리고 아무도 없었다』와의 대비점은 여러 면에서 관찰되지만 가장 큰 차이 중 하나는 추리소설의 중요한 테마 중 하나인 '정의가 실현되는 방식'에 대한 관점이다. 『그리고 아무도 없었다』에서 가장 논란이 될 만한 부분은 범인의 성격과 동기였다. 자신이 타인보다 도덕적으로 우월하다고 여기는 한 개인이 각기 다른 정도의 죄악을 저지른 사람을 단죄한다. 공교롭게도 범인의 직업은 판사이며, 이는 그가 평생 남의 죄를 판결하면서도 자신의 행위에는 한 점 의심을 품지 않았다는 성격과도 연결된다. 이런 독단적 정의의 실현에는 의문이 수반될 수밖에 없다. 반면 『오리엔트 특급 살인』의 경우에는 피해자들이 배심원단을 구성하고 그에 따라 범인을 처단한다. 이는 고전적인 정의의 개념, 눈에는 눈과도 연결되고 다수에 의한 판결이라는 법적 합리성에도 호소하는 측면이 있다. 하지만 직접 실행하는 사적 정의는 그 자체도 문제를 내포하고, 인간은 필연적으로 다수로든 개인으로든 자신의 판결이 옳다고 확신할 수 없다는 본연적 한계가 있다. 이 두 작품은 크리스티의 소설 중에서도 살인자가 법의 심판을 받지 않고 피해간 경우이다. 『그리고 아무도 없었다』는 법의 시선을 피했기에, 『오리엔트 특급 살인』은 법을 대신하는 탐정 푸아로의 동정을 샀기에 가능했다. 여기서 크리스티는 정의를 되살리려는 의도를 가진 자들이 항상 정의롭지만은 않다는 불편하면서도 자명한 사실을 명백히 보여준다.

『그리고 누군가 없어졌다』는 두 작품을 결합했다는 사실이 드러나면서 정의에 대한 관점도 절대적 개인이 실행하는 행위에서 합의된 형태의 보상과 복수 행위로 바뀐다. 보이지 않는 절대적 심판자가 저지른 살인이라는 프레임이 뒤바뀌면 독자는 복수를 실행하는 피해자에 대한 동정을 느낄 수 있다. 『그리고 누군가 없어졌다』가 두 작품을 뒤섞어 오마주 하며 얻어낼 수 있는 감정적 이점이기도 하다.

하지만 이 소설에도 원작이 던지는 도덕적 질문은 그대로 전이된다. 『그리고 아무도 없었다』에서 희생자인 에밀리 브렌트는 결혼 전에 임신한 하녀를 내쫓아 결국 하녀가 자살하도록 내몬 죄로 살해당한다. 어떤 이들은 이런 엄격한 도덕관념이 살해될 만한 범죄인지에 대해 의문을 제기한다. 『그리고 누군가 없어졌다』에서 오케야 하루카는 직접 범죄를 저지르지 않았지만 자신의 사랑을 받아주지 않은 와키무라를 해고하도록 했고, 호텔의 방재 부서를 맡고 있던 그는 새 직장으로 가다 산사태로 죽었다. 명확한 인과관계를 짚을 순 없지만, 오케야 하루카의 아버지인 오케야 세이키가 운영하는 호텔 코스모폴리탄의 방재 시스템에는 구멍이 생겼고, 그로 인한 화재 사고로 서른 명이 죽는다. 이 사고에 하루카의 도덕적 책임을 물을 수 있을까? 희생자들의 가족은 오케야 세이키가 가장 아끼는 가족인 하루카를 자살로 몰아 그에게 복수하려고 한다. 이 또한 도덕적 정의의 실현이라고 말할 수 있는가? 소설 내에서는 변호사인 구제의 입을 통해 이 질문은 반복된다.

> "성경에는 이렇게 씌어 있어요. 악으로 악을 갚지 마라. 내 사랑하는 자들아, 너희가 친히 원수를 갚지 말고 하나님의 진노하심에 맡기라……. 우리는 정말로 복수할 자격을 부여받은 걸까요?"
> (본문 318쪽)

따라서 소설 마지막의 반전은 나쓰키 시즈코가 크리스티의 작품에 던져진 질문과 비판에 대해 나름대로 찾은 해답이라고 할 수 있다. 즉 복수의 화살은 목표를 제대로 찾아가고 불필요한 희생자는 살아난다. 이로써 도덕적 질문에 대한 갈등은 잠정적으로나마 마무리된다.

미스터리 독자의, 미스터리 독자를 위한, 미스터리 독자에 의한

『그리고 누군가 없어졌다』를 재미있게 읽기 위해선 미스터리 독자로서 기본 소양이 요구된다. 다른 말로 하면 고전을 읽은 미스터리 독자라면 이 책에서 다양한 층위의 흥미를 느낄 수도 있을 것이다. 이런 의미에서 오마주라는 말이 이보다 더 어울리는 소설은 없으리라. 여기엔 우리를 매혹했고, 동시에 놀라게 했던 소설에 대한 경의가 담겨 있다. 고전 미스터리부터 이어온 장르의 전통이 있다. 얄궂게도 이 모든 사건의 시작이 "그리고 아무도 없었다"라고는 하지만 그 후에도 남은 사람은 분명히 있었다. 수십 년이 지나며 추리와 범죄 소설은 다양한 형태로 변화해나갔지만 모든 것은 사라지지 않았고, 수수께끼 풀이에 대한 인간의 관심도 사그라지지 않았다. 미스터리 속에서 경이와 공포, 인간성에 대한 이해를 발견하는 이들은 여전히 성실히 남아 있다. 그들이 아마 오늘날의 『그리고 누군가 없어졌다』의 독자이리라.

박현주(작가, 번역가, 장르 소설 서평가)

●

그리고 누군가 없어졌다
そして誰かいなくなった
/

초판 발행 2015년 2월 16일

지은이 나쓰키 시즈코 / **옮긴이** 추지나 / **펴낸이** 강병선

책임편집 이송 / **편집** 임지호 지혜림 / **아트디렉팅** 이혜경 / **본문조판** 이현정 / **그림** 신은정
저작권 한문숙 박혜연 김지영 / **마케팅** 정민호 김도윤 / **온라인마케팅** 김희숙 김상만 한수진 이천희
제작 강신은 김동욱 임현식 / **제작처** 영신사 / **독자모니터** 엄정현

펴낸곳 (주)문학동네 / **출판등록** 1993년 10월 22일 제406-2003-000045호 / **임프린트** 엘릭시르

주소 413-120 경기도 파주시 회동길 210
문의 031-955-1918(편집) 031-955-2696(마케팅) 031-955-8855(팩스)
전자우편 editor@elmys.co.kr / **홈페이지** www.elmys.co.kr

ISBN 978-89-546-2640-8 (03830)

엘릭시르는 출판그룹 문학동네의 임프린트입니다.